目录

轻历史
Relaxed History

韩信大传

华炜 何爱临◎著

山西出版传媒集团
北岳文艺出版社
·太原

图书在版编目(CIP)数据

韩信大传 / 华炜,何爱临著. — 太原:北岳文艺出版社,2021.9

ISBN 978-7-5378-6455-8

Ⅰ.①韩… Ⅱ.①华… ②何… Ⅲ.①传记文学–中国–当代 Ⅳ.①I25

中国版本图书馆CIP数据核字(2021)第180714号

韩信大传

华炜　何爱临　著

出品人
郭文礼

选题策划
韩玉峰

责任编辑
韩玉峰

书籍设计
张永文

封面插图
[明]郭诩

印装监制
郭　勇

出版发行:山西出版传媒集团·北岳文艺出版社

地址:山西省太原市并州南路57号

邮编:030012

电话:0351-5628696(发行部)　0351-5628688(总编室)

传真:0351-5628680

印刷装订:山西人民印刷有限责任公司

开本:787×1092　1/16

字数:280千字　印张:21

版次:2021年9月第1版

印次:2021年9月山西第1次印刷

书号:ISBN 978-7-5378-6455-8

定价:56.00元

第一章　泗口、末口与淮阴

开到桃花百草菲，草湖水满鲫鱼肥；
故乡风景年年好，惟问王孙归不归。
——〔清〕刘鹗《题画二绝》（其二）

江苏淮安，秦汉时称淮阴，地处苏北平原的中部，淮河南岸，是江淮流域古文化发祥地之一。而使淮安最早著称于世的却因它是淮阴侯韩信的故乡，提起韩信就会自然联想到当时的淮阴。

《史记·淮阴侯列传》记载："淮阴侯韩信者，淮阴人也。""信钓于城下，诸母漂，有一母见信饥，饭信，竟漂数十日。"这里告诉人们，韩信不仅出生在淮阴，秦时还有一座淮阴城，那些家喻户晓、耳

淮安风光

熟能详的“亭长之客”“漂母饭信”“胯下之辱”的故事，正是发生在淮阴或淮阴城，韩信在此度过了窘迫的青少年时光。秦末农民起义爆发后，他仗剑渡淮，投奔义军崭露头角，凭借卓越的军事才能和为刘邦夺得政权的功绩，使其名载史册。

淮阴，古为淮夷之地，春秋属吴，战国归属时越时楚，后终属楚，秦时设淮阴县，隶属泗水郡。汉灭楚后，韩信却因功高震主，被刘邦由楚王贬为淮阴侯，淮阴为其封邑。汉高祖十一年（前196）韩信死后，封邑取消。然而，千秋兴替，世事沧桑，如同韩信身世一样，远去的淮阴似乎变得扑朔迷离。让我们从泗口、末口的变迁中，先来了解、认识一下淮阴和淮阴故城。

淮水带着远古气息，从安徽五河入境江苏，经盱眙城西，斜穿洪泽凹陷区，到达淮阴西境。当时的淮阴，除沿淮一线呈弯月形陆地外，多被浩渺的古淮水、泗水、中渎水及射陂、富陵湖、破釜涧等小湖群包夹。泗口与末口是淮阴弯月形两边端点上重要的名胜，也一定会是青少年时韩信观芦花、看风帆、研究战争的好去处。

泗水是一条古老的河流，《尚书·禹贡》就有“沿于江海，达于淮、泗”的记载。泗口为泗水与淮水交汇处，又称清口、大清口。泗口遗址在今淮阴区袁集桂塘一带。在南北军事纷争中，泗口更是“据淮南之源，关中原之门户”的军事要冲，周亚夫、谢玄、吴明彻、杨行密、刘锜等历史人物，都曾在此发动过大规模全局性战争。元泰定初（1324），黄河大决口，泗口逐渐淤塞，明朝嘉靖前已被马头小清口取而代之。

在泗口大约十里范围内，历史上先后出现过荀羡淮阴城、甘罗城、角城和韩信城等十余城，并一直以南北交通要津、军事要地和抗洪城堡呈现在世人面前。

荀羡淮阴城，在泗口南十里的马头镇，为古代黄淮运（河）交汇之处。现存有漂母墓、韩信湖、漂母岸和韩信庙。东晋永和八年（352），北中郎将、徐州刺史荀羡镇守淮阴。“淮阴旧镇，地形都要，水陆交通，易以观衅，沃野有开殖之利，方舟运漕”，却“无地屯兵”，因而荀羡在甘罗城南一里许，营造新的城池，自此，淮阴城便成为东晋南北朝时期的淮上要塞。隋初开了通济渠，运河从末口经盱眙对岸的淮河直接通向都城洛阳，泗口交通地位不复重要。历史上淮阴因区划调整曾先后四度并入末口处的山阳县。

甘罗城，在荀羡淮阴城北一里，扼泗水入淮的小清口要冲，以传说中的秦国上卿甘罗为名。这座千年城堡后世多作为防汛要塞而存在，并在一次次洪水冲击下被荡平。清初谈迁《北游录》载，甘罗城“周可四里，积沙与城平，四门塞其北”。此外，南宋咸淳九年（1273），在泗水入淮处设置清河县，为清河军治，后渐及淮水南岸。明末崇祯元年（1628）至清初顺治三年（1646），因水患和战乱并起，清河县治还一度迁至甘罗城。

清河即泗水，在淮北。今天的淮安淮阴区承属清河县，民国初年清河县与河北清河县重名，遂改称淮阴县。现如今，包括城南、武墩、黄码等在淮河南岸的一些地方，已划归淮安清江浦区，此时淮阴和韩信时的淮阴并不是一回事。

末口遗址

韩信城遗址，距马头东约十里，在今清江浦境内。北宋《太平寰宇记》称："信本此县人，其冢宅处所并存，后受封为侯，因筑此城。"此城民间传为韩信城。

"落木萧萧雁度河，西风袅袅水增波。"泗口群落在早期淮安发展史上占有重要地位，磨盘口、鱼脊街、大坝、水乡泽国给人留下了难忘印象。由于历史的变幻，洪涛泛起，泥沙俱落，泗口和泗口群的城池、城堡多数已被悄然掩埋。

末口与泗口亦东亦西，近在咫尺，互为依托。末口是长江与淮河交汇点，连通了南北方，所造就的千年漕运，为国脉所在。魏晋开始，中国经济中心逐渐南移，末口处的淮安城、河下镇、板闸及清江浦等地获得了较为长期稳定的发展，淮安承接并延续了韩信时"淮阴故城"政治命脉的正统。

末口，在老淮安城北。公元前486年，吴王夫差开凿邗沟，以利于向北方运送军队和粮草。东汉时，广陵太守陈登开凿了邗沟西道，末口的地位更加举足轻重，直到明末，在黄淮水冲击下才渐渐淤塞。

淮安（山阳）城，寓意淮水安澜。汉武帝元狩六年在淮阴东南置射阳县，东晋义年间修筑山阳县城。隋唐五代以后，淮安迎来了新的发展时期。明清两朝，这里是中央政府的漕运指挥中心、河道治理中心、漕运转运中心、漕船制造中心、粮食储备中心和淮北食盐集散中心。境内还有著名的"青莲岗"文化遗址、文通塔、镇淮楼、水利枢纽工程等，也是全国历史文化名城。元明以后韩信、漂母相关故迹，如"汉韩侯祠""漂母祠""钓鱼台""胯下桥""淮阴市碑"等在县境也得到恢复与重建。城西北隅的河下镇，北依河险，西握运道。明代平江伯陈瑄穿湖开凿了直达马头小清口的里运河，运道改从淮安城西经过，河下作为集散之地，盐商骈至，百业兴旺。

当今的老淮安承属山阳县。明清时"淮阴驿"就设在山阳县。客寓乃至定居山阳之人，观念中均认为此地为韩信时淮阴县。其原因，

清江浦楼

淮阴、淮安同出一源，当时山阳西乡又为古淮阴故地。

清江浦，明永乐十三年（1415）因开凿清江河而得名。从清江浦和山阳的关系上看，清江浦原是山阳六大镇之一。“昔日濒淮旷土，转瞬为漕运中枢，由运渠之名而为通埠之称”，全局性战略地位随之上升。又因清河县城被水冲毁，乾隆二十六年（1761），江苏巡抚陈宏谋上疏请求将淮水北的清河县移治，清江浦被划入清河县，并割山阳县西十余乡，民国以后清江浦成为区域新的政治、经济中心。

泗口、末口及运河的兴衰变化，关乎着区域命运和走向，泗口与末口共同构筑了淮阴、淮阴故城和今天意义上的淮安。特别是隋唐以后，经济的持续发展和社会繁荣，淮安逐渐成为漕运中心，奠定了淮安“运河之都”的特殊地位。

淮安东近黄海，南临洪泽，西接淮水，北连泗水，是黄淮运的汇流处。韩信用兵行云流水，最大特点善于用水，其智慧根植于他的故乡。在楚汉战争中，他先后演绎了一系列经典战例，震古烁今。值得一提的是，历史文化名人多故乡之争，韩信也不例外。韩信时淮阴故城到底在今江苏淮安哪个地方，迄今仍是个令人感兴趣的话题。

古人常以水南为阴，淮阴故名。淮河是自然形成的古河道，是中国南北重要的地理分界，也是行政区划的分界，风土人情民间习俗南北差异很大。纵观历史，河流山川相应变化较小，朝代更替、行政区划的调整却是常有之事。同一区域，不同时期不同区划，这是造成认识古淮阴误区的关键所在。

根据《史记》《汉书》《水经注》《太平寰宇记》及明清《淮安府志》《山阳县志》《清河县》等历史文献判断，古淮阴当在淮水以南、泗口与末口之间，主体应为今天的江苏淮安的淮安区、清江浦区、洪泽区及淮阴区马头镇附近。换句话说，这片区域就是清乾隆以前的山阳县。而韩信时淮阴故城，明清不同时期的《淮安府志》多将其圈定在治西（山阳）三十至五十里范围内，大概在马头及向东的清江浦城南、武墩一线。

事实上，在两千多年的历史上，淮安区域内分分合合，变化沧桑，但保存了与韩信相关的大量历史遗迹，处处尽显丰厚的历史传承和文化积淀，让我们携手新时代，拂去历史的尘埃，重新拥抱那个记忆中的古淮阴和属于韩信的淮阴城。

第二章　平民王孙待考究

淮水，自西向东从淮阴城北流过。紧依城下是一与淮水相连的大草湾，水面宽阔。秦始皇三十四年（前213年）初冬的一个傍晚，岸边有个钓鱼郎，身着蓑衣，挂着一柄长剑，手提渔竿，一动不动地立于湾头垂钓。他就是年少的韩信，十七八岁，身材高大，面庞略显瘦削。

一中年汉子，急切地走过来问怎么还有这个闲情，莫是在学姜太公钓鱼，要韩信赶快回家，来人不由分说拉上他就走。

韩信常和一帮人聚集在草荡中习武学兵，昨日刚刚回到家中，得知韩母被一帮秦卒打伤，伤情严重，悲愤之情难以言表，他今天特意来到湖边，想钓上几条活鱼为母亲熬上一些鱼汤。此刻，隐约感到母亲有什么事，不敢多想，也不再多问，收起渔竿同来人一道回去了。

穿过淮阴市口，来到城东下乡南昌亭，韩信的家就为道口旁的一间破草屋。来到门前，那人轻轻向屋内喊了一声，随即从屋内走出一位胡须花白的老者，瞪着眼睛，劈头盖脸地将韩信怒斥一番：“小子！还知道回来？稂不稂，莠不莠，成年累月在外面鬼混，你母亲被秦人痛打时，哪里去了。你母亲盼着你回来，眼泪都流干了。你回来却去钓鱼，难道是一个孝顺儿子？淮阴人从来没有孬种，血债血偿，要为韩母报仇！”

韩信也不答话，惊惑地睁圆了眼睛，惴惴不安地扑向小屋。透过昏暗的光线，发现已合上双眼的母亲被安放在草铺上，嘴角血迹斑斑。他急忙上前抓住母亲的手，本能地跪在地上，号啕大哭，撕心裂肺！韩母是韩信唯一亲人，过早的死亡，令他措手不及，没有太多的心理准备！

其实，我们并不完全知道韩信早年的相关活动，韩母被打一事只是一个传说而已，而他的身世更是一个谜。但那个年代，正处于秦统一战争和秦末农民起义大爆发的动乱时期，反秦是时代固有色彩。秦的残暴统治，严苛的法度，无尽的徭役，旧六国的人们忍无可忍，摩拳擦掌。楚南公曾说过一句名言：“楚虽三户，亡秦必楚。”

那么韩信有个什么样的家庭，他的身世究竟如何？

韩信约生于公元前230年。这一年，以秦国的纪年来计算，是秦王政十七年。他出生时，淮阴属楚国东部的淮楚地区。秦始皇统一天下后，这里便成为秦的泗水郡淮阴县。因此，就韩信的出生地来说，韩信是当时战国七雄之一的楚国人。不过从姓氏来看，在那个六国崩塌的年代，其姓氏还保留着血缘和身份的记录，为官者以官为姓氏，士大夫以封地为姓氏，诸侯王族以国为姓氏。韩信姓韩，应该和战国时韩国王室有一定的关联。

韩母墓

史书记载，韩信为平民时，家境贫寒，生活困顿，遍尝了世态炎凉，他既穷又没有钱，社会表现也不好，地方招募吏员时不被录用。他不屑于经商，又没有其他生活来源，经常吃上顿无下顿，但却非常另类，常常挂着一柄宝剑招摇过市。可是，那个时代冶金技术并不高，铸一把剑很不容易，也只有王族或者贵族才有能力和资格拥有。

史书有这样的记载，韩信投军灭秦后，是在一个无足轻重的职位上被推为汉大将的。登坛受命时，这个从未指挥过三军的年轻人，见识高远，与汉王刘邦一番宏论，石破天惊，他的“汉中对”意义，远远超过了诸葛亮的“隆中对”。丞相萧何称韩信为“国士无双”，“士”那时是指读书人。这个评价非常高，在整个汉代再无第二人获此殊荣。

韩信在战略大局上，有精辟独到的见解，在战役的组织指挥和战术运用上，也创立了许多新东西。在击破赵国后，他告诉将士们，背水列阵就是《孙子兵法》所谓“置之死地而后生”的灵活运用，并大谈春秋名人百里奚，“为虞计拙”“为秦计巧”的用人道理。楚汉战争结束后，他还著书立说，在兵法的研究方面有很多独创性，被称为“谋战派”的代表人物。班固《汉书·艺文志·兵书略》将韩信所著《三章兵法》，列入兵权谋十三家之一。

在战争实践中，我们看到了韩信具有非凡的军事才能和支撑这种才能的自然、人文、军事等方面广博知识。试想，战国时期大混战数百年，十室九空，白骨露于野，在一个历史上文盲率极高的洪荒年代，当时字是刻在竹简上的，普通人连识字的资格都没有，谁能饱读史书，拥有这么高的文化层次？谁能挂剑上街，处处尽显贵族遗风余韵？恐怕这不是淮阴底层平民，仅凭头脑一时聪明所能达到的境地，一定会和韩信早期贵族家庭教育有着极大关系。

然而，那时人们对韩信身世已不甚了解，史书上只有韩母而没有韩父的记载，父亲是谁，韩信有无妻儿亲属，似乎没有人知道。巧妇难为无米之炊，司马迁在《淮阴侯列传》中，尽管提供了一些身世线索，也只是寥寥数语，一笔带过，让人浮想联翩。这主要是因为年代较为久远，人们记忆中的一些史实已经模糊不清。

事实上，关于韩信身世古代已有一种比较明确说法。中国传统蒙学读物、明代大学士李廷机所著《五字鉴·秦纪》中称："韩信乃韩国之后。"陕西省城固县原公镇韩家巷韩氏后裔保存的一部清道光二十五年（1845）刻本《韩氏宗谱》，对韩信的身世也有明确的记载："韩氏本姬姓之苗裔，周襄王时，有食采于韩者，因以为姓焉……起世为晋卿，确有可考六传。而与赵、魏二家三分晋地，化家为国，其傍支之子抱其宗谱以奔楚，两传而生（韩）信。（韩）信有雄才大略，文武足备，为古今名将……"同样，近几十年来国内陆续发现明天启《淮安府志》《凤山县志》《东兰县土司族谱》和当代不少版本韩信传记多认为，韩信为落魄并胸有大志者，他的父亲或为韩国襄王仓庶出二公子韩虮虱之孙。

当时，韩国发生政变，留在楚国做质子的韩虮虱没有当成韩王，被迫留在楚国，等待恢复韩国贵族身份。可是不久，韩国就被秦国攻破，几年之后，秦将王翦包围了楚都寿春。身为韩国破落王族的韩信父亲，和许多人一样，为躲避秦军的追捕，向江淮逃亡，辗转途中散落在偏远的古淮阴，其妻生下韩信。由于韩信特别懂事，又聪明过人，韩父从小教他熟读《孙子兵法》，并被寄予反秦复国的厚望。可是，在韩信十来岁时，韩父被秦兵拉去修筑长城，多年过去，一直杳无音信，生死不明。父亲离开后，韩信由母亲抚养成人，孤儿寡母，相依为命，过着非常贫穷的日子。

史书还记载，在韩母死后，韩信葬母明志，他在悲痛之余，将母亲归葬于淮阴八里荒。八里荒在淮阴城东北，当时是个连狗都不去的大荒，大家吃惊韩信所为，一个糊涂小子，好笑而又狂妄！

秦汉时，人们十分讲究风水，选好阴宅阳宅以利个人及家族的兴旺发达。韩信自信地认为，现在自己虽很穷困，无钱厚葬亡母，但总会有发达的一天，空旷的大荒，正是一块行营高敞的风水之地，放眼望去，将来可以置上万户人家为母亲守墓。他在向人们传递出一种贵族世家东山再起的愿望！

韩信葬母一事在淮阴引起不小的轰动，时隔七十多年后，司马迁从长安出发，过长江，北涉江淮，亲自来到韩信故乡，追寻韩信年轻时的行踪，故老们每每提及此事，但态度已经发生了根本转变。

那时，韩信已成为楚汉争战中一位非常重要的人物，他以杰出的军事才能，辅佐刘邦崛起蜀汉、席卷关辅，由弱变强，仅用四年时间，打败了不可一世的西楚霸王项羽，为刘邦夺得政权立下了头功，名闻海内，威震天下；他却又因功高盖主，被皇后吕雉谋杀于长乐宫钟室，一个辉煌的人生换来了悲惨结局。

回首往事，面对着韩母墓，人们对司马迁说，他们既同情韩信的人生遭遇，更尊敬韩信当年葬母所为，说他即使为一介平民时，志气也是和平常人不一样。

第三章 漂母救命的午餐

韩信葬母的举动，乡邻议论纷纷。在非议声中，唯有本乡的南昌亭长还能体认。

秦朝地方行政建制为乡、亭、里，亭长则是乡村十里治理民事的公务人员，负责治安、捕盗、理民和管理停留旅客等事务。放到今天，相当于一个大乡乡长。应该说，南昌亭长是赏识韩信的第一个人。韩信小小年纪，与众不同，庄重自然的神态，文雅适度的谈吐，见识非凡。

寄食养士是春秋、战国时的遗风，食客经常寄居权贵门下吃闲饭，往往伴有一定目的。秦王朝的暴政，天下或有大乱，民之不畏死，则大畏至矣，如果老百姓不怕死的想去造反，天下非出大乱子不可，交结一帮有用之人，留条后路才是明智之举。南昌亭长力劝韩信去他家寄食。

韩母去世后，韩信在淮阴已是孑然一身，生活无着，于是一拍即合，决计先来南昌亭长家填饱肚皮。不过，亭长妻子开始还能沉住气，时间一长她便着急了。韩信来了几个月什么事也不做，白吃白喝，家中就是一座粮山也会被大小子吃空。

妇女惯用的手法就是使脸色，不理不搭，但韩信似乎视而不见，每日照样准时准点来蹭食。还算大度的南昌亭长不愿公开得罪韩信，但也不能不由着愤怒的妻子。

韩侯钓台

一天清晨，当韩信匆匆来到他家就餐，走到饭厅时，见桌子上碗筷横七竖八，狼藉一片。平时吃饭较晚，怎么今天如此之早，通常不是这个样子？韩信觉得蹊跷，他走进厨房，见亭长妻子正在收拾残羹剩饭、刮锅洗碗，便问："大嫂！没有剩饭吃了？"

"今天来晚了，早饭我们在床上吃过了。"亭长之妻面无表情，看都不看韩信一眼。

韩信一下子明白过来，她家玩的是小人伎俩，在赶自己走！韩信满腔愤怒，狗眼看人低！他眉头频蹙，想骂却什么都没有骂出口。《史记》在描写时，用了四个字："怒，竟绝去！"从此，韩信不再与南昌亭长家有任何来往。

现实的无情，日子的窘困是多么难以想象的事情。俗话说："民以食为天。"失去生活来源，又不会料理自己，吃饭就成了一个大问题。这也就引出了漂母济食韩信的故事。

淮阴多河流湖泊，是淮水中下游地区的水乡泽国。自从离开南昌亭长家后，为了维持生计，韩信常常提着渔竿，来到城外淮水边钓鱼谋生，借此等待时机来实现自己成就大业的夙愿。

这天已近晌午，午饭钱还没钓到，面容憔悴的韩信必须在河边继续钓下去，希望能钓到几条大些的鱼。他强忍着饥饿，眼前却金星直

漂母祠

冒，天地旋转起来，眼前一黑，一头栽倒在河边。

见韩信倒地，几位漂洗丝絮的妇女连忙放下手中的丝絮，跑来扶起韩信："钓鱼的，怎么啦？"少许，韩信轻轻地发出呻吟声。见韩信脸色煞白，满头冒汗，嘴角淌出黄黄的黏黏的水时，一年长的漂母大娘恍然大悟："哎呀！这孩子是饿昏了，快将罐子里的稀粥拿来，快呀！"

大嫂从柳筐中的陶罐里，倒了半碗粥汤递过来。当闻到粥汤香味时，韩信嘴微微动了动。他觉得自己似乎从半空中飘来，一阵恍惚过后，听到有人在呼唤自己，仿佛那声音由远而近，漂母的面庞渐渐清晰起来。

韩信揉了揉眼睛，便挣扎欲起，太饿了，他举起陶罐，一口气将剩下的稀粥喝光。

漂母笑了。

"漂"，南朝人宋裴骃《史记集解》引三国人韦昭的注解说："以水击絮为漂。"漂洗在当时是一个苦脏累的行当，挣不了几个钱。据淮阴当地人介绍，这位好心的大娘，多年前从北方落难而来，丈夫和孩子先后死去，她逃难到淮阴城边，给城里大户人家漂洗丝麻葛絮。漂母姓什么，叫什么，没有人知道。人们出于尊敬，都亲切地称她为漂母。

秦汉时王子王孙多失国，像韩信这样沦落到社会底层，最容易勾起良家妇女的怜悯之心。漂母的日子也很难过，她好言安慰韩信，只要不嫌每天中午来这里吃些粗茶淡饭，等日子有了转机再离去。

韩信两眼噙着泪花，翕动着嘴唇，在困顿中能得到漂母的帮助，他感动得一时说不出话来。但他从漂母的神情中，读出了慈母一番的关爱。

一晃几十天过去了。一天中饭后，漂母对韩信说明天我就不来了，以后吃饭问题你要自己想办法解决。

绝望中的一口，远胜于出将入相时的一斗。韩信发自内心地说：“谢谢大娘，韩信如有出头之日，一定会用千金来报答您！”

咳！何出此言。漂母头脑很实际，像韩信这样没有谋生的本领，饿着肚子也不肯放下身子干活糊口，真为韩信着急。她十分生气：“大丈夫不能自食其力，还说什么千金报答？给你一口饭，救你一条命，是哀怜你这个王孙罢了，哪里指望你将来的报答！”

漂母的话如同一记耳光，打在韩信脸上，强烈震撼着心灵，让他羞愧得无地自容。但他明白漂母气愤的含义，人不能只生活在理想之中，现实的每一步很重要。回想起自己辛苦一世的母亲，对比着薄情寡义的亭长妻子，这是人世间真情的流露，是一个无私的人在为自己儿子点燃生活的信念。此刻，他含着泪水走近漂母，向漂母拜了几拜，立起身来向远方走去。

乾隆御碑

“王孙”，用来尊称亡国贵族后裔，后泛指贵族子孙，古时候也用来对人的尊称。漂母称韩信为“王孙”，可能是从另一个侧面讲出了韩信的身世。漂母的“我是哀怜你这个王孙！”这句话，更是一直飘荡在韩信耳边，时时激励着他重新规划人生，不断进取，去干出一番大事业来。后来发生的事实，也充分证明了这一点。

漂母济食于人，不图回报的大爱精神，不仅影响了韩信，也深深地影响了一代又一代的中国人。

千百年来，人们将漂母与孟母、岳母并列，她们是妇女仁慈善良的典范，用母爱哺育了中国历史上的三位杰出的人物。而漂母较孟母、岳母更显伟大，教导自己的孩子是母亲的义务，她却将无私的母爱给予一位素不相识的青少年。

漂母美德也备受世人景仰。李白、刘禹锡、韦庄、苏轼、黄庭坚、王安石、张耒、梅尧臣、杨万里、曹雪芹等文化人，多有诗文对漂母一饭之恩的赞颂。

历朝官府在江苏淮安境内，也纷纷建祠树碑筑塔以示褒扬。漂母祠、韩侯钓台、韩侯祠、漂母墓、韩母墓等人文景点，至今仍以其独特的魅力，吸引着四方游人前往观瞻。

第四章　胯下之辱合兵法

淮阴城是沿淮城市，也是最早意义上的运河城市。

淮阴末口的开凿，是中国水利史上一次革命，从那时起，东西走向的长江与同样东西走向的淮水，在这古老的原野上挽起手臂，襟吴楚，带淮泗，成为沟通南北方的重要通道。

秦并六国后，苦于秦法严苛，北方韩、赵、魏、燕、齐等地的亡国之民，不断跨过这道门槛，逃难到秦统治力相对薄弱的江淮腹地。秦帝国为了便于南北运兵输粮，集散管制，于秦王政二十四年始设淮阴县。到二世初年，十多年时间，新建的淮阴城（一说在原“甘罗城”基础上）已具规模，市井虽不算太大，但颇为热闹繁华。

韩信在淮阴的日子并不好过，离开了漂母，常常踯躅于淮阴街头。

淮安老街

没有了家，没

有了亲人，八里荒葬母风波，亭长妻下逐客令，难堪的情景时时袭上心头。他不安于现状，不知道怎么办，又觉得世道不应是这样，孤独、贫困、屈辱的日子哪一天才是尽头？此时，他不仅忍受着生活上的巨大压力，还时常忍受着淮阴“恶少年”们的欺凌。好事不出门，坏事传千里，一次胯下受辱的风波，更使他成了家喻户晓的笑料，从此“胯夫”恶名，竟在中国历史上广为流传。

但有一点可以确认，韩信一定是个读书人，是个老实人，做人做事都是有原则的。只是韩信太过卑微，当时几乎没有人能够体会到这一点。他虽然贫困到四处乞食的地步，依然非常有骨气。南昌亭长欣赏他，供他饭吃，但一旦发觉亭长之妻对他心生厌恶，就怒而竟绝去。漂母对他有一饭之恩，他要富贵后千金相报。被司马迁称为“屠中少年”当众凌辱他，他宁可忍受胯下之辱，也不做无谓的牺牲。

“胯下之辱”事件是怎么发生的呢？

那一日，一帮纨绔子弟在城里碰到了彷徨中的韩信。他们都认识韩信，也都瞧不起韩信。一个吃不上饭的穷小子，混得形如乞丐，偏偏装成一副斯文的样子，挎着长剑招摇过市，今日非要教训这个不知好歹的家伙！

他们便来到桥头，拦住韩信的去路。其中屠夫少年，径直走到韩信面前：“就你也敢配剑，老子早就看你不顺眼，有本事就拔出剑来比试一番！”

韩信脸上并没有什么表情。

见围观的人渐多，屠夫少年越发骄横：“你不是男人？不怕死，就举剑刺我，我不动手，你敢不敢？来吧！”

韩信仍一动不动。刺死一个屠夫，易如反掌，举手之劳，可杀了一屠夫算得上什么英雄：“不！杀人要抵命。”

“不要抵命，你俩当着众人立下字据，死活无关，敢吗？”“韩信！

你是个男人就杀了他！”一帮人在起哄。

见韩信隐忍地低下了头，屠夫少年又是一阵狂笑，此人不过是一个没有用的破落王孙：“人说你是淮阴大英雄，闹了半天，也不过是鼠胆鸡肠的懦夫！”

又见韩信欲走开，他变本加厉，胯开双腿，站在桥头，指着韩信说：“别走！要走也行，那就从我胯下钻过去，我就饶了你！”

韩信心如刀割，满头冒火。从小到大遭受不少人世间的嘲弄和蔑视，但在大庭广众之下受到这般污辱，还是头一回。他的右手向左移去，紧紧握住了剑柄。

见状，屠夫少年喊道：“韩信！有本事就把剑拔出来！”

这是一个艰难的选择，要不要杀死屠夫少年，韩信思想斗争非常激烈。他的手渐渐地沁出了汗，眼光中透出一丝杀机射向屠夫少年，屠夫少年为之一懔。

这时，满街的人都在喊：“杀了屠夫！韩信！要有本领的话，就杀了屠夫！”

这一喊，反而使韩信冷静下来。

屠夫少年并非真心打架，只是有意侮辱自己。如果比武，我是饿汉，未必能赢，即使赢了，也将伏法偿命，难免一死。不知今日情况的人，还以为我智虑穷尽，怒杀屠夫，只图一时痛快。其实，死还不是一件容易的事，活着去达成心中使命才是光荣的。苦心人，天不负，有志者，事竟成，绝不能为眼前的这一点耻辱断送自己满怀抱负的一生，将来总有一天一定会让屠夫知道自己错了，要让屠夫看到我的成功，要让淮阴人知道到底谁是懦夫！

想着想着，韩信的目光渐渐平和下来，理智战胜了冲动，右手也离开了剑柄。

“哈哈！害怕了吗？”屠夫少年见韩信不吭声的样子，轻蔑地说，

“韩信，你害怕就从老子裤裆下钻过去吧！淮阴自古是藏龙卧虎的地方，哪容你小子装腔作势？快钻吧！”

“屠夫！你会后悔的。”韩信说。

“老子整日杀猪宰狗，从不知道什么叫后悔！老子腿都叉酸了！你到底钻不钻？”屠夫少年哈哈大笑。

“忍了吧！”于是面对屠夫少年的羞辱，韩信拽起长襦，俯下高大的身子，四肢并用，慢慢地从那个屠夫少年的裤裆下钻过，起身后悻悻离去。

“孬种！孬种！怎能像狗一样爬过去，丢人现眼，淮阴还从来没有见过这样不要脸的人。”“奇耻大辱！胯夫！胯夫！”街市上围观的人群，原以为韩信会拼命的，却看他钻屠夫的裤裆，那些同情他的，要弄他的，看热闹的，有人摇头，有人哄然大笑，有人喝着倒彩。

胯下桥

平心而论，能忍受胯下之辱的有两种情况。一种是苟且胆怯，为了逃命，好汉不吃眼前亏，自知形只影单，硬拼肯定吃亏。一种以屈求伸，忍辱负重，把愤怒藏在心底，忍一时之忍。对韩信来说，估计当时两种情况都有，主要是第二种，在众人威逼之下，经过思考不得不做出的选择。

宋代大文豪苏东坡在《留侯论》中的这段话，

或许可以为韩信做个很好注解。东坡居士写道：“古之所谓豪杰之士者，必有过人之节，人情有所不能忍者，匹夫见辱，拔剑而起，挺身而斗，此不足为勇也。天下有大勇者，卒然临之而不惊，无故加之而不怒，此其所挟持者甚大，而其志甚远也。”匹夫见辱拔剑而起，这就是普通人，受到一点侮辱后，第一反应就是拔刀子动拳头。真正大智大勇的人，突然遇有一事，神色不变，即使别人无缘无故把一个罪名加在你身上也不动怒，忍才是强者具有的品质！

然而，苦难是对一个人最大的磨炼，但过早的经历苦难，也会给人带来一些不良影响。由于韩信不是跟泥土打成一片的人，在淮阴瞧不上几个人，现在受到市井无赖欺负时，也没有朋友站出来相助。这样的成长环境，生活上极贫乏，精神上极高贵，容易形成特殊志向，让他比常人更加坚强，更加追求个人功利思想和朴素的报恩情感，也更加希望出人头地。

淮水之滨，寒风吹动着韩信的长发。

望着滚滚东去的淮水，他多么盼着一场狂风暴雨的来临！胯下之辱虽然忍了，但他从心底感到羞愧，但一报还一报，又有什么意思？不能再这样下去，该是离开淮阴的时候了。

第五章　亡秦岁月二三事

秦二世元年（前209）秋，风云骤变。九百名到渔阳守边的戍卒，不堪忍受秦王朝的暴虐，在陈胜、吴广两位豪杰的带领下，揭竿举义，起兵抗秦。

陈胜他们的这把火，如同投在干柴堆里，大火从四面八方熊熊燃烧起来。

许多被秦灭掉的六国旧贵族趁机而起，先后建立了齐国、赵国、燕国和魏国。还有一些久蓄大志的豪杰也纷纷起来，拥兵自立。彭越起兵于昌邑，武臣起兵于赵地，英布和吴芮起兵于番阳，朱鸡石等人起兵于淮上，沛人刘邦率沛中子弟攻下了沛县城。在江东，逃亡于会稽郡的项梁、他的侄子项羽也已起兵，声势浩大，成为东南方反秦义军中一支重要的力量。

项梁，战国末期名将项燕的儿子，项燕曾担任楚国灭亡前的楚军统帅，为人忠直，热爱士卒，善于用兵，多次挫败秦军，最后被秦将王翦杀死，楚国也随之而亡，楚国民众十分怀念他。项梁、项羽杀得会稽（今江苏苏州市）郡守殷通，树起了“反秦复国”的大旗，训练吴中子弟，积极寻找战机投身反秦战场。

韩信的家乡附近，作为楚民聚居地，反秦声势也是一浪高过一

古淮河

浪。南部大泽边徐县（县治没入洪泽湖中）人丁疾聚众举义，率领义军渡过淮水围攻东海。泗水南凌县（今江苏泗阳县城北）人秦嘉，率义军围攻东海郡守于郯，逼迫郡守投降，并进军占领了彭城。西边东阳县官吏陈婴也聚众两万人起兵。

淮水是中国南北分界河流。秦国都城在西部咸阳，从淮泗口北上，将进入淮北的泗水、沂水和潍水地区，秦楚战争的初期主要在这个地区的泗水郡和东海郡展开。

这时，陈胜的部将召平来到会稽，假传陈王将令，封项梁为楚国上柱国（战国时楚国职官，位极尊宠），要项梁赶快率兵渡江北上同秦军展开决战。项梁、项羽的家乡下相（今江苏宿迁市）就在淮水北岸，于是项梁答应召平请求，带领八千吴中子弟，北渡长江，开始了打天下的日子。

项梁义军从江苏镇江过长江，北行大泽，西进淮阴县来了。有格局的项梁并没有急于渡过淮水，而是在淮阴停驻一月，收编了陈婴两万多东阳军。他的想法是，汇集淮泗和山东地区的反秦力量，联合西进灭秦。

令人费解的是，外面的战争如火如荼，淮阴怎么一点风声都未有所闻？

淮阴是北上南下的唯一咽喉通道，过淮阴的人和队伍一定很多。只有两年零五个月的秦楚战争，韩信却有近八个月时间在淮阴一动不动。平日挂着一柄宝剑，将帅情结特别重的一个人，如今风云际会，豪杰竞逐，怎么会无动于衷？原因只有一个，他在等待机会，现在这个机会终于来了，项梁将军正是自己属意的人物。

在向韩母墓肃立致意后，二十三岁的韩信带上那柄时刻不离身的长剑，跟随着项梁的队伍，离开淮阴，北渡淮水，投身到推翻暴秦的大革命洪流中去了。

此时义军正需要人，韩信没有能力拉上一支队伍，他的性格也不会有人愿意追随他，只是一人一剑投奔到项梁军中，但项梁对这位人高马大的淮阴同乡，颇有好感，也知道了韩信的一些身世，虽非作为特殊人才对待，也算恩遇，将韩信直接留在自己的警卫军中，担任侍卫兼仪仗兵——执戟郎。

项梁渡过淮水，迎来了四方响应。英布、蒲将军柴武以兵归属。居巢（今安徽巢湖）人范增、伊芦（今江苏灌云县东）人钟离眛、沛公刘邦等人，也纷纷前来投奔。在击杀了自立为楚王的景驹和秦嘉，攻取了襄城，这支以江东八千子弟为根本，合并整编后的项梁军已达六七万人。

历史是多么巧合，在项梁的旗帜下，秦汉之际最为关键的三个苏北人项羽、刘邦和韩信，就以这样的方式不约而同地登场了。

这时候项梁得到正式消息，陈胜、吴广等几个大泽乡起义领袖已相继死亡。他审时度势，接受范增的建议，恢复了故楚国，为迎合百姓，仍立楚王的后人熊心为“楚怀王”，陈婴为上柱国，与怀王都盱眙。项梁自号为武信君，范增为军师，与秦军展开决战。作为亲近侍卫的韩信，从此紧紧跟随着项氏叔侄，经历了楚军每一个重大事件，参加了每一次重大战斗。

项梁首先带兵冒雨攻克了戚县，进攻亢父，和齐国田荣、龙且二人合兵救东阿，大破秦将章邯，迫使章邯收拾败兵，退守濮阳。

在项梁的麾下，最充满活力、最受拥护的就数项羽、刘邦两支队伍。按照项梁的要求，他们放弃了濮阳，转而率军攻定陶，急行军二百多里，突然袭击雍丘，大破秦军。项梁则引兵自东阿向西进攻，又在定陶把秦军打得大败。

然而，一连串的胜利，众将士对项梁崇敬万分，使得一直谨慎的项梁滋生了骄傲情绪，自以为章邯秦军没有多大的战斗力，踏破秦关已为时不远。于十月底，在一个“三月不见星”的暴雨夜，伺机报复的章邯，趁项梁麻痹，大破楚军于定陶，项梁不幸被秦兵斩杀！主帅一死，楚军大乱，大多数士卒在混乱中被杀，幸存者仓皇逃去！

项梁虽死，侄子项羽犹在。战斗中的韩信，虽侥幸逃过一死，但他目睹了将亡兵溃的惨状，他和他的战友们转归项羽，随即参加了楚秦钜鹿大战，发誓要同秦军战斗到底。

秦将章邯击破项梁之后，突然带着二十万秦军北渡黄河，转攻赵国。楚怀王熊心下令兵分两路，一路由沛公刘邦直接西进关中灭秦；一路由上将军宋义、次将项羽、末将范增统领二十万楚军，救援危在旦夕的赵国。可是，当宋义进抵安阳时，却下令安营扎寨，不敢前进，坐视秦赵相斗，并在连天的秋雨中，停留四十六天。在一次争吵中，被激怒的项羽一不做二不休，手起剑落，将宋义的头颅砍了下来，代替了楚国上将军职位，夺得了楚军指挥权。

楚人与秦人生死大决战的时刻到了，唯有用热血和生命来赌一把楚国的明天！

过了黄河后，项羽既激动又冷静，他传令军中：“砸碎釜甑，凿穿战船，只保留三日的粮食，如不能战胜，就只有死！”随着决战令的下达，已疯狂的楚军将士无不以一当十，奋勇争先，叱咤风云，秦军惊骇万分。经过三天九次激战，杀死秦大将苏角，生俘王离，涉间自焚而死。秦王朝主要的军事力量被摧毁，扭转了整个战局，楚军大获全胜！二十五岁的项羽成了大革命舞台上的中心人物，救援赵国的所有诸侯军队都无条件归属其麾下，一战封神，他在反秦义军中的领袖地位也由此确立。

不久项羽断然渡河，挥军再击漳水的重要渡口三户，大败秦军污水之上。当秦军钜鹿大败后，消息迅速传来，秦廷上下十分震惊！暴怒的秦二世严责章邯的失误。战也是死，不战也是死。章邯陷入了无法解脱的境地，走投无路的章邯率军遂向项羽投降。

遗憾的是，关于韩信在钜鹿之战中的活动，由于史书的失于记载，我们几乎一无所知。可以肯定他不是武勇者，难有披坚执锐，搴旗斩将之功，还需要时间磨炼，收获的只是一个战士的成长、经验和教训。

第六章　韩信以策干项羽

冬天来临了，河北平原上枯枝满布。

项羽打败秦将章邯后，率领着诸侯联军四十万人，列阵不停地向西扑向关中。为安抚秦降将，他任命司马欣为上将军，统领原秦卒二十万，跟随联军进发。

是时，韩信已被项羽任用为郎中。秦汉郎官中有中郎、侍郎、郎中等，负责执戟宿卫殿门，故称执戟郎，即一名侍卫武官。《续汉书·百官志》曰："凡郎官皆主更直执戟。"《汉书·百官公卿表》："郎掌守门户，出充车骑，有议郎、中郎、侍郎、郎中，皆无员，多至千人。议郎、中郎秩比六百石，侍郎比四百石，郎中比三百石。"

从无名的执戟郎，到有身份的执戟郎中，对一个尚没有取得军功战绩的人来说，已经是很不错的待遇了，而且执戟郎中是个尊崇的职务，参与谋议，执兵宿卫，并经常伴随在项羽、范增等楚军最高层的左右。

韩信对项羽的全面了解和认识也是从转投项羽后开始的。

项羽名籍，字羽，生于楚幽王熊悍五年（前233），出生地在楚国东部的下相。他自幼跟随叔父项梁长大成人。年少时，项梁曾有意识教他读书，可项羽学了没多久便厌倦了，又教他学剑，没多久又不学了。项梁大怒，项羽却说："读书识字足以记名姓而已，学剑也只能敌一人，不足学，男子汉大丈夫，当学敌万人的本领。"项梁非常吃惊侄儿的志向，于是便教他学兵法。但学了一段时间后，他又不愿意学了，项梁只好任由他去。后来，项梁因杀人罪案受牵连，为了躲避仇人，带着项羽一起逃亡到江东会稽避祸。秦始皇游览渡浙江，项梁和项羽一块儿去观看，项羽却说："那个人，不过如此，我可以取代他!"项梁急忙捂住项羽的嘴巴。

项羽虽年少轻狂，但力能扛鼎，气魄超凡，堪称中国历史上最强的武将。古人对其有"羽之神勇，千古无二"的评价。陈胜、吴广等九百余人在大泽乡举义后，项梁积极响应，在会稽成功地发动政变，自立为郡守，项羽做将军。这一年，项羽二十五岁。从此，他带领八千子弟，过长江，进淮阴，屠襄城，战定陶，破钜鹿，征战连连，杀伐谋断，叱咤风云，天下罕有敌手。

让人不可思议的是，这个强悍的汉子，最初给人们的印象却是十分柔和的。他为人恭谨，言语温和而亲切。定陶惨败后，韩信与溃逃的数十名幸存者，几经周折来到彭城投奔项羽，项羽来到每人面前嘘寒问暖，还将他的饭食拿给伤员吃，归来的士卒看到这个场面，感动得没有不落泪的，连一些负伤累累躺倒在地的士卒，都支撑着病躯爬起来向他敬礼。

其实，过早地迈向人生辉煌，也并不是什么好事，面对亢奋之中的项羽，韩信有说不出的感觉。

项羽年轻气盛，独具世族大家的豪迈，是一位不可一世的军事天才，但过于沉迷于征伐，忽视人心，政治上还很稚嫩。一年前，项梁死后，楚怀王熊心和几位楚军老将都认为，项羽性情勇猛刚烈，桀骜不驯，一路上经常掠地屠城，滥杀无辜，西去关中灭秦，不能以暴易暴，如有义师前去，告谕三秦的父老，才能得到他们的拥护。而沛公刘邦则是继项梁之后，楚军中一位重要的实力派将领，让刘邦去更为合适。刘邦原是秦泗水亭长，四十六岁那年，趁秦末天下大乱之机，聚集数十个愿意跟随着自己的壮士，后来得到友人萧何、曹参、樊哙等人的帮助，占据了沛县城。他虽是一个北方大爷式的人物，常弄几杯小酒，好一些女色，要些不大不小的流氓，但他了解民众疾苦，为人宽厚，懂得用兵之道在于人心，注意整顿军纪，约束部下，不残害百姓，是一位善听建议、睿智与大度集于一身的人物。如今，项羽在血战中原之际，刘邦遇到的只是秦国地方守军，走的又是捷径，前些日子得到消息，他们用避实击虚的办法已取下中原重镇陈留（河南开封境），照这样下去，他们会不会捷足先登抢先占据关中为王？

关中是指陕西中部秦岭以北，子午岭、黄龙山以南，陇山以东，潼关以西的区域，也就是战国末秦的故地。

钜鹿之战前，为鼓励作战，楚怀王曾与诸将约定："先破秦入咸阳者王之。"谁先攻入都城咸阳，就封为关中王，项羽、刘邦二人都雄心勃勃，志在必得。

令人十分担忧的是，项羽面对着秦军的主力，是一场生死恶战，若在钜鹿大战后，楚军及时撤出战斗，章邯闻听刘邦西进，势必回师援救咸阳，刘邦也就困难了。但他没有休战，前后和章邯纠缠了八个月，尤其是在秦将王离投降之后，预定任务已经完成，没有必要在漳水边和章邯大战六个多月。

现在的项羽，完全看不到问题的严重性。他以为楚军士气旺盛，无坚不摧，料定将如攻克钜鹿一样长驱关中，刘邦虽有两三万人马，都是一些乌合之众，不相信刘邦会成为自己争霸天下的对手。他甚至连一支几千人的精干队伍也没有抢先向咸阳方向派去。

事实上，正如韩信等人预料的那样，抢夺关中王位已是刘邦理所当然的目标，而项羽的缠战，吸引了秦军主力，刘邦乘虚而入，坐收渔人之利。

去年五月，刘邦从彭城出发后，马不停蹄，先在砀郡召回一些旧部，又收拢陈胜、项梁散兵游勇，由砀郡出发，经成武、栗邑，遇彭越，一起向北袭击昌邑，战不利，听从陈留人郦食其建议，转攻陈留，继而攻南阳。此前，浪迹江湖多年、以复国为使命的韩人张良，已取下韩国十余城。在张良的协助下，刘邦又迅速平定了韩国全部地盘。沿途城邑，见了刘邦队伍不抢掠、不烧杀，纷纷归降，大军所到之处，没有拿不下来的城池。接着，用张良计，刘邦派郦食其和陆贾去游说秦将，用利诱惑，乘秦将懈怠，成功突袭武关，率军进入关中地区，咸阳一片恐慌！

当时，正值秦国发生内乱，赵高没有什么军事才能，只是一个阴谋家，他见秦朝大势已去，派人逼二世自杀。作为一个过渡，赵高便推出公子婴。子婴又利用在庙堂上举行即位仪式的机会，杀了赵高，灭了他的三族。子婴主动去掉帝号，改称秦王，企图瓦解义军的攻势。

在此前后，项羽却昏着迭出。当进军至新安（河南渑池东）附近时，更是发生了一起骇人听闻的坑杀事件。

这时，秦军中有人密报，章邯、司马欣、董翳三人虽已归降，但他们部下不甚诚服。兵卒们私下窃语："章邯诱骗我们投降，楚军如能攻入函谷关，西破秦国，当然很好，而函谷关险，易守难攻，倘若战而不胜，上将军一定会将我们俘虏到楚地，我们父母妻子也将为自己的叛秦投楚而被二世皇帝杀掉。与其获罪朝廷，不如现在逃跑，或者索性反楚。"

项羽无法坐视，以秦卒二十万之众，一旦造反，气势和力量都是惊人的。如今楚军都快到关中了，秦卒若要暴乱，这个后果实在不堪设想。项羽定下了决心，要绝后患。只留下降将章邯、司马欣和董翳三人，但不让他们和部下接触，至于兵卒，全部坑杀！

见此状，韩信等人悚然不安。

自古以来，不杀降卒，况且要坑杀二十万之众！对秦人谁没有家仇国恨，但要想一想，二十万被缴了械的秦军将士，一概被坑杀于山谷之中，那是一种什么样的惨状，又是多么可怕的场面。当年秦始皇用这种酷刑，坑杀四百六十余名儒生于咸阳，引起天怨人怒。如今一报还一报，楚军再坑杀二十万降卒，后果恐怕更为可怕。秦卒如果战死，不会有人记恨，如今归降，无故为楚军杀害，他们父母、他们妻子儿女莫不悲痛欲绝，要树多少仇敌？这将大大地有损于上将军项羽的品德和声威，失去天下人心。

项羽行事坚决，他让英布、蒲将军等人，待楚军进入山谷地带后，划定降卒露营死地，将他们全部活埋！

这场杀戮让韩信刻骨于心，这与五十四年前秦将白起坑杀赵军四十万人一样，为秦汉史上触目惊心的大屠杀，只是六国对秦施暴者易位。后来韩信与汉王刘邦在汉中对谈时，念念不忘，愤愤提及。或许，正是这一连串的事件曾引发了韩信与项羽的冲突？

项羽大约比韩信长两岁，与老到的项梁相比，或许，年轻人之间会有更多的共同语言，韩信力求抓住进军机会，多想在途中为项羽出谋划策，保卫同样年青的项羽。然而，史书上说，“数以策干项羽，羽不用”。是说韩信多次尝试用自己的谋划影响项羽，却得不到项羽赏识。也就是说，在两年多的灭秦战争中，被后人誉为“兵仙”“战神”的韩信，一无建树，错失了人生重大的机会。

第七章　不得不说鸿门宴

当项羽经过十个月苦战，挟持着击破秦军主力的余威，来到了函谷关下时，分别以项羽和刘邦为领袖的两支抗秦军队，终于在咸阳郊外相遇。

这时候，刘邦已经抢先进入了咸阳，继位不久的秦王子婴，自知无力抵抗向刘邦请降，盛极一时的秦王朝至此而亡。随即，刘邦传令下来，封闭关口，不论是谁一律不准进入。

“有谁敢挡者，杀无赦！”项羽得到消息后，横槊下令攻关，顷刻之间，三军应声而出，关门在重木冲击下被撞开，楚军如潮水般涌入函谷关，守军望风溃逃。项羽军一路冲杀，次日下午便来到戏下鸿门（陕西临潼东北）。

更让项羽愤怒的是，傍晚刘邦左司马曹无伤密使求见，说刘邦到咸阳后，打算自立为王，让投降的秦王子婴为相，秦宫府库中的珍宝，一律据为己有。

项羽认为，当初刘邦起事迭遭失败，连部属雍齿都背叛了他，是叔父项梁给了四千人马，使他在失败中走向成功，刘邦现在的行为，是公开与我为敌，纯属忘恩负义，就是自己称霸路上的大敌！在谋士范增的建议下，他传令众将：“明日拂晓饱餉三军，击沛公军于灞上！”

此时，项羽有兵四十万，号称一百万，驻扎在鸿门，刘邦有兵十万，号称二十万，驻扎在灞上。两支反秦盟军，一场血战，就将在眼前展开。

就在这时，因发生一意外事件而改变。

月夜楚左尹（左军司令）项伯坐卧不安，他是项羽小叔父，早年曾因杀人，藏匿在下邳张良那里，两人成了生死之交。鸿门与灞上两地相隔不远，项伯忠于友情，来到马厩牵出快马，一路直奔刘邦大营去救张良。

张良，字子房，韩国城父人。他的祖父和父亲“五世”担任韩国的丞相。年轻的张良还没来得及在政坛上展露身手，韩国已被秦国所灭。韩国灭亡后，年轻气盛的他和项羽、韩信等人一样，都是咬牙切齿的复仇者。当时家里还有僮仆三百，资产万金，他将所有的钱财都用于寻求刺客上。后来终于找到一名大力士，铸造了一把一百二十斤重铁锤，他们乘秦始皇东巡，埋伏在阳武西南博浪沙阻击，可惜误中副车，谋刺未遂。张良只身逃到下邳潜藏起来，精研十年奇书，成为有汉一代大政治谋略家。

张良知道事态严重，他竟拉着项伯来拜见刘邦。刘邦是个很现实的人，一下子惊醒过来。楚怀王熊心虽有关中王约定，但两军力量悬殊，无力同项羽抗衡，关中王人选最终并不能取决于熊心，现在除了屈服项羽之外，别无其他的选择！长袖善舞是刘邦拿手的绝技，他极力拉拢项伯，亲自为项伯设宴祝寿，让两家结为儿女亲家。他还解释说这是一场误会，答应亲自去灞上向项羽请罪。这样做的目的是通过项伯给项羽传递一个说法。

在阅读经典史书尤其是《史记》时，前后联系起来，会读出一场大戏的感觉。

项羽的剧本是，只要刘邦让出关中王位，并不想置刘邦于死地。他的头号谋士、战略家范增等人的剧本则是，刘邦一定会是争夺天下道路上的最大劲敌，必欲先除之以绝后患。历史不能假设，但可以存疑。当时，人们也不认为项、刘之间的矛盾不可调和，项羽与杀害叔父项梁的秦将章邯都能握手言和，与同为义军兄弟的刘邦为什么不能呢？兵不血刃的进入关中，对项羽军最为有利。项伯去见张良，会不会是项羽有意让项伯去透漏风声的呢？

韩信是一个中下级武官，无法得知、也无法了解到整个事件的情况。

他虽处于大革命中心舞台的中心，得到了很好的磨砺，成长迅速，独具眼光和敏锐的洞察力，但他常常苦闷于无人赏识。他思考的一些问题，提出的一些问题，一定会为形势发展所证明。不久前，韩信已被提拔为执戟郎中，官升一级，负责军营大帐护卫工作，见证了楚军历史上许多重大事件，亲历了与时代一起的荡气回肠，也算是不幸之中的大幸。

锣鼓已经敲响，双方主角项羽、刘邦，配角范增、张良、项伯以及项庄、樊哙等人，一一登场，杀机四伏的“鸿门宴”，就在这样紧张的气氛中拉开了帷幕。

“传沛公刘邦进帐！”清晨，传出一声响亮而肃杀的声音，沛公刘邦战战兢兢与谋士张良通过夹道卫队，向项羽的中军大帐走来，纪信等百余随行将士被挡在外边。

只见，刘邦随张良进入了大帐，他快步走到项羽座前，低头垂目，谦恭地向项羽跪拜道：“刘三不知上将军入关，有失远迎，今日特来登门谢罪，望上将军海涵。”

项羽欠了欠身体，语气骄矜，冷笑地问道：“沛公也晓得有罪吗？”

刘邦微微一怔，很快地平静下来：“请上将军容我表明心迹。当初刘三与上将军同约攻秦，患难与共，情同手足，上将军战河北，刘三战河南，虽是分兵两路，然而上将军在钜鹿大破章邯，名震天下，刘三仰仗上将军神威，西进途中，才侥幸先行进入关中。入咸阳后，刘三考虑秦法残酷，民不聊生，不得不破除苛法，与民约法三章，此外毫无更改，目的是稳住人心，真心诚意地等待上将军前来登上关中王位。上将军未来之前，我只好派兵守关，防备盗贼。不想上将军来得如此迅速，未能及时打开关门，刘三之罪也！我与上将军的友情也不是一两天，我想，今日有幸见到上将军，坦陈真情，一定是有小人从中挑拨，离间刘三与上将军的关系，才使上将军对我产生误会。望上将军能原谅。”刘邦一边说着，一边落下泪来。

项羽听到刘邦这番申辩，与项伯所说大致相同，怒释怨无，也认为错怪了刘邦。他当即起身下座，搀住刘邦，让人摆酒上菜，设宴款待刘邦一行。

以刘邦能力，忽悠一个小年青项羽不在话下，但坐在身旁的范增却不是好对付的角儿。范增虽年过七十，为了抗秦，他先投项梁，后依转项羽，在许多重大战略行动上，表现出卓越的才识，被项羽尊称为“亚父”。

范增十分清楚刘邦的为人。以前在沛地时，刘邦嗜酒好色，贪馋张狂，现在，他乘虚入关进咸阳，却变得道貌岸然起来，秦宫的美女一概不要，封存府库，严格军纪，并派军封锁了函谷关，可见关中王位，并不是他的非分之想，他更要攫取的是普天之下。刘邦是个演戏高手，项羽日后绝对玩不过他，十年苦战也未必能够弥补！

宴席间，范增数举所佩玉玦，暗谕项羽速下决断，杀死刘邦，项羽全然不予理睬。

这可急坏了范增！他不在乎项羽真实的想法是什么，他竭尽全力辅佐项羽，只是为了故人项梁的那份情谊。他不得不使出最狠，也是最无奈的一招，派项羽的堂弟项庄直接进入大帐，让项庄舞剑助兴，趁机杀掉刘邦。

刘邦见项庄舞剑，剑锋直指自己，知道项庄是冲着他来的。张良也看出了其中道道，他能文却不能武，只好用眼神求助项伯。

项伯会意便离席，拔剑同项庄对舞起来，甚至有时用身体拦阻。万万没有想到，一场范增策划的击杀行动，就这样被刘邦“亲家”项伯搅黄了。这也就是“项庄舞剑，意在沛公”成语故事的由来。

不久，刘邦借口如厕，叫上驾车的夏侯婴等人偷偷地溜出了楚军大营。

“粗人！”韩信目睹了这一切后，心情十分复杂。刘邦、项羽及范增斗智斗勇的过程，他们各怀鬼胎，各有图谋，强悍的一方竟没有达到目的，弱势的一方反而获胜，根本的原因是刘邦利用项羽政治上的不开窍，一番表演，骗取了项羽的信任，不经意翻转了历史。

此刻，韩信对登上鸿门大舞台的各路英雄有了初步了解，对项羽、刘邦二人也有了新的认识。

项羽虽有敢作敢为的大气量，不在乎世俗评价，刚毅豪迈，英勇无敌，对任何事，只要下定决心，必报极强的信念，克服困难，敢战必胜。但他过于偏激，目光短视，缺乏谋略和视野，缺少忍耐之心。在章邯率部归降，他不是对秦卒善加督导，反而怕其暴动，坑杀二十万之众。刘邦西进咸阳的胜利，在项羽眼中，不过是投机者的胜利。鸿门有四十万大军，力压刘邦十万之众的重大关头，他见刘邦卑曲称臣，却天真烂漫，优柔寡断，放弃一个杀掉刘邦的绝好机会。这和当年宋襄公大讲仁义又有什么区别？妇人之仁，愚蠢之至！现在，他虽不可一世，但他没有政治眼光，不能识人用人，一味刚愎自用，这样下去终究要被人战胜的啊！让人吃惊的是刘邦，有胆识，有谋略，刚柔相济，能屈能伸。特别是遇事冷静，不避虎穴，有过人的包容力和忍耐力，化危机为转机，杯盏交错之际，全身而退。其原因，主要在于他的性格因素，而项羽也在于此。

韩信清楚“良禽择木而栖，良臣择主而事”的古训，他此时已经有离开项羽的意思了。

第八章　崎岖蜀道追刘邦

刘邦在鸿门宴上向项羽赔罪之后，求得了暂时和解，为了表示诚意，他将咸阳的守军主动撤回灞上。于是，项羽立即号令三军，向咸阳城进发。

项羽的家族史就是一部血淋淋的抗秦史，战死者不下数十人，他推翻秦王朝的目的，就是要报仇雪恨，重新恢复大楚国的地位。

家仇国恨，注定了他是历史和文化建设的破坏者。《史记·项羽本纪》载："居数日，项羽引兵西屠咸阳，杀秦降王子婴，烧秦宫室，火三月不灭。"一时间，咸阳城内横尸遍野，血流成河，惨不忍睹，整个咸阳笼罩在血色恐怖之中。

一位名叫韩輒的有识之士，拦住项羽开往咸阳宫的战车，当面劝阻说："大王！不知您是否注意到关中地形？她既有秀美的渭水，又有耸峻的华山，东有函谷，西有散关，南有武关，北有萧关，谓之四塞之地，金城千里。这里土地肥沃，出产丰富，正是建都称霸的好地方。您难道不想学学秦王，在此建立国都吗？"

项羽并未看好关中，他十分轻蔑地道："这里的人是秦王鹰犬，地是穷山恶水，哪及江淮鱼米乡。俗话说：'富贵不归故乡，如衣锦夜行'，谁能看得见？我要让故乡父老和以前那些藐视我的人看看，今日的项羽是何等的荣耀!”

太阳不是在升起，而是在渐渐沉落。

深通兵机的韩信十分清楚，就地缘优势来看，建都关中是唯一的选择，放弃关中意味着放弃天下，而彭城四面受敌，进退失据，说明项羽缺乏战略远见。在鸿门，他只是失去一人一次机会。在咸阳，一味地冲冲杀杀，残暴无知，将失去的是天下。韩信彻底绝望了，他不再做任何努力，不再向项羽出任何建议。

汉王元年（前206）二月，在秦宫废墟烟火未熄时，项羽便开始处理善后。最为棘手的是，如何处理好刘邦和楚怀王熊心的安置问题。

刘邦先进咸阳，楚怀王熊心已有前约，项羽派人去劝说熊心撕毁当初的誓约，不要封刘邦为关中王，没想到熊心不同意。项羽大为震怒，熊心在盱眙山中牧羊时，为叔父项梁领头所立，不过是一个傀儡而已，可他却在处理前上将军宋义等许多重大问题上，处处有意为难自己!

项羽决定甩掉熊心，自行做主，名义上尊熊心为“义帝”，奉为天下共主，实际则将他废置到江南郴县（今湖南郴州）。

分封方案很快拿出来了。项羽自封为“西楚霸王”。据九郡，都彭城，并将原秦国和六国的疆域分封给十八个诸侯。

范增鸿门宴上未能说服项羽，加深了他遏制刘邦的决心。根据他的建议，为了提防刘邦，不封刘邦为关中王，改立汉中王，据交通闭塞的巴、蜀、汉中之地，定都南郑。封章邯为雍王，定都废丘；董翳为翟王，定都高奴；司马欣为塞王，定都栎阳；英布为九江王，定都六县；吴芮为衡山王，定都邾；共敖为临江王，定都江陵；田都为齐王，定都临淄；田安为济北王，定都博阳；田市为胶东王，定都即墨；赵歇为代王，定都代；张耳为常山王，定都襄国；韩成为韩王，定都阳翟；申阳为河南王，定都洛阳；魏豹为西魏王，定都平阳；司马卬为殷王，定都朝歌；臧荼为燕王，定都蓟；韩广为辽东王，定都无终。田荣屡次弃项羽，不肯合作，又不肯领兵从楚攻秦地，未予封赏。成安君陈余，钜鹿大战与张耳有争执，抛相印离去，也不跟随楚军入关，因其平素贤名远播，又有功于赵国，封南皮三县。

昭书下发各诸侯的同时，项羽下达命令，要求各诸侯从速启程去封地。

当消息传来，刘邦和将士们万分震惊!

楚怀王有约在先，谁先进入关中，谁为关中王，霸王后进关中，反把我们发往巴蜀、汉中去受罪，这无疑是在我们头上拉屎，乘现在还没有走，不如跟西楚霸王拼啦!

丞相萧何连忙劝阻。现在我们的实力远不如项羽，如果交战，必然百战百败。巴蜀、汉中虽是偏僻，但并不像我们想象的荒凉，唯愿大王尽快前往汉中南郑，登上王位，招觅豪杰，坐观天下之变。

刘邦接受萧何劝告，隔天上午仓促拔营启程，除了项羽允许他带去的三万人外，咸阳百姓自愿跟着去的还有一万多人。

当刘邦率部走出关中，前面的道路却是异常难走。要进入汉中，需要跨越三千米以上的秦岭，经过险峻的山峰，必须用一根根桩木打到悬崖上，再在桩木上铺上木板构筑起来，秦人将它称为“栈道”，这却是通往汉中，进入巴蜀的必经之路。士兵们背负着干粮，马匹驮着营帐，小心翼翼地盘旋在栈道上，一不小心，就会连人带马坠入深谷，摔得粉身碎骨。

巴蜀，主要在今四川境内。东部为巴，西部为蜀，毗邻相连。当时四川盆地在地形上为“四塞之国”，荒蛮僻地。“巴”字古体有如蚯蚓，蜀字也包含有“虫”在其中。古代交通极为困难，唐代大诗人李白发出“蜀道之难，难于上青天”的感叹。

汉中，北屏秦岭，南亘巴山。它和关中的直线距离虽不很远，最大的障碍是北方的高山——秦岭，所以距关中虽近而很少往还。在秦代，那些犯有重罪，判处流刑的人，就被流配到这些地方。

巴蜀栈道

由杜县南部，翻越秦岭，沿着子午道就来到了蜀地的褒中。历史上的美人褒姒就出生在这山沟里。入褒谷口不远，便是险峻陡峭的七盘山，这里便是出南郑（陕西汉中市）的古栈道的咽喉，再往前走就到南郑了。

在此之前，张良已被封为韩国司徒，他本应随韩王成去阳翟就任，但与刘邦交情很深，不忍分手，所以决定亲自将刘邦送往南郑。

张良是秦汉之际一位非常重要的人物。他面容姣好，很像眉清目秀的女子，虽是文弱之士，但他秉性刚毅沉稳，志向不移。陈胜、吴广农民起义爆发，张良便去投效，途中得到陈胜兵败被杀的消息，他不得已转投景驹。可在沛县东南相距不远的留县，遇到了沛公刘邦。具有游侠性格不拘小节的刘邦，就将自己心中蕴藏了很久，而无法解决的许多问题，率直地提出来就教于眼前文弱书生，张良逐一分析。听到张良高论，刘邦大为惊诧。眼前这个不起眼的青年，胸罗之博、见识之广，是自己前所未见的。两人愈谈愈投契。后张良以复国为志，在失败后又重归刘邦，以三寸舌为王者师，竭力帮助刘邦西进咸阳。

前不久，在刚得到项羽分封消息时，张良还将刘邦赠予自己的二千两黄金和二十升珍珠，悉数送给项伯。请项伯帮助向项羽求情，汉中与巴蜀邻近，是刘邦手下郦商攻入秦关后一并取下的，刘邦愿居汉中领巴蜀。没有想到项羽与范增居然同意了。可以说，刘邦能有今天，与张良的努力是分不开的。

临别时，张良又向刘邦献计，项羽将你封于巴蜀、汉中，显然是别有用心，不妨将计就计，烧了褒斜道，表明自己无东归之意，大王可以一心在汉中训练兵马，一旦形势有变，可出其不意杀将出来。

刘邦对张良言听计从，下峣关，入咸阳，正是张良的运筹；鸿门宴上，使刘邦安然脱险，也是张良巧于周旋；火烧栈道，尽管刘邦不太想得通，但他还是无情地下达了烧绝的命令。

就在此时，张良送罢刘邦回来，韩信离开楚营却追了上去！

项羽虽平了强秦，未必是天下人的福分，以恢复六国为起始的韩信，思想上有了重大转变。韩信预判到，如今像战国的局面，诸侯之间互为攻伐的局面又将出现，天下必将陷入长久的混乱之中，战争的一个重要爆发点就是刘邦。

其一，项羽不是安天下的主儿。搞分封是春秋战国时合纵连横的旧思维，他只想做个诸侯长。目睹了项羽分封的过程，又人为地造成许多新矛盾，除刘邦外，齐国田荣长期同项家对立，现在又没有封王，对项羽更加不满；张耳、陈余一个跟随，一个没有跟随项羽入关，张耳封王了，陈余却没有封王；韩广和赵歇二人，早在陈胜起义初就分别当上了燕王和赵王，也没有跟随项羽入关，这次分别被改封为辽东王和代王，他们都对项羽不满意。还有长期游击作战的彭越，这次也没有得到封赏，也是对项羽耿耿于怀。这些都是天下大乱的祸根。

其二，刘邦的潜力忒大。受经历限制，贵族的项羽只是一个复仇者，而一介平民的刘邦不同，在秦时虽一无所有，秦灭六国，也无所失，反秦只是出于大义。所以，他在反秦过程中，能平和相待，从容行事，宽容待人，显示一种能屈能伸，较雍容的气度，从弱到强，一步一步地走向壮大，脱颖于群雄。特别是刘邦废除秦苛法，与秦民约法三章，秦人欢欣鼓舞，明显起到了争取民心的作用。纵观天下，能安民者，必为刘邦。

其三，自己更换平台的时候到了。两年的楚军统帅部工作，作为项羽的近卫武官，韩信一直无法走进项羽的心灵，他越来越不安，许多想法难以表达。而执戟郎中并非所求，出于门第之见，项羽也绝不会重用自己。原因很简单，项羽为故楚国大贵族，韩信出身平寒，彼此难以接近，虽有奇谋妙策也必不被重视。英雄岂无用武之地，要想有所作为，干一番大事业，必须更换平台！但他明白，他不是那种呼风唤雨的领袖人物，故投奔汉王刘邦也是一种无可奈何的选择。

这是一个追逐梦想的年代，就在项羽的声望到达顶点时，韩信毅然决定，重新出发，准备下一次天下大乱时，一展自己的抱负。

第九章　夏侯婴刀下留人

南郑，弥漫着一股失败主义的情绪。

项羽名义上按照楚怀王之约，将关中属地巴蜀、汉中给了刘邦，却将“正宗”的关中一分为三，分别封给章邯、董翳、司马欣秦朝三个降将。三秦王的受封，意图十分清楚，刘邦要从巴蜀和汉中复出，首先要过他们这道屏障，让他三人困住刘邦，封住刘邦。

刘邦心情十分郁闷。来，是不得而已，无可奈何；来，只是为了保存实力，发展壮大队伍，伺机东山再起；而走，才是来的真正目的。可是，栈道烧了，归路断了，走，哪一天才能走成？就是日后兵强马壮，三年五载修好栈道，那章邯、司马欣和董翳三个魔王还卡在秦地，这是现实！不过，刘邦真的咽不下这口气。

这时，汉军中三万多人的老部队，主要是从崤山、华山以东地区过来的，以刘邦家乡附近泗水郡和砀郡居多，史称“砀泗楚人集团”。此外，还有少数是西进途中，陆续加入的关东诸侯国的士兵。让人头痛的是军心不稳，将士逃亡之风已在军中悄悄蔓延。

对此，刘邦忧心如焚。来南郑两个多月，将领逃跑的就有数十人，这样下去，不出一年，汉军将士还不跑光！话说回来，在没有来南郑之前，无论条件多么艰苦，战争如何残酷，这些将士又何曾动过一丝消沉的念头，恰恰是今天，自己封王汉中，他们却随自己贬谪到千里之外的南郑，也难怪他们，心里疙瘩解不开要回家。可以说，这是刘邦一生中最为失意的时候。

刘邦生于当时楚国沛县丰邑中阳里，与项羽、韩信的家乡也都属淮楚地区。

他父亲执嘉，是个老实忠厚的农民，人称太公，母亲王氏，人称刘媪。他上有哥哥刘伯、刘仲，他是老三，取名刘季，那时季就是三的意思，后来到社会上混的时候，觉得名字不雅，才改名刘邦。

有人说刘邦是龙生之子，也有人说是野种。有一天，其母刘媪在田间工作疲累后，躺在堤堰树荫下瞌睡，她在如梦如幻中，感觉到似乎是有“神”临幸她。有人说看到像是有一条蛟龙压在她身上。不久，刘媪发觉自己怀孕了，十月临盆生下了刘邦。

说来也怪，刘邦长大后，眉骨很高，隆鼻挺直而又多肉，看起来让人产生一种威严感。他的胡须黑得发亮，密而柔软，足以衬托出他的挺拔俊朗。刘邦长相出名，但懒的形象更出名。连父母兄嫂都嫌他玩世不恭，好吃懒做，游手好闲，不务正业。他在结婚之前，常年与一个曹姓女子鬼混，生了一个儿子，名肥。

虽如此，他却处事圆滑，喜欢施舍，小事糊涂，志向远大，在困难之际能引导他人，以爽朗和迷糊的意识改变人。在三教九流之中，他的朋友最多，三十岁那年，朋友帮忙推荐，当了个泗水亭长。与沛县衙里的功曹萧何、狱掾曹参、驾车的夏侯婴极为要好，又结交了以屠狗为生的樊哙一帮社会闲杂人员。他们常在一起喝酒，戏谑公所中吏员，追逐女人。他还常向风韵犹存的王温、武负二人开的酒馆赊酒，到年底算账时，不知道何故，两人经常撕了账单，不再向他索要。

刘邦与韩信蹭饭有着不同之处，韩信是一个人，刘邦却是一帮子人，吵天嚷地，还吃出了名堂。一年春天，不知从哪里得到消息，沛县县令家来了一位姓吕、名文、人称吕公的贵客。这吕公与县令早有深交，因与人结下了冤仇，被迫带着夫人吕媪和两个女儿来沛县避难。

县令手下的官吏与县内的富门大户，为了讨好县令，纷纷前来祝贺。刘邦虽职位卑小，却唱着小曲，挤到贺喜队伍的前列，大模大样地吆喝："贺钱万！"

吕公大惊，亲自起身将他迎到堂上就座。萧何提醒吕公，刘三好吹牛，身无分文，不要相信他！吕公似乎并不在意，而对他的长相仪表很赏识，宴席散后，情有独钟，将大女儿吕雉许配于他。而立之年得了一位年芳十八，苗条俊俏的媳妇，他好不高兴，拈花惹草的恶习便有所收敛，与吕雉恩爱相处，生下了一男一女，男的叫盈，女的叫鲁元。

后来他担任领队，押解民夫，在前去咸阳服徭役的路途中，由于役夫纷纷逃跑，他激于对秦暴政的义愤，索性将他们全部释放，但有十多人，仍愿跟随着他。

不久，陈胜、吴广起义，沛县令想投降陈胜，找来萧何、曹参等人商量。萧何出得一计，要县令找刘邦回来办举义之事。县令答应下来，萧何便派樊哙去芒砀山叫回刘邦。但县令中途变卦，萧何与曹参采取紧急措施，杀了县令，推举刘邦为沛公，并制作了赤色军旗起兵。刘邦将父亲和吕雉及一双儿女留在家中，托本乡的朋友审食其照看，留下部分士卒守丰邑，自己则率领人马一路冲杀，从此，踏上了反秦征程，成为雄居一方的义军领袖——

却说，当刘邦率军来到南郑时，韩信带着对刘邦的仰慕，也进入汉营，被编入汉军之中。

汉军自刘邦起兵后，一直是楚军一部分，采用楚国的职官制，对于主动投奔的他国将士按对等的原则，进行对等安排。谁知南郑军营见韩信一人一剑，无背景可言，好歹给了他个连敖。

连敖为楚国官名，连敖有两种说法，一是管理粮仓的低级官吏；另一种说法是接待宾客的官吏。连敖实际上是一个可有可无的职务，无论哪一种都没有得到刘邦的重用，远不如在楚军的郎中，那时总算有个接近项羽的机会，现在几乎没有一点可能进入刘邦视野。人们不知道有个韩信，更不知道有个想当统帅的韩信。韩信只是一厢情愿，这与他的想象并不一样，原以为寒冬已过，春暖花开，汉王定会重用，但命运再次捉弄，怀才不遇，满腹惆怅，失望感与日俱增，他又一次跌入人生的低谷。

说起来可能会有好多人不信，就在这时候，有个帮刘邦赶车的人，却在刑场上发现韩信是个人才，这个人就是太仆夏侯婴。

史书记载，刚刚获职不久的韩信，不知踩到什么红线，与其他十三个人一同“坐法当斩。”一次斩杀十四个，可谓不是一件小事，而且韩信是最后一个被监斩。韩信是不是被人怂恿，大家集体逃亡了，还是另有其他什么事情？当然，我们无法做出进一步考证。只是在韩信被砍头的千钧一发之际，负责监斩的夏侯婴救下了他。

南郑，在关中西南部，汉江上游，邻接巴、蜀。南郑的南门前面是两山夹峙的平坦地带。刘邦进南郑后，刚刚将这里新辟用作练兵校场。

这一天，校场上不见将士们操练的身影，校场临时改做杀人的刑场。这刑场四周布满了持戟的士卒，气氛肃杀。刑场的中间垒起了土台，太仆夏侯婴以监斩官的身份正坐台中。台下，一边定着十四根木桩。几个袒胸露臂，手持大刀的刽子手，凶神恶煞地等待罪徒的来临。

不一刻，罪徒押来。四周人头攒动，不自觉地向场子中间挪动步子。

这十四人被五花大绑捆到桩上。他们觉得不对劲呀，这杀气腾腾的架势，是要砍他们的头！顿时，一个个散了魂，拉了架子，有的已屁滚尿流软瘫下来。只有韩信，他没有流泪，没有求饶，内心对人世间感到无限愤慨。离楚归汉，目的就是名垂青史，实现王侯将相英雄梦，可万没想到自己却不明不白、稀里糊涂地要被杀头。死，并没有什么可怕，要说到死，不知道已死过几回。而今天的这一切是真的吗？人生追求难道就是今天这样一个结局？一生的抱负马上就要灰飞烟灭了？

时刻已到，催魂的大锣敲响了，行刑很快就要开始。行刑官揣起一壶酒，洒在地上，对绑在桩子上的十四人说："都记着吧，明年的今天，就是你们的忌日，现在开刀问斩！"

刽子手轮起雪亮大刀，手起刀落，一颗接一颗人头滚落在地。场外的那些将士们都是久经征战，少则十余战，多则数十战，生与死看得太多，但像今天这个场面还是头一遭。举座皆惊，心脏狂跳，目不忍睹。

"死鬼！把头低下去。"刑场上刽子手的喊声吸引了人们的目光。

他们放眼望去，只见最后那个死囚昂首挺立，毫无惧色，迥然不同那十三个已问斩的死囚，这人就是不甘认命的韩信！他紧盯着监斩的夏侯婴，突然吼道："当初，汉王西向进军咸阳，广延天下志士，一战而使秦降。如今欲要夺取天下，却要斩壮士！这是为什么！为什么！"

"为什么！"犹如惊雷劈打在刑场上，震撼着夏侯婴的心，也震撼着在场的每一个人的心。

这人身材高大，仪表堂堂，格局不小！惺惺惜惺惺，夏侯婴心潮翻滚。

刽子手再一次将大刀高高举起！夏侯婴赶紧喊道："快放下！快

放下！”

他走近韩信，立刻在十三具尸体旁和韩信聊了起来。

夏侯婴性格直率，敢作敢为，虽是一个车夫，却与刘邦的关系非同一般。巧得是，在鸿门宴上，他与樊哙、靳强、纪信等四将跟随刘邦进楚军大营，在那里韩信见过他，当然夏侯婴记不得这个执戟的韩信了。

简短的攀谈，夏侯婴意识到，眼前这个差点被一刀砍头的人，是一个跟刘邦一样拥有过人才华，但却一直被埋没的能人奇士，他非常高兴，立即把韩信释放了。

第十章　粮草官难以满足

人生最大的运气，是能遇到自己的贵人。那天韩信如果不是一声大吼，不是遇到太仆夏侯婴，恐怕人头早已落地。韩信是幸运的，在人生路上终于躲过生死一劫。

古人常说，世上先有相马的伯乐，而后才能有千里马，如果没有伯乐，即使有再多的千里马，也不会被人发现。这话不错，韩信的命运正和千里马一样。

救下韩信后，夏侯婴决定再做点什么。于是亲自找到汉王刘邦，向刘邦推荐韩信。刘邦对夏侯婴是非常信任的，他在刘邦身边比其他人的话更有分量。

夏侯婴不是一个简单的人，在年青时就能慧眼识人。他早年在沛县衙门养马驾车，和当时担任沛县泗水亭长的刘邦十分要好。每当他驾车办完公事返回时，就会找刘邦聊天，一聊就聊到太阳落山，然后独自赶车回县衙交差。

能在刘邦发迹前发现刘邦过人才华的，也不多见，就连刘邦的父亲，都始终认为，刘邦终不成大器。据现存的史料，在刘邦发迹前发现刘邦的，应当只有萧何、夏侯婴、吕公和张良等屈指可数的几个人。有一次刘邦开玩笑伤及夏侯婴，按秦律要受到处罚，夏侯婴帮刘

巴蜀乐舞

邦掩饰过去。后来有人告发，加重治罪，夏侯婴挨了几百板子，关押了一年多，才了结这桩官司。

刘邦起兵后，夏侯婴和萧何等人首先加入义军队伍。由于冲锋在前，作战勇猛，常常在危急关头，不惜一命保护刘邦，他被赐为滕公。项羽灭秦后，封刘邦为汉王，刘邦赐夏侯婴为昭平侯。现在跟随来到汉中，又赐他太仆之职，负责刘邦的驾车和保卫工作——

其实，夏侯婴的推荐，刘邦并不认为韩信有什么特殊的才能，也没有把韩信当一回事，只是想给夏侯婴面子，便任命韩信为经济部门的官吏——治粟都尉，自然比起不伦不类的连敖要高出了许多。

秦汉时期的“治粟”，不仅管理粮食，还包括市场、货币、土地、运输。治粟都尉，又称搜粟都尉，主要管理军粮生产和运输，相当于汉军的后勤部长，属部别将军一类。

人们以为韩信得了治粟都尉，一定会欢欣鼓舞，感激涕零。事实上，他除了对夏侯婴感谢救命之恩外，并没有什么特别的感觉。打仗是他的擅长，对粮草官从来不是什么选项。

而对刘邦来说，任用韩信是违反当时军功爵位升迁制的，让一个没有战功的人做治粟都尉已经是极限了。从刘邦的连襟、大闹鸿门宴的樊哙来看，他在跟随刘邦进入关中时，职位也就是个郎中，和韩信在项羽军中的职位是一样的，直到樊哙随刘邦平定关中后，樊哙才从郎中升迁为郎中将。

一些跟随刘邦进入汉中的老朋友，他们都是刘邦军事集团的核心和中坚，未来汉帝国的功臣宿将，职位也是如此。灌婴和樊哙一样为郎中，曹参、周勃、卢绾、郦商为将军，夏侯婴为太仆，傅宽为右骑将，靳歙为骑都尉。

> 巫山高，高以大，淮水深，难以逝。我欲东归，害梁不为我集？
>
> 无高曳，水河梁？汤汤回回，临水远望，泣下沾衣。远道之人心思归，谓之何！

在短暂的平静之后，韩信不会为一个治粟都尉而心满意足。他常常在想，自己的理想和抱负在哪里？人生如朝露，难道就这样碌碌无为地一天一天混下去？情之所至，他吟唱着歌谣，不觉流下泪水。

关键时候，关键人物出现了。

因为治粟都尉的工作关系，却让韩信与萧何有了面对面接触的机会。韩信不曾想到，自己这一生的荣辱成败，从此都会与萧何有着莫大的关系，也就是后人常说的“成也萧何，败也萧何”！

萧何来到汉中已任丞相，是“赤色王国”的管理者，是刘邦最得力的助手，威望很高，他是除了刘邦之外的数一数二人物。他还与夏侯婴一样，都是刘邦未发迹时的好朋友。不过，萧何则是一个当官的。

在秦朝时，他为沛县主吏掾，相当于现在县里主管组织工作的领导。廉政勤政，每年秦地方官吏考核政绩，都名列第一。

刘邦为亭长，他又时时给予帮助。刘邦起兵后，萧何拥立刘邦为沛公，招子弟三千，组织义军，专门督促办理军中各项事务。刘邦进咸阳，诸将都欲抢夺金帛财物，萧何却将秦丞相、御史府中的律令图书全部收藏起来，使刘邦得知天下关塞，驻兵强弱，郡县户口，民众疾苦。

他还以天下苍生为己任，始终不渝地忠于刘邦的事业，至于出谋定计，指挥作战，杀伐攻取，则不是他的强项。他曾反复思考，大家跟随刘邦来南郑，只是为了暂时找个栖身之处，然后终究要打回去。最让萧何着急的是，刘邦帐下曹参、樊哙、周勃等数十将，虽起兵三年，历经大小数十战，也使汉军规模成为仅次于楚军最大的部队，但他们都不是出类拔萃的统帅人物，难以独当一面。莫说西楚霸王项羽，就是秦降将章邯也打败不了。

萧何突然想起，张良鸿门归来时，曾说过项羽那边有个胯下小子的奇人奇事，莫非就是这个被砍头的韩信？

后来的交往中，萧何与韩信谈了很多，他从韩信的口中了解了韩信的身世，知道了韩信为霸王多呈良策，不为所用，以及从汉中打还关中的作战构想，这些都是有远见卓识的。数日来，压在心头的一块石头倏然落地。

在萧何看来，有些谈吐虽不甚恭谦，但令人震撼。韩信和诸将还有一个最大不同之处，曾作为项羽的重要侍已官，对项羽、章邯和天下大势非常了解，他正是汉王所要寻找的统帅人才，也是唯一能帮助汉王登上庙堂之上的人。真是“踏破铁鞋无觅处，得来全不费功夫”。韩信来归应该是天意！

韩信的陈述，不！应该叫游说。平日十分稳重的萧何后来竟拍起胸脯，请韩信多加保重，他一定会在汉王面前全力保举韩信做大将，让韩信耐心等着好消息。

第十一章　萧何月下追韩信

关于萧何追韩信的一段历史，书中不断书写，戏中不断传唱。

其实，韩信明白，对于一个没有任何功劳的人，一下子被任用为都尉一类的高官，不是一件容易的事，就是到了其他诸侯国去，也未必能一蹴而就，立即当上指挥三军的统帅。显而易见，韩信出走还会有其他一些原因。

刘邦对待“知识分子”，常常展露出不屑的一面。在西进咸阳途中，他大骂高阳酒徒郦食其，人们记忆犹新，韩信会不会也有类似的遭遇？但韩信清楚地知道，如果连萧何的推荐也不起作用的话，那自己就一定不会被重用。

韩信再一次失望了，独行侠和清高孤傲的性格，使他决定逃离汉中，另谋出路。于是，他封存好印绶，一人一剑一骑，踏上了路途。

汉中这个地方，在刘邦那个时代并没有被开发，又为险阻所隔，外面有人想进去不容易，同样的里面的人想出去也不容易，栈道的烧毁，进出就更加困难了。

查阅历史资料得知，此时走出的道路主要有三条：

一条最早见于史籍的“东归道”，也称南江说。据《舆地纪胜》《南郑通志》等书籍记载，由四川的巴中，经米仓道，或要跨长江，

马道碑亭

过三峡，进鄂西。唐宋年间有几块石刻记载可为佐证。

另一条是清代道光时的“西走道”，也叫“宁强说”。北入甘南，南进川北，或要进入少数民族聚居地。

还有一条是清初出现的北行道，即“马道说”。经南郑，过马道，越秦岭，重新进入关中。今天陕西留坝县马道镇路旁留有三块石碑，中间一块刻着“寒溪夜涨”四个大字，“不是寒溪一夜涨，焉得汉室四百年”典故就出于此。右边一块刻着“汉相国萧何追韩信至此”，左边一块字多模糊，细看知是清咸丰时记载着萧何追韩信的详细情形。

韩信的出走，应该没有一个明确目标，走出方向是出汉中进中原，因此北行道还是可信的。让我们放下这类问题，来看一看一直被人们津津乐道的“萧何月下追韩信”的历史故事。

这是一个迷离的夏夜，月亮像银钩嵌在墨蓝色的夜空，阵阵清风吹拂着南郑的山水。

韩信在馆舍内无心欣赏这番晚景，白天见汉王刘邦的情景又浮现在眼前。当韩信随萧何来汉王宫进谒时，两人一下子全愣住了，一个女子掌扇，两个女子捧着铜盆跪在地上为

三块石碑

刘邦洗脚。刘邦对萧何说："丞相，你也来吧！"萧何尴尬地旁顾韩信一眼，转过头来："大王……"

刘邦抬起头看了看韩信，故意问："你是谁呀？"韩信不紧不慢，作了个揖："淮阴韩信。"刘邦无赖的毛病又犯了："哈哈！莫不是那个淮阴胯下小子，萧丞相竭力保举你，想必你一定有高招教寡人？"

"不错。不知大王是否安于在汉中称王？"韩信正欲对刘邦阐述自己的观点，忽然从刘邦的眼神中感到愚弄人的嘲笑，他的脸蓦地一下红了起来，"大王泡脚水凉了，还是快去加些热水，韩信告辞！"说毕转身向门外走去。刘邦大怒，一脚踢翻了铜盆："滚！生瓜蛋子能耐不小，有多远滚多远！"

刘邦匪夷所思的举动，韩信心凉透了。

自己跟随项梁、项羽叔侄历经了楚军的主要大战，并在项羽占咸阳、霸天下最辉煌、最得意之时，跋山涉水，躲追杀，所追寻的却是一个浑身充满无赖之气的流氓大王。看来萧何所谓"汉王淳朴敦厚""待人以诚，识才用才""胸怀博大，能安天下"等等，统统都是屁话！此前萧何及夏侯婴数度推荐，刘邦根本就没有重用我韩信的意思，晦运当头，叹自己人生虚度，一事无成，不觉心灰意冷。韩信陷入迷思之中，又一次面临人生抉择，忽然伤感袭上心头："士为知己用，能用则用，不用干脆走人！"

夜半三更，有人来丞相府紧急求见萧何，遇到了卫兵阻拦，吵嚷声惊动了因公务刚刚入睡的萧何。当得知韩信拿着丞相府的令牌，已策马逃走的消息时，他大为震惊，岂能让这位统帅之才流失于眼前，连忙吩咐："备马，快追！"

此时，一卫兵牵来了白马，萧何抬头仰望天空，月亮已经隐去，山风呼啸，昏暗至极。另一卫兵劝萧何："丞相！天要下雨，您还追他做什么，随他去吧！"萧何一反常态，翻身上马，怒斥道："你懂什么！快上马追人。”他狠抽一鞭，白马疼得将头一扬，卫兵冷不防被拽了个跟斗。

萧何把缰绳一抖，白马向前奔去。

众卫兵大吃一惊，纷纷上马追去，不大工夫，便追上萧何：“丞相慢走！夜晚山路难行，现在天又要下雨，马有失蹄滑倒的危险，若把您摔了，我们担当不起，您不怪罪我们，汉王知道了也要怪罪我们。这样吧，让我们几个去追，一定把他追回来，不然，硬捆也得把他捆回来！”

“放屁！你们知道追的谁？”一向儒雅的萧何突然暴躁起来，又是狠抽白马一鞭，马蹄撒开狂奔。卫兵们加鞭跟上疑惑地问：“追的不就是那个被砍头的韩信吗？”

“告诉你们，只有他才是兴汉的希望！所以，今夜必须将他追回！”萧何深知韩信一旦做出走的决定，恐怕不易改弦更张，自己若不亲自来追，卫兵们即使追上，韩信也不会回来。

一会儿工夫，萧何一行已到了城门，守城士卒见是丞相萧何，不敢多问，打开城门放行，萧何一行急匆匆穿城而过。

且说，韩信出了北门，向北迤逦而去。三更时分，乌云骤起，大雨瓢泼而至。人倒了霉，老天也要跟你作对，他急忙躲避到岩下。

夏天的雨，来得快，去得也快。暴雨过后，韩信又继续上路。一路之上，韩信思绪万千。一会儿觉得能遇到萧何、夏侯婴这样的有识之士是幸运的，一会儿又为受到刘邦的愚弄感到气愤。想着走着，走着想着，不觉已经到了马道镇。

平时这里有条溪水很浅，涉马可过。刚才暴雨使溪水陡涨，阻住了去路。这时已是四更时分，天上乌云渐开，露出一派月光。

“韩都尉！你等一等，一夜让老夫追得好苦！”

韩信大吃一惊，本能地紧勒马头，从腰间抽出宝剑，心想：“坏了！一定是汉王派人追杀来了。”

一阵急促马蹄声后，一行来人滚下马鞍。啊！是萧何，韩信胸中涌起一股热流。

萧何大汗淋漓。他抹去一把汗，气喘吁吁地对韩信说：“都尉！你也太绝情了，要走，也跟我打声招呼，怎能不辞而别？要是外人知道这事，不骂我萧何有眼无珠怠慢人？”

“对不起，您对我知遇之恩，容来日再报吧！”韩信激动地上前将萧何扶坐在渡口一块大扁石上，苦笑着说，“汉王待人简慢无理，我实在不想留下来了，切望丞相能体谅在下不辞而别的苦衷，务允所请，让我走吧！”

“汉王得罪都尉，萧何给你赔罪！”萧何撩起长襦要给韩信跪下。

“别折煞我了。”韩信连忙扶住萧何，“丞相，天下大着呢。此处不留人，自有留人处，十八路诸侯，哪一路都可以去，他们一样急切需要能用之人。况且，我从淮阴出来投军，和千千万万人一样，只是为了推翻暴秦统治，恢复故国，以报家仇国恨。现如今，秦国已灭，天下已定，复仇的心愿已实现，我等可以安然还故乡了。”

“恕我直言，这不像是你心里话。”善于察颜观色的萧何，知道韩信并不一定真心要走，他耐心地劝道，“韩信，作为一个忘年的朋友，能否听我说一句话？想当年，你在淮阴乞食漂母，受辱胯下，为了什么？还不是有朝一日施展抱负。如今，机会就在眼前，你却孤芳自赏，遇难而退。汉王虽有时对人傲慢无礼，态度蛮横，但这只是表面现象，瑕不掩瑜，他仍不失为集仁、智、勇于一身的明主。何况，再明亮的眼睛，也会被灰尘迷住，只要把灰尘吹出来不就好了吗？我不隐瞒自己的看法，你才智过人，可也要拥有像汉王这样的明主，才能珠联璧合，相辅相成，相得益彰，建万世之功，创不朽大业，切不可因一时草率从事，失却时机，误了前程，遗恨千古呀！”

萧何诚恳的话语，重重撞击着韩信心房。萧何看了韩信一眼，又道："不知情者不怪嘛。汉王还不了解你，这完全因为我推荐不力！"

此刻，又传来一阵急促的马蹄声，刹那间，数十匹战马一阵风似地卷来。韩信惊惑地扫视萧何一眼，萧何也不知道发生了什么情况。只听得："那不是萧丞相的白马吗？啊！找到了……"

萧何以为是追韩信的，便向韩信靠拢过来："你放心好了，有我在这里，谁也不敢怎样你！"

转眼间，众人已到渡口，远远地散开。为首一将，乃骑将灌婴。他滚下马鞍："丞相！我们奉大王之命接你回去！"

"啊！除我之外，大王还要你们接谁？"

"没有啊？"灌婴有点摸不着头脑。

萧何见是来追他的，又好气又好笑，心里轻松了许多。转而，他对韩信说："都尉呀，一起回去帮汉王干吧！我会尽我最大努力，你等着消息吧。我也说句心里话，如若刘邦一意孤行，不纳忠言，我可断定，他必将一事无成，老死在南郑。到那时，任凭你远走高飞，哪怕奔到天涯海角。请相信老夫的话吧！"

面对萧何，韩信眼里噙着泪花感动不已，随即，韩信与萧何、灌婴等人一道返回了南郑。从此，"萧何追韩信"的故事，被定格在历史时空之中。

第十二章　国士无双属韩信

清晨，“萧何逃跑”的消息像长了翅膀一样，很快在军营传开。

刘邦得到消息时，震惊不已。萧何是自己的主要谋臣，从沛县起兵，谋划用兵，调集粮饷，维护治安，哪样少得了他。如今，还正是萧何极力劝我接受汉王封号，来南郑等待时机的呢！可万万没想到，这么多年的老朋友，竟在自己最困难的时候逃去！

刘邦十分焦急，怅然若失！

萧何曾几次推荐韩信。上一次，看着他和夏侯婴的面子，已封韩信为治粟都尉，这个职位官阶很高，相当于秦代治粟内史，既不要直接上战场，手中还握有经济大权，是个大肥缺。但韩信志不在此，野心很大，对经济部门的职位瞧不上，可这已经是破格提拔了。这一次，萧何又来推荐，自己觉得韩信年纪太轻，等他有了战功再说，没想到这小子傲气太盛，自己骂了几句，萧何怎么就受不住了。我们俩又不是相处几天，难道你还不知道我这臭脾气？张良不在，你萧何再走，这让我怎么办？即便我心比天高，力能搏击苍龙，但没有你们的帮助，哪能上天入地？哪年哪月才能打回关中去？都说我天命在身不是瞎说？进关中下咸阳不是白干？萧何的出走，对自己打击实在太大！

有人就有队伍，有队伍就有一切，大不了一切重新开始！刘邦让侍女拿上酒来，努力抛开失意，独自一人大口喝起来。

到了傍晚，派去追赶萧何的灌婴回到南郑后，立即向刘邦禀报，萧何已经被带回来了。

“灌婴，快快告诉我，抓于何处？”刘邦急切地问。

“马道渡口。”

“啊？都已跑到那里了。”

“他不像逃跑……”

“噢？”刘邦松了一口气，积聚在心中的怒气散去了许多。他捋着胡须，让灌婴将萧何带进来。

“你这该死的家伙！”萧何一进门，刘邦既喜又怒，嘴中骂骂咧咧，“你跑了，怎能把我一个人留下来，你到底是什么用心？要来一块来，要跑一块跑，告诉我一声，我也好跟你跑呀！”

萧何知道误解了，呵呵大笑：“我哪里敢逃跑？我的为人大王你还不了解？我是急着替你去追赶逃跑的人，来不及禀告一声呀！”

“谁？”

“就是夏侯婴法场相救的，后来大王封他为治粟都尉的韩信！”

“嘿嘿！诸将逃走已有几十人，你不去追，却去追赶这个小子，你不要骗我！”

萧何平静地说：“没有，我确实去追韩信了。我不仅把他追回来，而且还要大王拜他为大将！”

“什么？什么？”刘邦几乎喊起来。

韩信曾乞讨漂母，寄食亭长，钻屠夫的裤裆，是个人见人骂的大浑蛋，霸王尚且不用，萧何却老叫封他，难道军中就没有一人有他的本领大？三年的战争，曹参、周勃、郦商、灌婴等人斩关夺隘，大小数十战，还未得其封，现在却要拜一个手无寸功的小子为大将，这叫他们怎么看？诸侯又怎么看？霸王又怎么看？还有，他才二十五岁，这样的年龄能压得住阵脚吗？刘邦气愤地对萧何道："拜韩信为大将，你说得轻巧！我上次不杀他，委以治粟都尉重任，他不领情，竟敢背叛我逃走，处死他也不为过，你怎么还要推荐他？"

刘邦这样的话，说明他对韩信还不了解。"塞翁失马，焉知非福。"在一片唱哀声中，却迎来了韩信。韩信虽未证明能统帅三军，但具备统帅三军的潜质。他绝对是刘邦生命中最重要的贵人，如他领兵，一定能统帅三军帮刘邦完成大业。这一点萧何可以保证！

萧何接着指出了刘邦对韩信的种种误解，并不失时机地再次向刘邦进言。

举荐韩信，正是为了汉王的宏图大业，也是为人臣子的职责，怎敢拿汉国的大事当儿戏。而韩信当初在淮阴穷困抑郁，披难受辱，宁肯以男儿八尺之躯而乞食漂母，甚至不惜胯下受辱，也不肯去死，因为他有太大的抱负。他在楚营多呈干策，项羽无知不用，现在大王封他为连敖，他不干，又封他为治粟都尉，他还是挂冠而去。这不奇怪，他才高志大，熟演兵法，并且经历了楚军灭秦所有大战，对天下大事了如指掌，奇谋妙略，无人能出其右。所以，有这个本事才会这么高傲、这么疯狂。做帝王的没有谁比周文王伟大，做霸王的没有谁比齐桓公伟大，他们都是依靠有道德有才能的人出名。贤明的人，不一定只是古代才有，今人忧虑的是仅听一些谣言，就轻易武断地下结论，把贤人一棍子打死。萧何断言："千军易求，一将难得。至如韩信，国士无双，当今天下，无一人能与他相比！"

"国士无双"这个评价非常地高，在整个汉代的历史上，再无第二人获此殊荣。后来的事实证明，韩信无愧于这样的称誉。

战看将，治看相，刘邦对萧何也是信赖的。萧何一生唯谨，从不敢马虎以致误事。自入汉以来，他公忠体国，求贤若渴，特别是今日这个态度，让刘邦非常诧异，难道韩信真有这么厉害，不然萧何何以至此？

萧何见刘邦不吭声，以为他还是没有态度，非常生气：“如果用韩信还有希望，如果不用韩信，只能坐以待毙，一辈子在汉中称王，你自己看着办吧！”

这话点到了痛处，刘邦叹道：“谁愿意郁郁不得志长期待在这里！好吧，先叫他做个将军。”

萧何看到刘邦态度的转变，虽然欣喜不已，仍不依不饶地说：“大王！韩信弃楚投汉，真是你三生有幸，苍天降下擎天之柱，不可不取。如若只用韩信做个将军，不能指挥三军，他仍无法施展才华，终究还会逃走！”

刘邦稍显迟疑：“只要韩信如你所说，我就封他为大将，如果不是这样，那就趁早滚蛋！”

萧何生怕刘邦有什么变化，迫不及待地追问一句：“那就一言为定！”

“一言为定！”

萧何拍手大笑。不是寒溪夜涨，阻挡住了韩信，纵然是快马加鞭，萧何也追不上，看来这真是天意！

此时，刘邦对韩信是否称职，心中无数，而出于对萧何的信任，终于作出了同意的决定。这种“用人”的态度，在中国历代开国君主中也是十分少见的。

平心而论，萧何追韩信，慧眼独具，平凡中识大才，确有知人之明，使韩信终于有了发挥才能的机会。如果再为韩信选个恩人的话，夏侯婴固然重要，但是绝对不可忽视的是刘邦。如果不是刘邦的大度，韩信就不会被任用，如果韩信不被任用，就连整个楚汉之争的历史，恐怕也要改写了。可以说，选择韩信当大将也是刘邦一生中最正确的决定。

值得一提的是，秦汉之际只有“将”“上将军”“大将军”，而韩信的“大将”一职，应该是当时独一无二的特别设置。而当今许多书籍和电视剧都将“大将军”与“大将”混为一谈，不妥当地称韩信为大将军。

汉之前最高军事武官称为上将军，如秦之白起，秦末之宋义、项羽，均为指挥重大战役的临时统帅。陈胜，吴广起义时，赵王武臣任命陈余为大将军。《汉官仪》载：“汉兴，置大将军，位丞相上。”《文献通考》卷五十九云：“大将军内秉国政，外则仗钺专征，其权远出丞相之右。”韩信“大将”一职，实际上就是汉国对外战争的三军最高军事统帅，职位在丞相之下。

第十三章　汉中对首建大策

一步登天式的升迁，不乏其人。春秋、战国时期，管仲原是一位门客，后被齐桓公一举提拔为齐国宰相，张仪、苏秦等人还同时身挂数国相印。

然而，这些升迁的人几乎有一个共同特点，都是担任宰相之类的文职官员，未曾见过一介平民直接被提拔为带兵打仗的将军。其原因，打仗是掉头流血的大事，不能有一丝一毫的疏漏，胜与负，往往直接关系国家的存亡。就在眼前，北征救赵的楚国上将军宋义，长于论兵，短于实战，在赵国滞留四十多天，错失战机，为项羽怒而所杀。历史上，纸上谈兵的人物并不少见。

刘邦是个精明人，不会轻易地定下军中主帅，他虽为萧何诚恳、执拗的态度所打动，但要先见一见韩信，有礼而又慎重地做一次全面的考察。

当韩信接到传令后，立刻动身前来汉王宫。到了汉王宫，见萧何、夏侯婴等人也在这里，韩信知道刘邦改变主意，亲自召见，无疑是萧何极力推荐的结果。他突然感到，今天他是应召前来考试的考生，不过好在自己早已有了充分准备。

随后，刘邦与韩信，就当前的政治、军事、战略和战术运用等话题，进行了广泛地交谈。韩信为刘邦分析了局势，预言了未来，并提出了还定三秦的构想。这次谈话的内容，被详细地记录在《史记·淮阴侯列传》《汉书·韩信传》等历史文献之中，史称《汉中对》或《汉中策》。

这里要申明一下，原文交谈是放在拜将仪式上进行的，是故事化的处理，极不可能。拜将是一件大事，刘邦在拜将之前，一定会和韩信正式见上一面，因此我们在时间顺序上做了一些修改。在交谈时，一定还会谈到还定三秦的具体办法，这是最为重要的部分，否则，交谈就是一次毫无意义的空谈。不过，古人记事惜墨如金，这一内容却被放到后面行动中加以记述。这里，我们不妨以我们的理解提前补上，以期展现一个完整的内容。

刘邦操着沛地口音，温和而又客气地和韩信聊了起来："萧何丞相，还有夏侯太仆，屡次推荐韩都尉，寡人倦于事，愦于忧，沉缅军国事务，开罪于你，还望多多见谅。"

韩信连忙拱手："岂敢！岂敢！"

刘邦又道："初来汉中，人生地不熟，天下大事一筹莫展，不知你究竟用何良谋妙策开导寡人？"

韩信凝视了萧何一眼，萧何投来期望的目光，并鼓励说："都尉有何言语，但讲无妨！"

韩信点点头，然后问刘邦："敢问大王，东向夺天下，主要对手是项王吗？"

"正是。"

韩信神色微露："我曾禀明丞相，项王绝非不可战胜。如今，以大王和项王试做比较，大王自料勇、悍、仁、强，哪方面能与项王匹敌？"

问题很尖锐，刘邦沉吟良久："都不能。"

韩信看到刘邦能够正视缺点，眼神一亮："大王明智。您不隐恶，能够纳言从谏，确实如此，臣也认为这几个方面大王不如项王。其一，项王英勇善战，一往无前，大王却常贪图享乐，有玩世不恭之态；其二，项王性情豪爽，仁爱部下，大王却待人慢而少礼，用人生疑。"

以往还没有人敢在刘邦面前这么大胆直言，这一席话，深深触动了他的心灵，像倒了五味瓶，不知是什么滋味，满脸涨得通红。但瞥见萧何、夏侯婴时，见他们微微点头，刘邦于是正襟危坐，双手一拱："谨受教诲！"

韩信正色道："我曾在项王麾下效力，了解他的为人，他的缺点却是无法克服的。勇悍，是交战取胜的有利因素，但仅凭勇悍，未必能胜。因为要获得胜利，主要在于人心向背，靠高度的智慧和战略战术灵活的运用。何况强悍，是将军之事，而不是统帅所具备的。项王确是一个叱咤风云英勇无敌的人物，一声怒吼，千人为之失色，但他只知道凭个人的勇敢去战斗，不懂得怎样任贤用能，取悦人心，以智谋经略天下，也不能使部下将卒都能归心，乐为所用。所以，我以为项王的英勇善战，不过是匹夫之勇罢了！"

刘邦紧张的心情松弛了，如释重负。在未遇韩信之前，大家被项羽的强大所慑服，从没有人认为能真正地战胜他，只不过希望项羽能践约，还自己为关中王而已。韩信的话，使人不再对项羽畏惧，不再沮丧。他不禁自语："匹夫之勇，不足以言万人敌？"

韩信又道："不过项王的性格是多方面的。有时他也会有'仁'的表露。项王的柔和一面，能使人如沐春风，感激不已。他为人恭谨、平易，言语温和而亲切，部下生病，他有时竟能难过得落泪。"

"爱怜部下，我不如他。"刘邦认为韩信说得不错。

韩信话锋一转："虽然如此，在我看，项王的表现只不过是妇人之仁而已。”

“怎么个妇人之仁?”

“施小惠，吝大体。他对有功之臣吝啬得很，拿着刻好的大印，反复磨弄把玩，印角都磨破了，始终舍不得交出，这不是婆婆妈妈的妇人之仁吗？他这么做，又怎能得到天下英雄豪杰真心的拥戴？我料定，如今他虽号令诸侯，称霸天下，但天下攻守之势迟早会发生转变。”

“怎么个转变?”

“他放弃关中，建都彭城，失却地利；他违背义帝旧约，分封诸侯不公，把富庶美好的地方都封给了自己的亲故，诸侯们纷纷不平，很为不满；他赶走义帝，把义帝废置于江南，自己占据彭城称王称霸。故而，一些诸侯回到封国纷纷效仿，驱逐故王，抢夺地盘；他一向残暴凶狠，在新安坑杀二十万降卒，火烧咸阳三个月大火不灭，又杀秦王子婴，百姓早已恨之入骨。由此可见，项羽缺乏战略远见，发展下去，将是韧与智得胜，以暴、以猛勃然兴起的项王，虽强易弱，是容易被打败的。大王若能痛改前弊，反其道而行之，任天下武勇之士，何所不诛，以天下城邑封功臣，何人不服？用日夜想东归的将士，何所不胜?”

“可是秦国毁亡，项羽称霸，大局已定?”

“并非如此，目前诸侯分立，谁都不能算已经安定，项王以为本身才智，超过了天下所有的人，仅凭一己之力，可以胜天下，这是失败的起点!”

“可惜啊！章邯、司马欣和董翳断了我东去的归路。”

“三秦王并不可怕，怕的是大王犹豫不定，失去战机。您看，雍王章邯、塞王司马欣、翟王董翳，他们都是原秦朝降将，曾率关中子弟出关作战，数年之间死亡者不可胜数。他们又欺骗士卒投降项王，一夜之间被坑杀二十多万，唯独他三人得以保全性命，封王关中，秦地父兄早已恨之入髓。而大王从武关入咸阳，秋毫无犯，与民约法三章，除秦苛政，使民安居，关中百姓无不企盼大王按楚怀王之约，在关中称王。可见，若攻三秦，民心可用。如果大王举兵东向，夺取关中则易如反掌，传檄而定。得了关中，可恃关中之险，地方之富，民众之多，何愁东进争夺中原不成!”

韩信跟萧何谈得简单些，这次他将思考已久的完整想法一一道出。

“高见！高见!”刘邦非常震惊，汉军中还有这样天马行空的人。这一席话语，把天下形势分析得透彻，为汉军描绘了一幅争夺天下的蓝图，这对长期看不清形势找不到出路的刘邦来说，如同拨开乌云见了太阳，在苦闷中找到了前行大道。这时，他才用心体会到萧何为什么要称韩信“国士无双”了，真是一叶遮眼不见高山，险些误了大事?

萧何与夏侯婴相视而笑。

“韩都尉，何时还定三秦呢?”刘邦迫不及待地问。

“当然越早越好。大王你想，汉军将士多为崤山以东之人，归心似箭，任何高山大泽是阻挡不住他们的，若心境冷落，天下安定，百姓安居乐业，将士们就不愿苦战死战，这比什么都可怕呀！以臣之见，不如此时决策，东向出兵，利用大家还乡之情，争权以取天下!”

听到这里，刘邦觉得话说得太有道理，但重要的是当前怎么办?他摇了摇头：“通往三秦的子午、褒斜栈道都已烧毁，先前是无腿无脚，现在是有腿有脚却无路。要是等褒斜道修好，还不知要到猴年马月，真是急煞人也!”

此时，不轻易启齿的韩信神秘地笑了起来：“要战胜强楚，斗智胜于斗兵，否则难于取胜！贯通秦岭主要道路已被烧毁，修复五百里褒斜道，不但难以办到，且引人注目。所以，栈道烧了正好，可采用声东击西的改道之术。”

“改道?”刘邦抑制不住内心的冲动。刘邦入蜀汉以来，曾三番五次派人前去探测查寻，但因地域广大，高山连绵，深谷河道交错，森林茂密，都被一一挡了回来，难道还有其他小道可走?!

韩信走到刘邦面前，将一份自己早已画好的帛图，摊在桌几上。萧何、夏侯婴也都围拢了过来。他指向图中一条小径：“此道可行。”

“此为何道?”

“陈仓故道。”

《汉书·高惠高后文功臣表》载，一位名叫赵衍的人，引路有功，指出了一条小道，汉军得以最终进入关中。汉朝建立后，赵衍还被封为“须昌侯”，位列功臣表第一百零七位。大家知道，韩信初到汉中时，任连敖一职，连敖的一种说法是接待宾客的官吏。或许，正因为在连敖任上有了接触到当地首领的机会，从此人这里打听到一些从间道通往关中的具体情况?这仅是笔者的一种推测。

此时，韩信指着汉中位置说：“大王可先派一军，大张旗鼓，修复褒斜道，吸引章邯的注意力，然后，整兵北上，从汉中翻越山岭，打章邯一个措手不及!”

韩信早已对楚、汉大势了如指掌，他的谋略实在令人叹服。像韩信这样的人，不仅会打仗，还能把整个天下局势都装在脑海里，汉军就需要这样的人来指挥。突然间，刘邦有些害怕了，不是项羽、范增不能识人用人，拱手将韩信相送，自己还能有什么机会战胜项羽?进而，又想到了萧何，不是他月下追得韩信，恐怕韩信早跑了，真要感谢萧何的锲而不舍，高瞻远瞩!

刘邦拍了拍萧何肩膀，再没有说什么。

这一天，是刘邦最快乐的日子。鸿门涉险以来，刘邦不断受到重挫。先是被逼拱手让出关中，再是丢失张良，入汉以来，将士连连出逃，军心不稳，可以说跌到人生一个新的低谷。而韩信的《汉中对》，为刘邦在黑暗中送来了一抹曙光，刘邦集团之后的东进争天下种种攻略皆基于此。后人把这番宏论，比作三国时期诸葛亮对刘备分析天下大势的《隆中对》，确实是很有道理的。

第十四章　汉王筑坛拜大将

汉王元年（前206）七月一天，刘邦突然宣布一个爆炸性的消息：翌日将斋戒三日，修筑拜将台，选择良辰吉日，以古礼来拜统军大将。

军营沸腾了！汉川沸腾了！将士们多么盼望能有这一天——意味着等拜了大将，东征指日可待，可以早日打回山东老家去，同自己亲人团聚。

南郑的百姓则感到好奇，有些上了年岁的人，依稀记着还是从老辈人那里听说过周文王拜将的故事。这可是一段不寻常的佳话。殷商末年，飞熊应兆，上天垂象，至仁至德的周文王在渭水边，聘得年迈八旬的姜子牙，筑坛拜为军师，子牙果不负期望，为文王之子武王姬发赢得了天下，建立了西周，子牙被尊称为尚父。现如今，难道汉王也寻到了治国平天下的大贤？这位大贤又是谁？

应该说拜将是一场的政治秀。与其说是萧何向刘邦提出的，不如说是韩信私下要求的。

此时，刘邦已经认定韩信就是他所要寻找的统帅，但是韩信没有军功，一下子担当这么重要的军职，那些跟刘邦出生入死的将军们，肯定不服。这得把戏做好了，才能让人相信。于是，就有了名扬天下

拜将台

的登坛拜将仪式。

拜将这一天，人们带着不同的心情，争先恐后，竞相来到南郑郊外，一睹大将风采，一睹拜将场面。

土坛已筑起来了。土坛四周插满了赤帜，随风飘展，格外醒目。随刘邦进南郑的文臣武将差不多都已到齐，他们按爵位站在左右两侧。

土坛下方的将士及围观的百姓，兴高采烈地猜测、议论着。他们的目光大多交错在曹参、樊哙、周勃、郦商和灌婴等五人身上。这五位将领个个昂首挺胸，正襟“危站”，内心却忐忑不安。这么隆重的礼仪，与刘邦平常马马虎虎的作风不相吻合，大将是谁？怎么一点风声都不透漏？不过，凭着他们的战功，都有希望成为汉大将。

沛县人曹参，字敬伯。早年为秦朝沛县监狱管理员，也是刘邦平民时的好友。曹参当上官吏时，在县里名声很好，刘邦则大为不同，他在父老眼中相当于一个地痞。刘邦举义，曹参与萧何等人里应外合，将沛县县令杀死，正式宣布反秦起兵。起兵后，他随刘邦经历了许多大战，攻城略地，身遭数十创。在救援雍丘时，他击杀阻止吴广大军西进的秦将李由，战王离，破杨熊，两败赵贲。平定南阳后，一路向西进发，破武关、战峣关、下蓝田，终于进占秦都咸阳。进入汉中后，升迁为将军。汉军中素有“文萧何武曹参”“汉军中的白起”之誉，可见曹参大名鼎鼎，他人难与匹敌。

樊哙也是沛县人，原本是一个狗肉贩子，生得双目溜圆，满面虬须，臂阔腰圆，功绩也是无与伦比。论私交，他年少时就与刘邦交好，又是刘邦的连襟。当年吕公相中刘邦后，刘邦牵线搭桥，又向岳父举荐樊哙，将他介绍给二姨子吕须。他们二人情谊自然非同一般。论战功，他随刘邦起事，冲锋陷阵，身先士卒，善打恶仗，天下闻名。攻胡陵，定丰沛，克濮阳，破李由，下开封，被赐封贤成君。他虽然粗鲁莽撞，性情急躁，好杀成性，但治军有方，行止有矩，忠心耿耿，颇有智谋，是不可多得的良将和统帅。鸿门宴上，他更是威劫项羽，勇救刘邦。这时，樊哙有些迫不及待了，以为汉大将他已唾手可得。

沛县人周勃，年轻时以织草席为生，兼做丧事中的吹鼓手。跟随刘邦起兵后，他以中涓身份攻胡陵，取方与。沛公为汉王，赐予威武将军，进入汉中，拜为将军。后来刘邦认为他“厚重少文，然而安刘氏者必为周勃”。

高阳人郦商，有勇有谋，在陈胜举义时，聚众四千多人反秦，当刘邦进军秦地来到陈留时，郦商将所属部众交给刘邦。他陷阵却敌，攻长社，破秦军洛阳东，西进宛穰，一举定汉中，战功卓著。项羽灭秦立沛公为汉王，赐爵信成君，后拜将军。他哥哥就是那位被赐广野君、人称“高阳酒徒”的郦食其。哥俩一文一武，闻名于汉军内外。

睢阳人灌婴，年龄较小，身高不过七尺，却给人处事干练，英气

点将台

勃勃的感觉。他原本是一个做买卖的二道贩子，在刘邦起兵初，从河南前来投奔，并以中涓身份随刘邦转战各地，破东郡尉于成武，从攻秦军开封，南破南阳守，西入武关，激战蓝田，勇敢作战，一直打到灞上，被赐予执珪爵位，号昌文君，进汉中后的中谒者，并被拜为骑将，全权负责骑兵团的组建和指挥——

不久，拜将仪式开始了，鼓乐齐鸣。

台下将士和百姓，人声躁动，欢腾一片。只见刘邦在众人簇拥下，登上了拜将台，走到几案前，虔诚地烧了几炷香。跪下去，以示对帅旗、帅印的尊崇。然后，从礼仪官手中接过大将印缓，面向台下，洪亮、威严地宣布道："拜治粟都尉韩信为汉大将！"

话音刚落，全场哗然。

谁也没有想到，拜一个小小的治粟都尉为汉大将，诸将有的愤愤不平，有的嫉妒不服，韩信能有什么资格！

以他们对韩信的了解，韩信是个胯夫，而且是个没有勇气的无能之辈。韩信又是从楚营过来的，难保他不是奸细。韩信犯过罪，还当过逃兵，本来就应当被杀头。这样的人，怎么可能当大将，用谁不比这小子强，由他带着大家打西楚霸王，开什么玩笑！可以说，汉军上下除了刘邦、萧何和夏侯婴，没有一个心服口服。

众将不服这是意料之中的事，却没想到反应如此之大。史书上用了“一军皆惊”四个字来形容。而刘邦要的就是这样效果，高明的政治家，往往会借势造势。

刘邦是集大智大勇于一身，善于驾驭各种场面的主。他知道曹参、樊哙等多年跟随自己出生入死的朋友，撵不走，轰不跑，忠心不二，矢志不移，有什么不满，教育教育就行。而拜将这一招，稳定了军心，凝聚了人心，打仗有了主将，回家有了希望，将士们也就不再逃跑了。

同时，高规格的拜将，更让韩信死心塌地感动一辈子。当时韩信的心情可想而知，刘邦如此厚爱，绝非项羽之辈可比，就是古代文王对待子牙也不过如此。他的泪水溢出了眼窝，心中默念，老天开眼，乌云终于驱散，如今轮到我韩信出场了，不管前面是万丈深渊，还是刀山火海，韩信都将义无反顾，为汉王轰轰烈烈地大干一番！以后发生的一切均证明了这一点。

韩信塑像

随后，刘邦向大家做了慷

慨激昂的演说。演说的主要内容就是《汉中对》的部分，非常切中要害。这次虽为拜将，实则是汉军进入汉中以来的一次誓师。

随着现场气氛抬高，二十五岁的韩信神思飘忽。机会总是留给有准备的人，在自己的谋划下，今天终于登上了历史舞台。一个从淮阴南昌亭走出来的胯下小子，不鸣则已，一鸣惊人，在即将拉开楚汉战争帷幕中，一定会迎来真正属于自己打天下的时代。

其实，刘邦任命韩信为大将，也是一场赌博。刘邦是天生的赌徒，他不赌，只能一辈子困在汉中，与死无异。赌输了，他顶多损失些兵马，还有汉中可依。赌赢了，他就能依靠韩信赢得天下。

尽管如此，刘邦还是留有一手。他并没有把兵权立即交给韩信，因为从起兵那天起，刘邦始终站在战争的前头，统兵作战能力极强。而拜韩信，主要是以高官厚禄留住顶级人才，完全没有必要因为找到一个更能打仗的将军，或者有才华尚未经战场证明的将军，就把军队全部交出去。

当然，未来的某一天，如果需要分兵，刘邦自然就会把一部分军队交给韩信，他后来也是这么做的。

第十五章　暗出蜀中夺陈仓

如人们预料中的一样，自从项羽分封诸侯后，天下未曾得到一日安宁。

汉王元年四月，诸侯各归其国。韩广不肯按照项羽的分封去辽东，发兵阻止臧荼就任，双方大战数月，臧荼消灭了韩广，兼并了辽东。

五月，田荣起兵反楚，打败项羽分封的齐王田都，继而杀了胶东王田市和济北王田安，自立为三齐王。田荣还把彭越扶植起来，彭越挥军南下，打败了楚将萧公角，直接威胁项羽的安全。

同时，陈余对张耳被封为常山王而自己却没有被封很是不满，他得到田荣支持后，同张耳大战七八个月，最后张耳兵败逃奔刘邦。陈余则把赵歇从代地接回来继续当赵王，自己做了代王兼任赵国丞相。

在中原地区再次陷入一片战乱之际，刘邦争夺关中的心思一刻也没有停止过。五月，他已令曹参取了下辨（今甘肃成县）和故道（今甘肃两当、陕西凤县），为进军关中搭好了跳板。八月，拜韩信为大将后，立即部署诸将日夜操练，并基于秦的兵制，对汉军进行全面整顿，重申军法。在荒蛮闷热的汉中，憋屈了四个多月后，刘邦终于决定正式反攻三秦。

古代的汉中盆地，是通往秦、陇、蜀、楚的重镇要隘。进出汉中最大的难题是交通。秦岭山脉东西长四百千米，平均海拔在两千米以上。从汉中到关中，必须通过贯通秦岭（古称南山）的几条山间古道。早在春秋时，这里就有了子午、傥骆、褒斜、陈仓和祁山等栈道，成为三秦连接汉中的纽带，可谓“栈道千里，无所不通”。

陈仓道为古陈仓道黑水河浅滩一段

子午道，北起今西安市终南山子午峪，南至汉中市西乡子午镇，全长三百三十千米。古代称北为子，南为午，南北方向的道路即称子午道。但子午道全线并非正南正北，由秦岭分水岭开始折向西南。

乾隆年间石碑

傥骆道，北口位于周至县西骆峪，南口位于汉中洋县傥水河口。全长约二百四十千米。是子午、褒斜等道中最为快捷也最为险峻的一条古道。

褒斜道，北起眉县斜谷口，南至汉中大钟寺附近的褒谷口，沿途穿过褒斜二谷，为秦地通往巴蜀的主干道路，全程二百四十九千米。在历史上，褒斜道开凿最早、规模最大、沿用时间最长。

陈仓道，即故道、嘉陵道。从

陈仓向西南出散关，沿嘉陵江上游谷道到凤县，折向西南，经两当（汉故道）、徽县（汉河池）至今略阳（汉嘉陵道）接沮水抵汉中。

祁山道，从甘肃天水经礼县，翻越祁山，沿西汉水过西和、成县，到达徽县，或从白水江顺流而下，向南翻越青泥岭，沿略阳东行至汉中。

就在四个月前，刘邦由关中去汉中，走的是秦入蜀的褒斜道（《史记·留侯世家》中有记载）。当时张良送刘邦入汉中，火烧褒斜道，表明刘邦无东归之意。在秦灭六国时，除褒斜、子午道外，滢骆、陈仓诸小道都已废弃。汉军如果想从这些小道出来的话不仅路况险峻，还可能遭遇设伏在谷口的敌军阻击。那么，刘邦最先要做的，就是修复褒斜道上的栈道。

就地缘关系来看，控制关中盆地以西的是雍王章邯。他奉项羽之命，以废丘（今陕西兴平县南）为雍都，作为第一重门户。因此，他是汉军北出的直接对手。然而，他认为褒斜道已烧毁，刘邦就是插翅也难以飞过，平时他并未秣马厉兵，只是经常派人巡察一下，提防着刘邦出来就是。

很快，章邯得到报告，刘邦新近拜了韩信为统军大将，还派人日夜抢修褒斜道，准备择日东征。

章邯十分吃惊，褒斜道烧毁容易，修复却是万难。当今天下唯有刘邦能与项羽对垒，栈道之险刘邦不是不知道，为何如此嚣张，莫不是有其他企图？栈道一年半载未能修好，汉兵又从何处出来？他判断修褒斜道只是虚晃一枪，明摆着要造成他的错觉，转移视线，以达成偷袭的目的。

他料定，汉军将向西占西县、上邽，走祁山之道攻击关中。汉军已占有西部下辨一些地方，西出关中最为有利，也是唯一的路途。因此，雍军必须提前分兵堵截汉军，以防万一。

其时，章邯对韩信并不了解，传说中的韩信只是个胯下小子，他觉得韩信玩阴谋诡计还嫩了点。虽这样想，但凭借多年作战经验，特别是钜鹿大战的惨痛教训，心中仍有余悸。承蒙霸王委以看守秦川重任，近来又有范增檄文传来，他自然不敢掉以轻心。

章邯是旧秦大将，也是唯一能称得上项羽的对手。他曾是主持骊山陵营造的少府，读过许多简策。在陈胜、吴广发难，诸侯并起时，承担起大秦帝国的最后命运。他凭借手中一路人马，先败周文数十万大军，又破齐楚联军，再杀楚军最高统帅项梁于定陶，击败了函谷关以东的各路叛军。在钜鹿之战中打得六国人马都不敢救援赵国，但后来被击败，随项羽进入关中，封为雍王。现在，他强烈感觉到在此安度晚年是不可能了。

不过，在楚营时韩信已对章邯和他的大兵团作战战法研究过，如何利用山区地形，选择好进军路线，是一个重大问题。

汉军只有十来万人马，需要长途作战，而章邯以守为攻，以逸待劳，如果按常规的打法，一定难以取胜。此战的关键，是要造成攻击的突然性，避开章邯的正面防御，调虎离山，声东击西，打他个措手不及。为此，汉军须先多路越过白水，向三秦西部进军，进一步吸引章邯分兵援助。尔后，汉军主力可出其不意经陈仓道再转从故道，倒攻散关，出陈仓县。

陈仓（今陕西宝鸡市东）是一大军事重镇，也是关中盆地的门户。南郑离今天的陕西省汉中市不远，而咸阳则是在今天的陕西省西安市以西。陈仓和咸阳连线呈东西走向，和秦岭山脉平行，南郑却在秦岭的这一边。陈仓、南郑、咸阳三地的连线几乎是一个等腰直角三角形，陈仓就在直角顶点上。如果，汉军先入陈仓，就等于绕到三秦王军队的后面去作战。

韩信部署先行四路兵马出击。

第一路，以曹参为先锋，率部先从汉中渡过白水，由两当赶赴故道，增援陈仓，然后转而攻雍地；

第二路，樊哙率部，从汉中渡过白水，攻西县，得手后亦从陈仓道转从故道，增援陈仓；

第三路，靳歙率部过白水，再从下辨以西渡过渭水，直接插入陇西。可打着汉王旗号，虚张声势，待雍军率师东移之后，全力平定陇西各县，切断章邯的西去之路；

第四路，郦商率本部人马，与靳歙一起大造声势于陇西，并乘势攻取北地、上郡，进一步引诱章邯北援。

当得知章邯下达命令，雍军向西县、上邽一线集结时，韩信大喜过望。随即，他与刘邦率领主力出汉中向北暗暗开去。

汉军沿着断断续续的残痕行走，偶尔可以看见悬崖陡壁上的石窟窿，或者，在深山里拨开疯长的杂草，依稀可见故道上静躺的石块。当地賨（cóng）民特意赶来做向导，使队伍在大山峡谷中辗转前进。

从褒中向西二十里到达勉县。勉县在历史上是汉中盆地的西北门户，它有“前控六路之师，后据西蜀之粟，左通荆襄之财，右出秦陇之马”之称。

从勉县出去后，经沔县的铁炉川、凤县的陈仓沟，到故道河，继而麾动三军，逢山开道，遇水搭桥，牵藤攀葛，登高投险，翻越秦岭，直取陈仓城，一举打开了通向关中的门户。至此，韩信“捉迷藏”似的战略目标得以初步实现。

韩信第一次带兵作战，就创造出具有深远意义的军事杰作。这次战役《史记》《汉书》记得很明确，特别是此役汉军主要将领功臣行动线路表明，这是一个大的战略欺骗。

事实上，韩信一面派兵多路明出陇西，明修褒斜栈道，吸引章邯注意力，造成他判断错误，使得雍军主力向西移去。一面暗中率军西走陈仓故道，从而，以迅雷不及掩耳之势一举成功偷袭陈仓，攻入关中。至于“明修栈道，暗度陈仓”一说，只是元代以后才在小说戏曲中出现，在此之前任何史书中都没有提到过，这应该是后人的穿凿附会。

第十六章　还定三秦创奇迹

韩信暗出陈仓，倒攻散关，出奇用兵，趁机杀入关内，控制了进入关中这一最为关键的战略要地。紧接着汉军渡过渭水，如神兵天降出现在关中平原上。

散关，是关中地区的四大关口之一。位于今天陕西宝鸡西南的大散岭上，自古以来就有"秦蜀噤喉"之称，是南控汉中，北制关中的兵家必争之地。

当得知汉军走陈仓道入关时，章邯大为吃惊，自已是秦地人，又曾任秦朝少府，掌管着秦地的河流、山川、道路各类图集，可是图集上从没标注过，更没有听说有人走过，只是一个传闻。陈仓古道曾是历史上一条北通秦陇的小道，古年十代已经废掉了，险恶难行的古道，汉军是怎么知道的？又是怎么走过的？

很快就有答案，因为山险水恶，在当地人范目的协助下，从故道而出，汉军才得以成功偷渡。

范目为賨人（当地少数民族，又称寅人、板楯蛮）部族头领，他勇敢善战，有远见卓识，在巴人中影响很大。史称："汉军入汉川后，范目征召巴人组建巴渝劲旅近万人，亲率巴军帮助刘邦还定三秦。"

到了这个时候，章邯完全如梦方醒，汉军主力的出击方向，是陈仓而非陇西，攻打陇西是虚张声势的佯攻，可是许多雍军已经调出，无法回防，他对自己的轻敌和误判后悔不已。

但章邯毕竟曾是统帅过百万人马的大将，此时，并没有被意外完全击倒。他认识到陈仓城失守，意味秦地将被拦腰切断，咸阳、好畤、废丘危在旦夕，这该怎么办？他在坚守废丘的同时，一面令其弟章平守好畤，屏障废丘；一面将陇西一线的人马迅速向东收缩，保障其侧后安全，并火速向塞王、翟王和霸王求援。

在这一切安排好后，他亲自带上废丘的机动兵力，由东向西开赴陈仓拦截汉军。而此时，攻下西县的汉将樊哙率军也已赶到陈仓附近，配合汉军主力协同作战。

汉、雍两军相遇，汉兵是积愤已久，锐不可当，好似猛虎下山，一经遭遇便将雍军杀了个人仰马翻。这时又传出消息，西去陇西的汉将靳歙、郦商等诸路兵马进展顺利，前去增援的雍军，欲进无力，欲退无能，被紧紧拖在那里。章邯综合分析情况后，自度势劣，迫不得已退回废丘。

至此，韩信成功完成了“还定三秦”的第一个目标，从汉中突围，在关中地区获取立足之地。

废丘是雍王城，位于秦地中部的陈仓和咸阳之间。初战告捷，汉军斗志更盛，诸将纷纷向韩信请缨，争当攻击废丘的先锋。

韩信告诫大家不要着急，有的是时机，三秦王主力尚在，塞军和翟军尚未出动，章邯必然还要组织反扑，大战还在后头。

关中向来被称为秦，又因为防止刘邦势力的扩张，项羽把关中分割为三部分，分封三王，后世因而称三王为“三秦王”。除了章邯分封雍王外，司马欣封塞王，王于咸阳以东到黄河一带，建都栎阳。董翳封翟王，王于陕西北部，建都高奴。而咸阳则成了三秦的分界点。

章邯退守之后，韩信第二个目标便是东下咸阳，攻打三秦联军。

韩信命曹参、樊哙和周勃为前锋，绕过废丘，深入敌后，包围章邯其弟章平固守的好畤城，配合主力部队在废丘作战。韩信则和刘邦亲率大军沿渭水河谷推进，兵锋直指废丘，诱使章邯反攻。

果然如韩信所料，不久，章邯得到了塞王司马欣、翟王董翳的增援，声势大振。他亲统三秦联军十万人，西出壤乡之东的高栎，来同汉军战斗，企图一决取胜，消灭汉军的主力。

就当时态势而言，双方几乎势均力敌，在兵力对比上章邯占有一定的优势，汉军将士则在大将韩信和汉王刘邦带领下，唱着乡曲，斗志昂扬地迎了上去。

与此同时，韩信命令曹参、樊哙自好畤南下，切断章邯的退路，前后夹击，章邯由于腹背受敌，遭到汉军突然袭击，结果全军崩溃，不得已第二次引败卒逃回废丘，闭城自守，等待项羽发兵前来救援。

韩信虽歼灭了三秦联军主力，取得决战胜利，但形势仍不容乐观，章邯绝不会甘心失败，企图以守待援做最后挣扎。现在汉军主力屯于坚城之下，一味拖下去，汉军仍有被合击的危险。

随后，汉军不待雍军喘息，发起了猛烈攻击，奈何废丘城池坚固，汉军一时难以攻克。

当时有几种可供选择的方案：一是强行攻取，这要花相当大的代价，要死多少人？二是引渭水注入废丘，这样可以迅速取胜，而城中黎民百姓要一起遭殃；三是不受章邯牵制，搁下废丘，围而不打，扩大作战范围，来个四面开花。其实，要与项羽争锋天下，民心最重要。用水灌废丘，现在不行，一灌，刘邦跟三秦王、跟霸王还有什么两样？

军事是手段，政治是关键。三秦王在关中地区毫无政治基础，一旦军事力量被摧，其政治统治便会顷刻瓦解。而汉军目标不是一城一地的得与失，汉王仁厚形象，在关中深得人心，放开废丘，很可能造成破竹之势，有利于迅速占领关中。这样，既避免了大军屯于废丘城下，又能迅速平定三秦。至于废丘什么时候攻取，那要视情况而定，怎么个攻法，自然水灌也是一个办法，但必须到万不得已。

于是，韩信确定了第三个目标，放开废丘城，立即向关中各地进军。他留下少量兵力围困章邯，自己与刘邦率主力长驱东进，迅速拿下了咸阳。然后马不停蹄地分兵东进北上，以凌厉攻势，迫降了塞王司马欣、翟王董翳。接着，又令灌婴率军攻下了栎阳，郦商攻下了关陇北地，靳歙平定了陇西六县。

虽然废丘未下，但其已是孤城，难成气候。这样，韩信总共不到一个月时间，就基本上平定了关中各地。

这个奇迹，是青年英雄韩信创造的，充分展现了军事天才。这也是他平生所指挥的第一个战役，初出茅庐，一鸣惊人，开创了中国历史上，从汉中出兵攻占关中的唯一成功战例。取得胜利的原因主要有三条：一是成功地隐蔽用兵方向，从根本上打乱了敌军部署，明出陇西，暗走陈仓，以奇迹创造奇迹；二是灵活用兵，以主力正面诱敌，以前锋迂回奇袭，分兵合击，始终掌握战场主动权；三是不屯兵坚城，大胆神速进军，确保了“三秦之地可传檄而定”预言的实现！

第十七章　东方形势突转变

八月底，汉军重入秦旧都咸阳。

刘邦率诸将来到了阿房宫废墟前，神采飞扬，入川时的窘态一扫而光，仿佛困在水中的蛟龙，又重新游回了大海。咳，秦岭的大风依旧在呼啸，关中却换成了汉家天下！

“关中王”即“秦王”，能够成为“秦王”意味着能够获得当时雄视天下的资本。刘邦望着这片断垣残壁，十分感慨。西楚霸王一把火烧了阿房宫，然后给三万人马把自己打发到汉中，当时唯有隐忍。如今，韩信打了一场迅速而又非常漂亮的进攻战，仅仅四个月，自己即成功地从汉中突围，一举拿下了关中地区。

进入巴蜀之后是刘邦的一个低谷，但同时也是一个机遇，这个机遇便是韩信创造的。之前刘邦的种种举动，似乎看不出有多大的雄心，更多的是要按楚怀王之约，得到关中王的宝座。但进入汉中以后，韩信的建言，则坚定了他与项羽争夺天下的决心。

现在目标当然不是单单做关中王。刘邦拥有了巴蜀、汉中和关中之地，政治影响、军事实力和经济实力迅速增强，具备了东争天下的条件，足以取代项羽成为新一代天下霸主。也由此可知，汉中策对刘邦事业的定位有多么重要，还定三秦对他人生有多么大的意义。

而项羽自东归彭城之后，整整十个月的时间里，完全陶醉于灭秦的胜利和沉湎于从秦宫抢走的珍宝美人之中。雍王章邯死守废丘十个月之久，日夜盼望项羽来救，可他置若罔闻，一动不动。

在项羽眼中，自己就是一个天下无敌的英雄，无论形势有什么变化，到时候只要自己亲自出马，没有解决不了的问题。正是项羽这种盲目自信，给了远在千里之外的刘邦一个发展时间与空间。

这时候，张良、陈平、王陵等许多楚汉战争中的重量级人物纷纷归汉，更使刘邦如虎添翼。

在汉初，王陵也是一个响当当的人物。现在刘邦是汉王，可早年在沛地市面上混的时候，刘邦一直像侍奉大哥那样侍奉王陵。王陵缺乏素养，爱意气用事，喜欢直言。到了刘邦进军关中抵达咸阳时，王陵自己也聚集党羽几千人，驻扎在南阳。他曾派人联系过王陵，王陵拉不开脸面，拒绝了刘邦。

不过，两人关系还不错。现在刘邦刚刚打回关中，连忙派将军薛欧、王吸带一支队伍出武关，借着王陵兵驻南阳，准备强行到沛县去接太公、吕雉。可是事不机密，项羽听说后，怕刘邦一家人质被抢去，派兵在阳夏阻截，汉军计划未能实现。战争要靠拳头说话，项羽也认为王陵是一个有本事的人，乱世之中，得地百里，强而有力。为了拉拢王陵，项羽将王陵的母亲安置在楚营中，想招降王陵。不过王母并不领情，最后项羽还是杀了王母。为此，王陵痛不欲生，发誓要为母亲报仇雪恨，下决心帮助刘邦打败项羽。

更让刘邦喜出望外的是，老朋友张良也已来到咸阳。鸿门宴上，张良帮助刘邦欺骗了项羽，但张良是项伯的朋友，不便直接加害，于是迁怒于韩王成。项羽来到新都彭城后，首先做了一件事，就是杀了韩王成。杀了一个韩王成也没有什么了不得，偏偏作为韩相国的子孙，张良把他视为复兴韩国的命根子，发誓要报仇雪恨。从此，张良再无牵挂，一心一意地投奔刘邦来了。

褒中一别，相思绵绵。

刘邦就天下形势，与张良进行了长时间交谈。韩信帮助自己攻占了雍、塞、翟，打回了关中，而章邯在废丘死守多月，苦苦等待楚军来援，可就是不见任何动静，项羽这么长时间在做什么？他难道真的不要关中了吗？不是！

对项羽裂土分封形成的政治格局提出挑战的，正是项羽自己。他把秦朝灭亡的原因，归咎于秦朝的集权残暴，有心要做一个旧时代的英雄。如韩信预料的那样，他封王授爵，随心随意，全凭自己喜好，人为地造成许多新的矛盾，招致秦亡后天下大乱的局面。

起先，项羽为了定都彭城，把义帝赶到长沙郴县，他觉得有“天下共主”义帝的存在，对自己是个威胁。经过一番秘密策划后，他让九江王英布、衡山王吴芮以及临江王共敖，击杀义帝于彬江之中。义帝怎么说也算是君臣关系，万没有想到，风声走漏，这样做陷自己于不仁不义的骂名之中。

接着，臧荼为了抢夺封地，和他的老主子韩广发生矛盾。韩广原是燕王，不肯离开燕地到辽东去，臧荼干脆把他杀了，连辽东的地盘也吞并过来。

最令项羽头疼的还是齐国旧王室田氏。秦末乱起，田氏中的几位豪杰相继起兵，而以田儋的影响最大。他起兵之后，很快控制了原齐国大部地区，自立为齐王。当时，秦军章邯，利用田儋远来增援被包围的魏豹兄弟之机，在临沂城下发起夜间袭击，田儋被杀。田儋的从弟田荣，整编了田儋的余部，成为田儋事业的继承人。

另一位齐王室的后裔田假，也趁机自立为齐王。田荣立即率兵攻打田假，田假战败逃亡，田荣于是拥立田儋之子田市为齐王，自居齐相。田荣是位个性极强的人，在他被秦军包围时，项梁派项羽、刘邦等人为他苦战解围，事后，他却为全力争夺齐地的控制权，而拒不与项梁协同作战。项梁被章邯打败后，项羽对田荣心怀不满。项羽分封天下时，因记恨定陶失援之仇，不肯功封田荣。田荣竟击杀项羽所封齐王田都、胶东王田市和济北王田安，自立为三齐王。赵相国陈余联络田荣，驱走常山王张耳，恢复了故赵王歇的赵王封号，赵王歇为了报答陈余，又封陈余为代王。田荣还派人拉拢彭越，令其兴兵梁地，明目张胆地与项羽作对。

项羽对这样的背叛活动，势难容忍。

就在这时，刘邦已接受韩信建议，声东击西，暗出陈仓道，打败了三秦王。项羽听到三秦地被夺的消息，准备让郑昌对付刘邦。而在彭城的张良唯恐对刘邦不利，就给项羽写了一封密信，汉王名不副实，所以他想得到关中，只要按当初的约定得到巴蜀、汉中、关中，他绝不敢再向东发展了。张良又把田荣、陈余联合反抗的事件渲染一番，试图转移项羽对刘邦的注意力。项羽思之再三，觉得张良说的有一定道理。刘邦得了巴蜀、汉中及关中也算理所当然，且离楚地较远，对自己尚不构成直接威胁，而齐地在楚国首都彭城之旁，岂容田荣作乱！于是他决定先对齐地用兵，将齐国作为首个打击对象。

深秋，项羽挥军北上，直趋齐地城阳，田荣哪里是天下无敌的西楚霸王的对手，齐军很快溃散下来，他在原平被当地人杀死。项羽重新册立了田假为齐王。到此，可以结束战争，但项羽沿途又大肆烧杀抢掠，以满足对田荣的报复心理。一次坑死数千人，连老弱妇孺未能幸免，由此引起齐地的激烈反抗。田荣其弟田横也趁机而起，在城阳一带收集田荣的散兵数万，拥立了田荣之子田广为齐王，打败了田假，整个齐国处于战乱之中，楚军陷入泥潭，不能自拔。

天下大乱在意料之中，但没有想到，乱得如此迅速，规模如此之大。

刘邦一向待机而动，雄心勃勃。天下能人，都能自觉不自觉地站在自己的赤旗之下，特别是那汉初三杰的韩信、萧何和张良都乐为所用。刘邦玩政治，韩信搞军事，萧何、张良搞管理、出谋略，从此，还惧怕西楚霸王什么呢？而关中沃野千里，阻山带河，居高临下，是汉军稳固的战略后方，况且自己手中已有数十万人马。而如今，项羽陷在齐地，其都彭城只是一座空城，四面受敌，现在不端掉他的老窝，更待何时？

张良归来，刘邦平添了胆略。这期间重要的谋士陈平，也从项羽的营垒中分化出来，弃楚投汉。陈平满腹韬略又不拘小节，是天下少有的“鬼才”。刘邦最后决定由萧何总理后勤支援，汉军抓紧时间，尽快整军东出函谷关与项羽作战。

第十八章　五国联军占彭城

在东征准备紧锣密鼓声中，一个新政权的架构呼之欲出。

刘邦首先采取的措施是，将汉国的都城由闭塞的南郑迁至关中栎阳。

栎阳在咸阳之东，北依荆山，南眺渭水，原为秦国迁往咸阳之前的旧都。这样的地理位置，更有利于直接指向广大的关东地区。

同时，刘邦还颁布政令：深化军改，激励将士奋勇杀敌。诸将如果率领一万人能够招降一个郡的，封万户侯；整治关中河道，开辟被项羽大火烧毁的秦朝皇家园囿，还民耕作，争取民众的支持；大赦罪人，建立一个稳固后方。

要夺取天下，稳固的后方至关重要。如今刘邦的后方，当然是指秦人所占据的汉中、巴、蜀、北地、陇西、关中、上郡等地。可以说，刘邦不仅完整地接收了秦国的地盘，而且还采取了和秦国夺取天下相同的战略。他的一系列政令和之前的约法三章一样，获得秦人高度拥护。得民心者得天下，民心是多么重要。

由谁挂帅东征，也是要解决的大问题。刘邦一定和张良反复商量过，他对张良的尊敬，可以说超过了萧何和其他任何人，两人关系也非常特殊。

西进路上，正是张良的运筹，才得以顺利占领咸阳。鸿门宴上，是张良的斡旋，才闯过险关。霸王分封，是张良向项伯说情，替自己争得了汉中之地。还因为张良讲义气，轻生死，又小心谨慎，深谋远虑，高人一筹。况且，张良多病，未曾单独挂帅出征，只是个高参，只文不武，手中没有刀把子。

而韩信和张良不同，他虽是一个二十多岁的毛头小子，文武双全，还有一种慑人的气魄。自己五十来岁，阅人无数，每当见到韩信心中却有一种莫名的不安。乱世出英雄，会不会有一天压不住他？

由用人问题，想到了揭竿而起的陈胜。天下群起响应，前后不到一个月就攻占了陈地，建立了“张楚”。不到三个月，这股狂飙就席卷天下，数十万人马突入中原，威逼秦都咸阳。可是又过了三个月，他就像一朵鲜花，遭到了风霜，一下子凋谢了，正是“其兴也勃焉，其亡也忽焉”，这里面到底是什么原因？

泗水亭长出身的刘邦，并不是胸无点墨的粗野汉子。他对历史和现实情况了解甚深，陈胜速败是因策略上分兵多头出击，被秦将章邯一一所破，而主要的是陈胜成天待在宫里，高高在上，把指挥作战的征伐大权轻易地授予他人，自己却成了聋子的耳朵——摆设！当然，这样例子历史上还有许多。

因而，刘邦深恐韩信功劳过高，权威过大，有损于他的声誉和形象？或者认为，不用韩信也能取胜。所以，一向高傲自负的刘邦要亲自带兵出关东进了？

不久，刘邦召来了围攻废丘的韩信。这也是韩信、张良两位巨星第一次正式相见，他们有说不完的话，道不完的情。张良更是称赞韩信出陇西、袭陈仓、还定三秦的壮举，真是相见恨晚！

紧接着，刘邦告诉韩信欲突入中原的打算，韩信惊诧不已。

张良带来的消息确实不坏，项羽被拖在齐地，中原诸侯纷纷反叛，而汉军还定了三秦，士气高涨，实力大增。但项羽不是章邯，天下有几人可以与他匹敌？关键是项羽的力量在多大程度上受到了削弱，必须有一个清醒的估计。

项羽军心未涣散，号召力依然强大，虽有一些诸侯叛离，项羽仍是天下共主，现在并不是全面出击的时机，因为强敌一夜之间是打不垮的。他虽不会处理国与国的问题，事事用战争和武力解决，可是，他很会用兵。以三万之众破釜沉舟，击溃章邯数十万大军，以少胜多，足见他的过人之处。

那年，项羽放火烧掉秦宫，杀秦王子婴，率军东归楚地，大家都觉得他残暴无知，目光短浅。经过这些天，人们的想法有了一些转变，难道他不想和秦始皇一样当皇帝？不是，是他力所不及，不得不为之。因为，他以楚国的名义联合诸侯发兵，诛无道，伐暴秦，替天行事，怎能占着秦地不走，这样会失却道义。而楚军的兵源主要来自江淮和太行山以东地区，他们妻儿老小都在那里，西破咸阳之后，将士们归乡之心无可阻挡。“富贵不归故乡，如衣锦夜行”，那是口号，否则，他统率的数十万之众溃散，楚国的天下有谁能够顶着？可见，项羽对天下大势还是了然于胸，并不好对付。

此时，正处在兴头上的刘邦，许多人倾向发兵意见，助长了他的激昂。

千难万难已成功夺回了关中之地，自己再也没什么顾忌。西进关中的路途中，只是两三万人，在张良先生的帮助下，一路势如破竹，取得攻破秦关的伟大胜利！

人生就是在赌博，过了这个庄，没了这个店，机不可失，不趁项羽困在齐地，汉军哪一天能够打到彭城去？刘邦以为，这一把如果赌赢了，项羽就被动了。

随后，刘邦收回了韩信的兵权，重新调兵遣将，做了西围东进新的部署。

章邯虽被困废丘，不可轻视他的战斗能力，关中战事尚未了结，压力依然不小。刘邦分兵一部与韩信，命令韩信继续围困废丘，清剿陇西和北地三秦王残余势力的抵抗。刘邦则自任统帅将大部汉军置于自己完全指挥之下，让张良做军师，曹参、灌婴、周勃、郦商、夏侯婴、王陵、靳歙、卢绾等大小诸将，悉数随军东征。

汉王二年（前205）三月，刘邦正式宣布出关东征。汉军从偏僻的汉中，经由栈道，越秦岭而下，席卷关中全境，为时四个多月便进入了中原，与处于混乱中、应付不遑的项羽竞逐天下。

汉军先由武关，向南阳迂回，再由临晋北渡黄河。不过，刘邦自出关以来，每战必胜，不到一个月时间，已抵达洛阳。

到了洛阳，他接受百姓代表董公建议，师出要有名，不能为了打仗而打仗。项羽"弑君"，这是多么恶劣的行径，为义帝报仇，又是多么正当的理由。于是，他发动了一场大规模的政治战、外交战。亲自到洛阳给义帝熊心发丧，袒而大哭，全军哀临三日，追悼被项羽杀害的义帝。然后遣使遍告天下诸侯，称义帝熊心为项羽所害，为义帝报仇，号召诸侯同他一起打倒项羽。

军事上刘邦未必是项羽的对手，而政治上项羽绝对不是刘邦对手。这一招很灵，军事威胁与政治攻心相结合，刘邦一下搞臭了项羽，赢得了人心。

这时，秦末反王魏王豹举众归降，受到优待。河南王申阳和韩王郑昌也向刘邦投顺。旧赵的大将司马卬，被项羽封为殷王，汉军大举攻殷，殷军上下离心，旋踵之间，司马卬为汉军所俘。其中韩王郑昌被废掉，改立了战国时韩襄王之孙韩王信。在此之前，独立活动的常山王张耳已经归附。可是赵相陈余提出条件，只要汉王杀了和自己有仇恨的张耳，他才能让赵国出兵。刘邦就挑一个与张耳面貌相像的罪徒，杀了将脑袋割下送来，陈余不辨真假，中了“计中计”，也派出部分人马，协助刘邦作战。英布等人虽没有公开表态，消极观战，则让项羽更加孤立。

刘邦将降将、降卒编入汉军。一时间，各地诸侯、豪杰，纷纷归附，多达四十多万，加上刘邦本身十多万，兵力骤然增至五十六万！

四月，声势浩大的联军，已涌向楚都彭城，守城楚军仓促应战，大败而逃！然而，刘邦已经超负荷运转，他的军事才能，根本指挥不了“五国联军”。

就在刘邦得意忘形，置酒高会，沉浸在美人货赂中时，恼怒的项羽并没有惶然失措，料定刘邦的诸侯五十六万大军，不过是东拼西凑起来的庞然大物。他以超人的气魄，独自率三万铁骑，昼夜兼程地向萧县疾进，一定要杀刘邦一个措手不及！

第十九章　大逃亡中的反思

刘邦用兵不像韩信那样，以歼灭敌人的有生力量为主，而是置项羽主力在齐地于不顾，兵分三路，将攻击目标直接选定在千里之外的彭城。

汉将曹参、灌婴、周勃率军从围津渡过黄河，战定陶，兵进胡陵，从西北袭击彭城；汉将薛欧、王吸、王陵率军由宛城，经叶县，出阳夏，从南面攻楚；刘邦则率夏侯婴、卢绾及各路诸侯军经曲遇，占外黄，由西向东再攻下了砀县、萧县。由于楚军主力陷于齐地，后方空虚，刘邦轻易地攻取了彭城。

当项羽得知彭城丢失后，恼怒无比，他命令诸将继续作战，自己亲率三万精锐骑兵，立即挥师南下。经过昼夜行军，突然杀到汉军后则的萧县，切断了汉军归路。

萧县是彭城西边的门户，尚未脱尽睡意的诸侯军，对项羽的攻击，猝不及防，营中顿时大乱起来。项羽取了萧县，立刻将兵锋直指彭城汉军。

刘邦惊讶万分，近来他日夜沉湎于酒色之中尚未清醒，早已将防备楚军之事，放在了脑勺后，他不愿接受这么严峻的事实，楚军难道从天而降？但事已至此，他只得调集兵马，开城出战。

来到阵前，刘邦不由一沉。只见楚军战旗飘扬，士气旺盛，气势汹汹，而自己的士卒，仓促上阵，面带惧色。

“活捉刘三——冲啊！”随着项羽一声大吼，楚军将士潮水般扑入敌阵，誓要夺回家室。汉军的防线不断被冲破，战至中午前后，汉军全线崩溃。刘邦见大势已去，便拨转马头，落荒而逃。

汉军失去了主帅，便成了没头的苍蝇。许多将士追赶上来问刘邦怎么办？刘邦已醒悟，他知道项羽的可怕和厉害，要是不能阻止楚军的进攻，后果不堪设想。现在唯一能够挽救危难的，只有远在关中的韩信，他便让人飞驰关中召唤韩信。

楚军乘势滥杀无辜。当联军逃至睢水，为活命，争抢过河，自相践踏数以万计。还有二三十万人不及过河窜入南面山中。最不忍心看的，就要算灵璧和睢水河面上，数十万大军仓促逃窜，一时找不到许多船只，拥挤之间，被楚骑驱赶落水者竟达十多万人！

到了灵璧，刘邦就地建立营垒，将两翼的队伍渐渐收拢，得数万将士。就兵员数目来说，这仍不是一个小数字。但是，楚军已切入了灵璧西南地区，使荥阳那边的汉军，无法及时援救刘邦。几位楚将又分别袭击了东北地区的汉军，将汉军分割开来，大有一气吞食之势。

刘邦在众将士掩护之下，逃了一程竟被楚军追上。这时，身边已无一员大将，眼看将要被活捉。突然一股狂风吹来，满天飞砂障目，白天成了黑夜，咫尺之间不能辨清你我，趁楚军无法前进之际，刘邦拼命紧夹马肚，催马奔跑，终于又逃脱了包围。

刘邦独自一人一骑走了几十里路，已是红日西沉时分。

一天没有吃喝，现在追兵渐远，他立刻感到饥肠难挨。策马前行穿过树丛间，来到了远离市镇的一户人家。上前一问得知老翁家姓戚，避秦末战乱来到这里。当晚戚翁盛情款待，并留宿后并以小女相配。两人以茅屋为洞房，同宿一夜。正是这快活的一夜，戚姬后来生了个男孩，取名如意，使刘邦在立太子问题上大费脑筋。也正是这桩婚姻，给戚姬带来了富贵，也带来杀身之祸！这是后话，按下不表。

翌日，刘邦与戚女告别后，大约有一个时辰，就到了汴水东岸，心想过了河就没多大问题了。正想着，前方尘土飞扬，刘邦赶忙闪入树丛观察动静。只见赤旗闪灼，走近仔细一看，原来是张良、樊哙、周勃、陆贾一行人，他们虚张声势，打着韩信的旗号，意图招集散兵。前面那个赶车的是夏侯婴，车上还坐着自己的一双儿女！

夏侯婴告诉刘邦，和刘邦走失后，他到沛县丰邑取大王家小。一打听，刘邦父亲刘太公、吕王后带领家眷，避楚逃难，且有舍人审食其相从。他们扮作难民，从小道潜行，偏偏追来的楚军中，有人认出了他们，竟将他们当作人质掳走了。夏侯婴不得已，离开沛县向西寻找刘邦，半路上碰到了公子和公主，走了一天一夜，才来到这里和大王相遇。不过，能够救得公子、公主，还算是不幸中的大幸，只是刘太公和吕王后生死不明。

惊魂稍定后，刘邦忙询问兵败情况，真是兵败如山倒！由于政治情势的变化，塞王司马欣与翟王董翳又重新降楚，韩、赵等各路残兵，都已跑散，不知去向。其他诸侯，见风使舵，都开始打起自己的小算盘。

刘邦百感交集，还定三秦后，却被眼前的胜利弄得飘飘然，仓促发动彭城之役，轻易把自己的弱点暴露给了项羽。五十六万五国联军，有组织无纪律，精神涣散，使汉军蒙受了巨大的损失。同时，手下的张良、陈平等人，皆无预判，都以为项羽陷入齐地，不会从萧县方向袭击，对项羽的作战能力估计不足。如果听从韩信的意见，或将韩信放在身边，会有如此惨败吗？但值得欣慰的是，这一役中，张良、陈平、曹参、灌婴这些主要谋臣宿将均无重大伤亡，骨干力量得以保存。

刘邦虽读书不多，并不是什么全才，在许多问题上都有失误，但他最大长处是头脑灵活，不肯服输。他暗暗发誓，无论付出多大代价也要报仇雪耻，与项羽战斗到底！他意识到，楚汉战争将是长期、复杂的，仅凭一己之力，难以最终打败项羽，只有从分化诸侯和项羽同盟入手，争取时局向有利于己方转化。他寻问张良："经此一败，汉军已无法控制关东了，我愿以关东之地，分授天下豪杰，哪些人可以助我?"

张良知道刘邦心思，对于刘邦不肯任用韩信做东征统帅一清二楚。而汉军中的人才不少，丞相萧何是综理后勤及政务的天才，自己则长于谋略，唯有韩信是大将之才，用兵神出鬼没，天下无人匹敌。于是，他婉转地将韩信推荐了出来："九江王英布，是有名的骁将，彭越曾与田荣结盟反楚，也是一位难得的将领，英布、彭越两人都可为我所用。而汉王将领中唯有韩信可以托付大事，独当一面。如果大王决意把关东之地，交给英布、彭越和韩信三人，以此换来支持，他们分得关东，定会感激涕零，死力图报，灭楚绝无多大问题。"

英布，又叫黥布，六县人，是秦汉之际一位大名鼎鼎的人物。小时候有人给他看相说"受刑而王"。陈胜起义时，英布去求见番君，并跟从他的部下一起反秦起兵。番君还情有独钟地把女儿嫁给了他。章邯消灭了陈胜之后，英布听说项梁平定了江东，于是，带领几千人归属了项梁。在攻打景驹、秦嘉等人的战斗中，英布骁勇善战。项梁到达薛地，拥立了楚怀王，项梁号称武信君，封英布为当阳君。项梁定陶战败，秦军加紧攻赵，等到项羽杀死宋义派英布做前锋，他率先渡过黄河攻击秦军，以少胜多，使秦人震服。到达新安，项羽又派英布等人领兵活埋了章邯部下二十万人。到达函谷关，英布从隐蔽的小道突击，打败了守关的秦军。项羽分封将领时，封英布为九江王，建都六县。

彭越昌邑（今山东省金乡县）人，也是秦汉之际有名的人物。早年在巨野泽以打鱼为生，受大泽乡起义的鼓舞，秦二世二年，彭越配合刘邦北攻昌邑，未能攻克。刘邦率军西行，彭越数年间一直留在那里活动。项羽入关后，裂地分王，他因未曾投靠项羽，所以未得其封。齐国田荣不服项羽的分封，意欲反叛楚国，作为一种策略，铸就将军印信，派人送给彭越，让他们进军济阴打击楚军，骚扰楚国的北方边境。现在彭越已占据魏国东部十余城，队伍发展到三万多人。

刘邦思考片刻，心动神移："韩信、彭越好说，而英布为楚将，怎样才能使他背楚从汉呢？"

张良回答说："齐王田荣背叛楚国，项羽前往攻打齐国，向九江征调军队，英布托词病重不能前往。彭城大战期间，英布袖手旁观，仍不肯发兵助楚。项羽因此怨恨英布，多次派使者前去责备并召他前往。这一切都说明英布已与项羽貌合神离。"

随即，刘邦按张良的策划，派铁嘴随和去九江策反英布，从南翼牵制楚军，又派郦食其联络彭越，在梁地骚袭楚军后方。刘邦还要发挥韩信更大作用，他一定会是项羽的克星！

这就是汉史上著名的"下邑之谋"，又称"下邑画策"。下邑，秦县名，在今安徽砀山县。张良眼光独到，他所推荐的三个人，后来都为汉国战胜强楚立下汗马功劳。其中，对韩信的"独当一面"的评价流传千古（《史记·留侯世家》）。可以说，张良是继萧何之后，慧眼识韩信的第二人。

第二十章　力挽狂澜救荥阳

将郦食其、随和二人打发走后，刘邦一行便来投奔同样参加彭城大战失败先到下邑的妻兄吕泽。

可是，刚行一段路程，楚将季布又率一路人马追杀过来。“快走吧！”刘邦慌忙催促加快赶车。车子向前飞奔，后面的楚兵紧紧追赶。眼见追兵逼近，心中万分着急，为减轻重量，他毫不犹豫，一把将两个孩子推下车去。

“这是干什么？”夏侯婴赶紧下车，把两个孩子抢了上来。刘邦再次把孩子推下，夏侯婴再次把孩子拉上车。刘邦大声怒喝：“我等自己的命都保不了，还管孩子干什么！你想害死我！”

“这叫什么话？孩子是大王的亲骨肉，不要这样！”“干大事的人不能婆婆妈妈，心肠要硬，你赶快推下孩子，否则，我会杀了你！”刘邦两眼通红，又将两个孩子踢下车去。

夏侯婴又跳下车去，爱心满满地将两个孩子，一边一个挟在两胳肢窝，并从士卒手中夺过一匹战马，飞身跃上，紧紧地跟在刘邦车后。确实，丢下两个孩子和夏侯婴，车子跑得快多了，楚将季布等人渐渐追赶不上，只得勒住马头。

孩子得救了，刘邦的父亲、妻子却没有那么幸运，已被楚军俘获押送楚军大营，这让刘邦伤心不已。

初春，韩信接到了刘邦的命令，立即率军出关。当他赶到时，汉军已退到荥阳，如果再往前撤退，就到关中了。

汉军的失败，却也在韩信意料之中。在楚军主力未受损的情况下，汉王聪明却缺乏理性，冒险而为，能有多大取胜把握？但也没有想到会败得如此迅速，如此惨不忍睹。

汉军的惨败，非大智大勇者不能独当一面。韩信率部迅速地冲破楚军封锁，与刘邦军会师，但会师未能扭转战场形势，楚军突击迅速，野战力极强。

他随即调整部署，集中力量，以攻势掩护刘邦退却，确保大批汉军撤往荥阳方向。这样有组织攻防，楚军追击被迫停滞，并逐渐形成多块战斗的局面，分散了楚军兵力。

见到了韩信，刘邦竟第一次在战场落下泪来。分化诸侯是长久战略方针，但当务之急是怎样才能同强楚抗衡？

关中和天下都已知道刘邦打了败仗，魏、赵、齐等诸侯纷纷倒戈，重新归顺霸王，一旦汉军匆匆退守秦关，丢掉荥阳到函谷关一带的险要地形，以后再想和项羽抗衡就困难了。若是这样的话，那汉军注定会失败。韩信觉得如能坚守荥阳，稳住军心，可不断向关中征发兵卒，用关中的人力和财富支持我们在这里同楚军一搏，汉军必能重拾信心，重新奋起。

刘邦从韩信身上看到了希望，但自己身心疲惫，无力再战，楚军追上来会将自己彻底打败，而韩信有抗衡楚军的计划和能力，在目前，必须启用韩信收拾残局。刘邦留下人马，命韩信在荥阳全权指挥抗敌，自己先回栎阳休息去了。

荥阳（今河南荥阳东北），秦时三川郡治，黄河从北面流过并与济水交汇，关中与东方六国的来往必经此地。东北靠近黄河的地方修建了秦汉时期国家粮仓——敖仓，可解决军队的粮食补给。以西七十里是成皋（今河南荥阳北）。成皋便是后世人们常说的险关“虎牢关”。

彭城之战的惨败，刘邦经营几个月的战略优势化为乌有，被迫转入战略防御，能否建立稳固的防线，对汉军来说生死攸关！

韩信沿途布置了收容站，流失的数万士卒陆续归来，增强了实力。楚军得知情况后，以免形成日久难下的拉锯战，遂加快全面出击速度，力图迅速地解决问题。韩信则利用荥阳以南山区有利地形，以汉军步兵之长，制楚军前锋骑兵之短，多次打退了楚军进攻。

秋风渐起，夏季将要过去，韩信力挽狂澜，阻止了楚军的西进。

此时，他重新编队，将丞相萧何在关中征召的兵员，悉数充实军队。还将萧何送来的军粮和物资不断地送往前线。又夜以继日加固以荥阳为中心的成皋、巩县、洛阳一线的防线，构筑了北连黄河的甬道，搬运敖仓粮食，以供军队长期作战。并在敖仓三皇山上筑起东、西广武二城，加强荥阳守备。接着，组织局部反攻，派出曹参、灌婴、靳歙等将分别出击，先后夺回了雍丘、外黄、燕县、叶县等地。仅用了三个多月时间，就构筑一个较为强大的正面防守体系，扭转乾坤，结束了自彭城惨败以来汉军大逃亡的局面，为刘邦又立下一大战功。由此，楚汉两大军事集团逐渐形成了对峙局面。

刘邦得到捷报，欣喜异常。

他决定不惜一切代价，令樊哙引水灌废丘城，除掉章邯。城破，对有着复杂经历的章邯来说，自杀身亡，也是一个不错的结局。关中地区全部平定后，刘邦立儿子刘盈为太子，使萧何辅佐，制定法律，建立祭庙、社稷、宫室，以安定人心。

不过，此时形势仍很紧张，楚军不断向西推进，企图歼灭在黄河一线的汉军。而原先归附的“五国”联军之一的魏王豹，在项羽派人劝说下，他以母亲病重为借口，回家省亲，一到魏国平阳，便调兵遣将，在雷首山至临晋渡一线，布设重兵，截断了河口，公然与汉军为敌！

魏国是中原战略要地，从魏国都城安邑出发，向西可以进攻关中，打击刘邦的后方；向南可以切断楚军的粮道；向北可以威胁赵国，向东可以威胁齐国。魏豹的反叛使关中与荥阳被拦腰切断，荥阳战场将无法坚守。

刚刚从彭城大败阴影中走出的刘邦，意识到问题的严重。于是重返荥阳前线与韩信汇合，并做出两项部署，让不久前归顺的彭越开辟敌后战场，破坏敌人后方；让英布开辟南方战场，打击楚军左翼。

不过，这时刘邦还对魏豹存有幻想。

为了全力对付项羽，他决定先派“外交特使”郦食其去见魏豹，晓以大义，讲明利害，两家免动刀兵。可是魏豹拒绝了。魏豹的理由是：“汉王傲慢无理，辱骂诸侯如同对待奴仆一般，我是不想再见到他了。”其实，这时诸侯已形成共识，刘邦永远不是项羽的对手，由古及今，无人能与西楚霸王匹敌，他们纷纷与楚国重新结成联盟，这对汉军来说，形势极为严峻！

“狗娘养的东西，给诸侯树立了一个坏榜样。”郦食其气愤地对刘邦说，“一定要教训教训魏豹！”

气愤归气愤，为慎重起见，刘邦要先听听韩信的意见。要知道，韩信是刘邦真正的救星，在关键时刻，唯有韩信能够召之即来，来之能战，撑得起大局。

没想到，韩信意见和他们高度一致。

战争避免不了，那就不如先动手。魏豹在为楚军张目，尽管汉军目前困难重重，但不能置之不理。一旦天下有变，楚军一定会从这个方向进攻，汉军就彻底被动了。因此主动出击，防患未然，战争就成为外交努力之后，一种不二的选择。

在张良推荐下，他随即任命韩信为左丞相、统军大将，独领一军破魏。

用人不疑，这是刘邦的高明之处。左丞相一职虽是行政职务，其地位仅次于丞相萧何，但从政治角度看，有利于韩信对魏国的用兵。刘邦还从关中、上郡、北地、陇西，抽调三万兵马，并将追随自己多年的曹参、灌婴、陈贺、孔熙等将领一并交给韩信。他与张良、陈平、王陵等人守卫荥阳一线。

第二十一章　声东击西擒魏豹

临晋渡对面是魏国的蒲坂津，历代倚为秦晋间重险。

蒲坂至魏国重镇安邑（今山西夏县西北）一线为开阔地带，是东去中原的主要通道，也是魏国布防的重点。

半年前，刘邦就曾从这里出发，率联军去袭击楚都彭城的。现在，魏军在蒲坂（今山西永济西蒲州镇）集中了大量人马，每当夜晚东岸渡口的灯火密密麻麻，只等楚军取了荥阳，就要配合楚军发起进攻。

韩信问郦食其，魏军起用的大将是不是周叔？回答说不是，用的柏直。韩信显得轻松了许多，柏直是个少不经事的小子，不必担心柏直为大将！

韩信率人马来到临晋（今陕西大荔县东）后，随即召见了部分先期到达的将领，听取了他们敌情报告。

他告诫大家，魏豹背信弃义，在黄河对岸设置了重兵，抢占渡口，占据有利地形，如此猖獗，应狠杀他的傲气。由于形势危急，项羽一定会调整布置，将矛头指向汉王，必须赶在项羽发动大规模进攻之前，先解除北顾之忧。

接着，他强调，与还定三秦和京、索保卫战相比，伐魏之役虽算不上什么硬仗，但意义特别重大。汉王在荥阳已将攻击魏豹的任务交给了自己，自己已立下了军令状，只能取胜，不能战败。但是，汉军在临晋只有三万人马，敌众我寡，且远离荥阳，远离关中，得不到及时支援，如何战胜魏豹还是一个不小的问题。

“大将放心，我们一定会打好这一仗！”众将齐声说。

魏国主要部分在大梁（今河南开封）一带，魏豹的封地本应在大梁附近，但项羽为了西线安全，却把魏豹撵到平阳（今山西临汾）。

魏豹，是原魏国王族的公子，也是早期义军中有影响的人物。当项羽北上后，魏豹积极响应，连克魏地二十余城，并随项羽进兵关中，被项羽封为西魏王。

刘邦重夺关中，为了报复项羽，魏豹立即加入汉军联盟，魏地成为通往楚地的重要通道。但刘邦东征途中，十分轻视魏豹，许多事情根本不征求魏豹意见。为了笼络反楚的彭越，竟任命彭越为魏相国，并让彭越独领一军，在攻克彭城后，回头西进，平定了原魏国大梁一带。对此，魏豹十分气愤。

彭城大战失败后，魏豹自感刘邦不是霸王的对手，又在霸王利诱下，返国后立刻隔绝与汉地的交通，重新归楚反汉。此时，一个江湖术士给魏豹妻子薄氏看相，说薄氏生的儿子将来贵为天子，魏豹信以为真，儿子是天子，老子就是太上皇。于是他雄心勃勃，准备潇洒地大干一场。

这时，项羽的正面进攻尚未开始，魏豹处于守势地位。为配合楚军，在楚将项佗帮助下，他们从河东、河西掳掠了大量人口、粮食和船只，目的是阻挡汉军自临晋关渡过黄河。

连日来，韩信分析敌情，查看地形，紧张地做着战前各项准备工作。

临晋渡在大荔城东的黄河西岸，水大浪高，岸边峭壁如斧劈，险峻异常。沿黄河北上，就是夏阳（今陕西韩城南）渡口。黄河像一条巨龙从黄土高原，经龙门趺趺撞撞地奔泻而下，又由于对岸汾水汇入，这里河床特别宽阔，且水势较缓。

魏豹扼险据守，在蒲坂早有准备，扬言不会放过一只飞鸟，若强行泅渡，船只目标太大。而临晋与黄河上游的阳夏之间，只有百余里路程，汉军可否在临晋渡一带安排大量船只，佯装做出要从这里进攻的模样，以此迷惑魏豹，暗中却将主力派到夏阳，再从夏阳过河，出其不意地抢占魏国的安邑城。而且，目前战场条件非常有利，无能的魏将柏直，疏于阳夏的布防，兵力薄弱。

此想法虽好，但要渡过黄河，大量的船只到哪里去寻找，且渡船目标太大，形成不了突袭。渡河的关键是既要隐蔽，又要迅速解决战斗！

翌日，韩信找来当地艄公，进一步了解黄河夏阳段的水情。

黄河浅滩较多，水流湍急，在丰水期可使船只，平时只能用羊皮筏载一至两人。要渡万余人，上万只羊皮筏子到哪里去寻找？要

黄河古渡

么扎木筏，可是黄土高原雨水稀少，天气干燥，植被稀疏，成材的树木并不很多。一时间，数万棵树木又到什么地方去砍伐？又要弄成多大动静？

“智者乐水，仁者乐山。”韩信生于水乡淮阴，一生用兵最善于依托河流水势，艄公们的介绍，倒启发了他。淮水边常常会遇到大洪水，一天漆黑的夏夜，暴雨频降，漫天的大水呼啸而来，天亮后，只见一片白茫茫的大水，与天相接，一些大人小孩抱着罂瓮漂浮在水面上，竟也能幸免于难。他马上有了破敌之策！为什么不能用罂瓮加木棍，扎成木罂（北宋曾公亮《武经总要前集》卷十一：“木罂者，缚瓮罂以为筏。”），用它去渡河，既简单省事又隐蔽突然。

不经意间，韩信为自己的奇思妙想而击掌。

方案拿出来了，韩信先召一裨将入帐，让他带着部分士兵进夏阳山里就地砍伐木料，不论大小都可合用，只要求越快越好。裨将不知什么用意，又不便多问，便奉命进山去了。

不久，一切准备妥当后，韩信迅速地下达了攻击令。这次仍采用还定三秦之术——声东击西，明里佯攻蒲坂，暗里则从临晋上游的夏阳偷渡黄河，打魏军一个措手不及！

韩信唤来骑将灌婴，令他从即日起，沿临晋渡口，虚插大旗，擂起战鼓，制造攻击蒲坂假象，吸引魏军的视线，数日后，当守卫蒲坂的魏军守将因重镇安邑被夺去，出现阵脚混乱时，可率本部人马，直冲对岸蒲坂，向魏国腹地挺进。

接着，韩信又唤副将曹参，令他率领人马打主攻。今晚人去甲，马卸铃，趁着夜色秘密向夏阳进发，可先将队伍隐蔽在大山后，后天午夜时分渡河出击。大军上岸后，立刻燃起篝火向河西报信，并迅速绕道汾阴，分两路直插安邑。至于渡河工具，可以领取木罂。

木罂是什么？韩信告诉曹参木罂的构造。木罂的造法，就是用木棍夹住罂瓮，四周缚成方格，用绳绑住，一格一罂，两格两罂，数罂合为一排，数千罂分作数百排。并说在你们开往夏阳时，已有人在山中把木罂造好等待来取，到时你们可铆足劲儿，几个人抬一排，只管去渡黄河好了，但要注意安全，提前做好检查，不能发生碰撞和损坏，否则后果严重。

曹参等人恍然大悟，原来寻找的罂瓮是作渡河用的临时工具，真是绝妙主意！从来没有听说过有这样的东西，简单实用，聪明绝顶。

午夜，晋北高原西风飒飒，明月半空。在曹参的率领下，成千上万排木罂投入河水中，场面蔚为壮观，人心震撼。尽管浑浊的黄河水，一浪高过一浪，但木罂浮力很大，恰似一只只羊皮筏子，在风浪中随波逐流。汉军将士情绪高昂，一个个奋力划动木桨，木罂直向黄河东岸。

安邑在蒲坂东北，汉军既然从夏阳方向过来，必然切断蒲坂与魏都平阳之间的通道，可以说，汉军控制了安邑就能控制整个魏国。

当汉军突然出现在安邑城下时，魏军以为汉军从天而降，极为震惊！守将孙遬仓促应战，被曹参卖个破绽，轻身一闪，顺手牵羊，生擒下马。魏军见主将被捉，如惊弓飞鸟，一哄而散。曹参乘势直入，没费多大气力，夺得了安邑城。

同样，守蒲坂的魏军主将柏直，见对岸鼓声震天，汉军在忙忙碌碌地调遣船只，以为汉军来攻，连忙率部迎战。当快马飞报安邑丢失时，他急忙分兵，回援安邑。不知是计，他前脚刚走，韩信、灌婴便率军从河西掩杀过来。蒲坂的魏军惊慌失措，毫无斗志，一触即溃。

当魏王豹接到安邑失守的消息时，惊得目瞪口呆，完全打乱了他的作战部署。得知汉军用木罂偷渡后，恍然大悟，连呼上当，终于明白为什么骁勇善战的章邯，在韩信手下一败涂地，为什么英勇无敌的楚军，在京、索地区，再也无法向前推进一步。

水来土挡，兵来将挡，必须夺回安邑！惊愕之余的魏王豹，定下决心，亲自率大军向安邑开去。汉、魏两军在安邑与平阳之间的曲阳相遇，过了黄河的汉军，自知已深入敌后，有进无退，个个奋不顾身，锐不可当，只是几番冲杀，魏军便溃不成军，向东逃窜。到了东恒，汉军又将魏豹团团围住。魏军将士自知已陷绝境，抵抗无益，纷纷丢下武器。此时，魏豹考虑再三，投降尚可保全性命，无奈之下，也只好下马伏地，举手投降。

就这样，在前后不到一个月的时间里，韩信消灭了黄河以北的一个强大的敌对势力。伐魏的胜利，这是韩信在北方战场独立指挥的第一个战役，旗开得胜，一举灭掉魏国，拔掉了横插在汉军脊背上的一根芒刺。同时，伐魏的胜利也是刘邦彭城大败后取得的一次重大胜利，为汉军进一步东进奠定了坚实的基础。

第二十二章　对楚作战新方针

占领了夏阳后，韩信迅速分兵略地，一举扫平了河东三郡五十二县。但是，战争远未结束，与西魏接壤的赵国，也已加入以西楚为首的反汉联盟，他们正在增兵边地，关上国门，准备与汉军对抗。

在下魏以后，如何巩固和发展胜利的形势，争取更大胜利，不久，韩信提出了对楚作战新方针："北举赵燕，东击齐，南绝楚之粮道，西与大王会于荥阳!"（《汉书·韩信传》）

他的阐述是，目前项羽忙于对付汉王刘邦，又派大将龙且去剿灭英布，无力顾及魏、赵、燕这些反复无常的诸侯势力。我们若能以破魏为突破口，再行北伐东讨，消灭代、赵、燕、齐等诸国，扩大疆土，进而断绝楚军粮道，迫使项羽陷入两线作战、腹背受敌的境地。韩信和汉王对应作战，汉王坚守荥阳西线，不停地与楚军周旋，而韩信则向东进攻，不断开辟广大战场，一守一攻，分进合击，使楚军疲于奔命，首尾难顾，最终彻底打败不可一世的西楚霸王。

真是惊人的计划!

不久，韩信派人押着五花大绑的魏王豹和他的爱妃薄姬，前往刘邦荥阳行宫，并带去了韩信一份请战书。

到了荥阳，来人就将魏豹押进宫来。一见魏豹，刘邦沉下了脸。

魏豹与汉军一经对垒，就被韩信彻底打败，太上皇的美梦就此破灭，真是造化弄人。刘邦对左右唬道："还留着这家伙干什么？难道要我为他养老送终不成？传我的令，将魏豹及其全家斩首示众，并将他的头颅悬挂在荥阳城上示众三日，让诸侯看看，让天下看看，我刘三也不是好惹的！"

刘邦拍案大骂，慌得魏豹匍匐座前，乞求免死。刘邦用手扇了扇鼻子："你胆量哪里去了，早知今日，何必当初？我派郦食其苦口婆心上门去劝你，你不但不给面子，还要辱骂于我，你太缺德性了，这叫玩火者自焚，咎由自取！"

"汉王！饶命啊！饶命啊！"魏豹面无血色，捣蒜般地叩头。

"慢着！"蓦地，刘邦意识到杀鸡只能给猴看，不能给诸侯看，激成诸侯异变，谁肯与我联合，要想对付项羽，人心最重要，杀掉一个魏豹，却坏了统一战线的大计，绝不能做这样赔本买卖。

刘邦朝张良看了一眼，张良颔首。他拉起早已软瘫在地的魏豹，又好言安慰道："好了，念你我兄弟份上，留你一条性命，只要你能够忠于汉事，好好做人，寡人定会与你共富贵！你的性命留下了，但要将你的家属全部没入织室，这算给一个处分，让你长长记性。"说罢，将趴在地上的魏豹撵了出去。

留下性命就算不错了，魏豹也顾及不了薄姬。其实，刘邦将魏豹眷属扣下，是因为他听说魏王豹的宠姬薄姬是魏国第一大美人，便将她留下送往后宫。身不由己的薄姬，被刘邦一番雨露，一年后生了一个男孩，取名恒。说来也巧，这男孩便是后来的汉文帝。

刘邦处置了魏豹，随后听取了来人的汇报。

来人忙向刘邦呈上请战计划："大王！赵王歇蠢蠢欲动，欲想与我们分庭抗礼。据此，大将益请增兵三万，一不做二不休，继续向东进军！"

哦？增兵三万不是问题，只是刘邦对破魏以后的时局如何运筹，与韩信的看法不尽相同。

就在不久前，魏地尚未完全稳定，刘邦就已派人前来，把被俘的魏国精兵，以及缴获的大量作战物资调往荥阳，以加强荥阳防卫，几乎拿走了韩信的全部胜利果实。刘邦这样做的目的，固然是为了加强正面战场防御能力，准备抗击项羽的大规模进攻，但同时也有一个不可告人的秘密，即抑制韩信发展，控制其所用兵力。至于在战略指导上，刘邦和他的谋士们却根本没有想到要进一步开辟北方战场的问题。

来人退下后，刘邦私下盘算开了。

楚、汉及赵国都处于中原地区，各占一大块地方。但陈余和楚汉都有矛盾，项羽分封诸侯没封陈余，只给南陂三县。自己也不用说，曾假杀张耳骗过他。故陈余既不属楚，也不属汉。从天下大势来看，这样现状却大大有利于楚军。而韩信能够不断扩张势力，开辟第二战场，对项羽构成牵制，自己荥阳一线所受压力就会大大减轻。但韩信能用兵，会打仗，运筹帷幄，从拜为大将以来，在十分险恶的境地下，反应敏锐，极善于掌握局势的变化，度陈仓，定三秦，坚守京索。每战必胜，越打越精彩，如今又攻取了魏国，他的声势日益强大，会不会拥兵自重？若如此，依眼前的形势，自己是绝对制止不了。当初把军队交给韩信，是迫于无奈，破了魏，解除了威胁，目的也就达到了。因此，刘邦对韩信心理很复杂，既欣赏，又钦佩，也害怕。

这是一份全新的战略计划，事关重大，他连忙召开汉军核心成员会议，商讨韩信请战内容。

大家认为，彭越、英布虽都是天下枭雄，但用兵作战与韩信不能同日而语。好有一比，韩信是大刀，彭越、英布是小刃，所起的作用完全不同。现在，汉王占据荥阳地区，韩信破魏后，中原西北门户即被叩开，为北伐提供了可能，若再拿下赵国，中原地区就算基本搞定。这样，汉军与楚军对抗就会占据优势。

大家还认为，韩信北伐是极佳选择，这个计划主要有三层意思：第一，大王坚守荥阳，利用荥阳、成皋一带有利地形，持久同楚军周旋；第二，由韩信在北方战场继续东进，完成对楚战略合围；第三，最后韩信由齐地挥师南下，占领楚国后方，转而西向，会汉王围歼项羽于荥阳。

这是战史上第一次有人提出的正面持久防御、同侧翼大举进攻相结合的战略计划，它不同于一般所谓的后发制人的方针，是想通过正面防御疲惫消耗敌人，通过侧翼进攻发展壮大自己，最后夺取全局的胜利。此计划如能顺利实施，北方战场必将发生有利变化，对扭转目前战局，最终能够战胜项羽创造出条件。

以上分析，刘邦没有任何反对理由。不过，这支军队不能只交给韩信一个人，以免尾大不掉，难以驾驭。

“大王，何不派常山王张耳到韩信军中去做‘督军’?”心眼极多的外交“特使”郦食其也有同样的顾虑。既要限制韩信的兵力，又要能找一位“督军”，与韩信并驾齐驱，分享权力，他认为张耳去一定能牵制韩信，又对韩信方案的实施十分有利。

张耳是魏国人，早年在陈胜举兵初期就是赵国的头面人物，十分熟悉代国、赵国情况，在那里有着广泛的人脉关系，政治影响力极大。

“一箭双雕”，此言正中刘邦下怀。刘邦笑骂郦食其，这老酒鬼心可够损的，不过，叫张耳去倒更有利于韩信用兵。

随后刘邦下令，将魏地一分为三，分别设为河东、上党、太原三郡。同时，他让使者到平阳传旨，正式任命张耳为督军，使者与张耳带三万新募之卒前往交割，并由使者从韩信军中挑选部分精兵，调往荥阳。

韩信得知刘邦同意了自己的计划，非常高兴。嘱咐将要离去的使者："你们的担子不轻，一定要保护好汉王的安全，我们这边才能放开手脚大干！"

第二十三章　张耳督军助韩信

几年前，刘邦为拉拢张耳，将自己的女儿鲁元公主，许配给张耳的儿子张敖，两家成了儿女亲家，派张耳来监督韩信，正是因为政治联姻这层关系。不过，除此外，两人早年还有一段鲜为人知的故事。

当时秦国还在兴旺的时候，张耳就在赵、魏等地从事反秦抗暴活动。他在那一带声望很高，极受那里父老乡亲的崇敬。信陵君是战国时四大公子之一，窃符救赵的故事世人皆知。正因为张耳曾经做过信陵君魏无忌的门客，贤名远扬。当时，就连在楚地落拓的刘邦，在未发迹之时，也曾崇拜张耳，像狂热的追星族一样，从沛地一直跑到数百里外的河南外黄张府，追寻张耳，在那里一住就是几个月时间。张耳并没有轻看刘邦，竟能视之为一个了不起的人物。

项羽占领关中，张耳被封为常山王。常山只是小小边邑，陈余攻取了赵国，夺走了常山，张耳非常痛恨，他以常山王的身份，只身逃难来投刘邦，欲借刘邦的力量抵抗陈余。对张耳两手空空到来，刘邦没有另眼相看，而是礼遇加倍。现在，刘邦将征伐代国、赵国的任务交给韩信和张耳，张耳非常高兴，复仇的机会终于来到，恨不能立即过去杀了陈余！

在未和韩信见面以前，张耳很担心，自己率数万未经战阵的新兵前来，是否会引起威势正盛的韩信疑心？他知道，自己是代表刘邦到魏地来监视韩信的，如何相处，不免有些尴尬。想不到见了韩信后，发现韩信并不这样认为。

“老前辈，你来到安邑，我就放心了。”

张耳没有出声，他不想猜测韩信所指“放心”是指什么，他只想从韩信的表情上了解他对自己的态度。

韩信并没有注意张耳在观察自己。指挥作战是自己的专长，但打仗离不开政治，如何搞好政治，如何处理好政治与打仗关系，如何稳定民心，自己并不十分在行。收魏以后，一遇到处理地方政务就感到头痛。当地百姓都称赞张耳是个君子，幸亏张耳来了，可以好好地做工作，劝抚他们安心地归顺汉军。他直率地说：“你来了，我可集中精力投入作战。”

当晚韩信设宴为张耳洗尘，并引各将与张耳见面。

大家尽管初次见到大名鼎鼎的张耳，对于张耳和陈余之间的恩怨，也早有所闻。他们觉得任何人都会有私欲，有私欲不要紧，但不能利欲熏心。张耳、陈余是个极端的例子。

张耳长陈余十多岁，早年陈余十分崇敬张耳，曾像对待父亲一样。秦灭魏，秦始皇听说他二人为魏国的大名士，悬赏捉拿张耳一千金，陈余五百金。张耳、陈余改名换姓，一起逃到陈地当差打工。不久，陈胜、吴广举义，张耳、陈余前往，得到了陈胜的重用。他们请兵掠河北，攻赵地，陈胜派亲信武臣为将军，张耳、陈余任左右校尉，领三千人马前来。

这支队伍从白马津渡过黄河，一路上得到当地人的支持。可不久，他们就脱离了陈胜，武臣自立为赵王，陈余任大将军，张耳任丞相。后来武臣遭到将领李良袭击被杀，张耳、陈余又奉旧赵王室赵歇为赵王。秦将章邯击杀楚军后，渡河攻赵，将赵歇、张耳包围在钜鹿城内。陈余在外面不敢援救，张耳对此深为怨恨。

钜鹿之战取胜后，张耳责问陈余，陈余沉不住气，一怒之下，将大将军印绶推予张耳，张耳毫不客气收取了他的兵权。陈余只好率亲信数万人脱离张耳，从此两人反目为仇。后来张耳跟随项羽入关，项羽立诸侯王，将原赵国分为常山、代两国，封张耳为常山王，改封赵王歇为代王，对陈余仅封南皮附近三县为侯，陈余大为愤怒。不久，田荣在齐地起兵反楚，陈余就派亲信夏说游说田荣，并向田荣借兵，田荣也希望壮大反楚声势，便派遣一支人马给陈余，陈余又调集南皮全部武装，去袭击张耳。张耳不敌陈余，兵败后无家可归，于是投奔汉王刘邦。彭城大战后，陈余得知刘邦杀了一个与张耳面貌相似的人来欺骗他，义愤填膺，认为刘邦不讲信义。于是在楚军策动下，回到赵地后，他准备凭借太行山险隘来阻击汉军，并布下两道防线，一道鄗城防线，一道井陉防线。

韩信问起陈余是一个什么样性格的人？在这个世上，只有张耳对陈余最了解："还看不出来吗？好斗、倔强。"

"他越好斗，越倔，对我们越有利。"韩信又起问陈余和赵王歇之间到底是什么关系？

"相互利用，狼狈为奸。"

代原本是陈余地盘，陈余以赵王歇的名义下赵，仍立赵歇为赵王，自立为代王，任命亲信夏说为代相守代，而他则以师傅的名义留在赵国，辅佐赵歇，行控制之实。忽然，张耳叹了口气："可惜自己带来的全是未经征战之卒。"

"不要紧，把新来的掺进，以老带新，让他们在战斗中锻炼吧。"接下去，韩信谈了自己破赵的一些想法，可将赵、代做一个大战役准备，方案已酝酿一些时日，还请张耳最后定夺。

"不敢！"张耳表示自己不过督军而已，指挥部署，该由韩信自专，如蒙眷顾，他愿洗耳恭听。

赵、代一体，取赵必先取代。代原是个很狭小的地区，力量微弱。春秋时是晋国的附庸。战国时，臣属于赵国。但代国在太行山以西，赵国却在太行山以东，中间被太行山隔开。这个地区，在地理形势上，不太有利于防守，赵、代联军难以做到真正的配合。

事实上，自韩信灭魏之后，身为代王兼任赵相的陈余，就预感到对汉作战已迫在眉睫，准备抵抗韩信的进攻。他先令代相夏说率代国的主力驻守邬县（今河北井陉东南）之东，并由代将戚公率兵屯守邬城，阻止汉军的北上。同时，陈余和赵王歇动员了全国兵力，开赴井陉（今山西介休东北），准备应援代军。

韩信行动计划是：一，傲纵陈余，让他以为汉军正面临着同楚军决战，魏地尚未巩固，远离后方作战，人困马乏，不可能再与赵交锋，但这就为汉军后发制人准备了条件；二，派一军围住邬城，先吃掉这一块；三，阏与（今山西和顺）是通往井陉口的战略要道，屏障赵国的门户，在代军被歼后，阏与的守敌必然惊慌失措，向赵救援，这时可佯攻阏与，引蛇出洞，汉军在阏与跟井陉之间的太行山中，伏下重兵，歼灭来援的赵军。

韩信首要的作战目标是歼灭代军的有生力量，然后夺取邬城。汉王二年（前205）后九月（闰九月），他率领汉军自平阳沿汾水河谷北上，秘密行进至邬县之东，突然向夏说军发起攻击，夏说率军东逃，企图越太行山向赵军靠拢。汉军置邬县城的代军于不顾，全力猛追，至阏与附近，终于全歼代军主力，夏说被擒。

紧接着，曹参率兵回师包围邬城。这时，由于夏说部被歼，邬城成为一座孤城，代将戚公不敢坚守，弃城而逃。至此，代国的武装力量基本覆灭。

这次作战，既未屯兵于坚城，也未被阻于险隘，而是以迅雷不及掩耳之势一举歼敌。尽管这场战役看上去没什么难度，但仍然体现了韩信用兵的一贯特点，即先消灭敌人的军队，而后再解决攻城问题，即使作战的对象兵力弱小，也要突然袭击，以出奇谋制胜。

第二十四章 天才与白痴对决

不久，展开了对阏与的围攻行动。汉军分别迂回穿插到阏与和井陉西坡，悄悄撒下一张大网，欲伏击援代的赵军。可是一连数日，全无赵军的动静。

正当疑惑之际，韩信得到一个可靠消息，赵军决定彻底放弃太行山以西的代地，调集大军，号称二十万，占领了井陉口以东有利地形，筑起了坚固的营垒，拒敌自保。

韩信大为吃惊，调虎离山这一招被赵军识破，赵军凭险拒守，我们必将劳师无获，这难道赵军有高人指点不成？

这话提醒了张耳，哎呀！怎么给忘了，赵歇是个无能之辈，他原来就是陈余所拥立的花瓶，事实上的权力在陈余。陈余是个不切实际的家伙，军事上并没有什么了不起的才能，但赵地有两个奇才，一个是蒯彻，一个是李左车，他们说不定正在帮助赵王歇。

此时，张耳向韩信着重介绍了李左车。

李左车为土生土长的本地人，以谋略见长，他的祖父是赵国名将李牧。将门虎子，很有胆识。当年秦国伐赵，王翦用反间计离散赵国君臣，李牧被赐死。李左车在李牧旧将的协助下，将祖父尸骨巧妙地盗取后运回故乡。在反秦复国中，李左车一马当先，奔走呼号，赐封广武君，现为赵国主要谋士。然而，家学渊厚的李左车，涉猎百家，尤擅兵学，然而非寻常之人不能用之。

韩信点点头，知道遇到了真正的对手。他怕夜长梦多，再拖下去毫无意义，命令攻下阏与。

赵军改变战略，没有援救阏与，不久得到消息，证实确是李左车的主意。对汉军包围阏与，李左车曾冷静劝阻陈余，急救阏与多有不利，阏与同赵地相隔很远，需翻越太行山，由于山势险要，地形复杂，容易遭到汉军伏击。况且，阏与无险可守，要保住阏与代价太大。现在汉军放着阏与不打，显然，他们企图调虎离山，围点打援，一旦中计，后果不堪设想。

李左车的劝说，陈余一时拿不定主意，于是他将救援之事耽搁下来。如今阏与丢失，夏说被擒斩，陈余倒又后悔自己听了李左车的话，使他惨淡经营多年的地盘，一仗不打，就拱手送人。由此，他恨李左车，但更恨张耳、韩信的心狠手辣，发誓不惜任何代价一定要报仇雪恨！

这一天，陈余得到消息，楚军已在荥阳一带发起冬季攻势，刘邦频频告急，且楚军大司马龙且已破了不久前反叛项羽的九江王英布，回军荥阳后，楚军声威大振。他拍手称快，魏王豹没有等到这天，可被我陈余等到了，这下要你韩信好看！

就在这时，又发生了一件意想不到的事情。荥阳战场受到楚军强大压力，战况吃紧，刘邦又给韩信下发了一道命令，从魏地抽调大量精兵赶往荥阳接应，支援那里的战斗，连东征副将曹参及其所部，也一并调回荥阳。这恐怕既是为了加强荥阳的防守力量，也是有意为了抑制韩信的发展，韩信受到了极大削弱，所率兵力已经十分有限。

陈余更加放心，以区区万人攻赵，无异是痴人说梦，绝对无法成功。

太行山脉位于黄土高原东部，北起幽燕，南抵黄河，是中国东部地区的重要山脉和地理分界线。过了太行山，向东便是一望无际的华北平原。韩信如果想从魏地攻入赵国，主要的进军道路就是要穿越太行山。

太行山由一道一道峰棱组成，形成细长峡谷，而狭窄的谷底，便是通道经过处。由于山峦夹峙，道路十分狭隘，当地人把这种自然山脊称为“陉”。

“太行八陉”，即古代晋、冀、豫三省太行山八条咽喉通道，只要太行山以东的敌人守住这八个陉口，以西的敌人，就休想通过八百余里的太行山。在八陉中，又以“井陉”最为著名，为历代兵家必争之地。

过太行山，和过秦岭完全不同，过太行不是靠栈道，而是靠太行关隘通行。如在井陉两端设兵驻守，其进兵之难绝不亚于汉中栈道。可是，陈余没有控制隘口，却在隘口之东较远的地方安营待战。他认为，控制隘口汉军将不得前来，只有网开一面，待他们过了隘口之后，再以绝对优势兵力发起攻击，才能将汉军一举扑杀。

李左车见陈余如此布置，大惊不已。放弃有利地形于不顾，却要打开国门引狼入室，这是万万使不得的事。他又面见陈余，诚恳地劝道：“代王，此次汉将韩信、张耳出征锋芒锐不可当，我军强攻不利，应以智取方为上策。”

“怎么个智取？”

李左车说：“韩信远渡黄河，俘虏了魏王豹，血战阏与，擒了夏说，又在张耳的帮助之下，前来攻我赵国。汉军乘胜而来，士气旺盛。兵法云：‘无辎重则亡，无粮食则亡。’井陉道狭路窄，车不能并驱行驶，骑不得排成队列，在这样的道上行军数百里，粮食势必落在后面。代王若能给我三万步卒，让我断他们的辎重粮饷，您却深沟高垒，坚壁不出，这样，韩信进不得战，退不得还。我再以奇兵从背后袭击，汉军定会首尾不能兼顾，军中无粮，军心必乱。不出十日，韩信、张耳两人头颅就可献至麾下。否则，虽有险阻，不足深恃，兵多将广，难以匹敌，那时……”

陈余一听急了，靠阴谋取胜，赢了能算光彩吗？他一脸深沉：“何必要费这么多心机，绕这么多弯子呢？你的意思派兵守住井陉道口，不让韩信进来，把他拖垮，然后施以计谋，再消灭他。我以为这不是好办法。自起兵以来，本王就是以信义为本，助武臣收赵地，抗拒不义暴秦，助赵王歇赶走张耳，向霸王讨回公道——取胜之道，乃为义兵不用诈谋！如今，刘邦居心险恶，欺人太甚，前时他蒙骗于我出兵彭城，现在又让贪得无厌的张耳与韩信抢我代、赵，对这样不仁不义之师，可明刀明枪地解决问题。”

陈余要把事情弄坏，他不了解韩信，不知道韩信厉害，要小聪明，还自以为得计。李左车焦虑不安：“代王！韩信非寻常之人可比，他的兵机将略无法预料，一着失当，后悔晚矣。如今汉军气势正盛，犯不上碰在他的锋头上，最稳妥、最有效的办法，就是先冷他一冷，冷得他沉不住气，轻举妄动，自投罗网，那时施以雷霆一击，方能取胜。”

李左车怎么这么婆婆妈妈？陈余回答说：“赵是个泱泱大国，拥有太行山以东、黄河以北千里之地。仅井陉一地就有十万大军。而韩信、张耳兵力号称数万，其实不过数千，且千里来袭，疲惫不堪。若不敢同他们交战，恐怕要被天下人耻笑，视我们为胆怯之辈。哼！若怕他们，以后就没有好日子过了。”

陈余不仅没有接受李左车的建议，反而认为李左车一再夸张韩信的将才，是对自己的轻蔑不敬。他又说：“如韩信、张耳敢冒逆天理，侵我赵地，我就是堂堂正正保家卫国，这是正义之师，正义之师人心所向。我要将他们放进来，乘其长途跋涉，人困马乏之际，掩杀过去。兵法有云：‘十则围之，倍则战。’但，我们若拒守井陉口，韩信、张耳就进不来，那这仗怎么打?”说完，竟置李左车于不顾，扬长而去。

李左车不禁一愣，陈余死读兵法却根本不懂兵法，无可理喻，相当迂腐。望着陈余的背影，他长叹一声：“意气用事的陈余，并非成就大事的长者，他这样做，无疑是将赵国推上绝路!”

第二十五章　背水列阵破陈余

面对强敌，韩信在行动上不敢有半点马虎，借张耳的人脉关系，派人潜入赵国，把陈余的军事部署，打探得一清二楚。

他最担心的就是怕采用李左车的计谋，如果那样，汉军将进不得退不得，会陷入覆灭的境地。李左车计谋被否决，韩信大喜过望。李左车真是高人，倘若在汉军通过井陉关时，只用三千人，设伏在井陉关道路两侧，势必危也。李左车良策难施，使汉军有可乘之机！

韩信突然意识到，陈余主动放开井陉口，这是有意向自己下战书！如今的情况，有如当年项羽的钜鹿大战，破釜沉舟既是万不得已，也是险绝之处求生路。

这时，汉军中却议论开了。

陈余分明是欺我人少，放开袋口，引诱我军朝里钻，岂能上他的当！现在汉军的兵员，主要的是刚刚从魏地征发来的乌合之众，曹参、灌婴等将领又被调走，兵少将寡，这个仗怎么打？汉王是不是不再信任我们了？

事实上，韩信也是有想法的。登坛拜将后，尽管刘邦对韩信的谋略深为赏识，但在统军这个问题上，韩信身为汉军之帅，却不能独当一面。从还定三秦和进军彭城两大战役上可清楚地看出这一点。攻打魏豹，固然是张良的推荐，但主要因素还是项羽强兵压境，一筹莫展的缘故。如今，汉王是不是对东进战略动摇了，欲抽调韩信去荥阳？就韩信而言，巴不得去荥阳痛痛快快决战，以报答刘邦的重用之恩，但现在还不是时候，楚军最大特点，就是擅长打正面突破的野战，而汉军恰恰相反，打不得攻坚。若即刻开赴荥阳，也未必能够取得胜利，最终一盘活棋将变成死局，对汉军十分不利。现如今，摆在面前只有两条路：一条干脆地返回荥阳，参加荥阳防守会战；一条按既定方针，不论代价拿下赵国。按目前汉军的境况，攻赵确实难度太大。曹参部队绝对是主力，曹参的部队及曹参本人被抽走，严重削弱了部署，伐赵能否继续进行下去，不得不重新考虑。只是赵军主动放开井陉口，这是个千载难逢的战机，可遇不可求！在此关键时刻，作为一名军人，要头脑冷静，时刻从灭楚大局出发，不计较个人得失，敢于承担政治风险和政治责任！

汉王三年（前204）十月，经过长达十三个月的准备后，整个战役设想已经成熟，韩信便最后决定挥师井陉攻打赵国。

太行秋色

东去的路上，奇峰插云，壁立千仞，气象森然，地形异常复杂。山谷中时时传出猿啼虎啸之声，令人十分恐惧。回首仰望险峻的高山，此地活像个井口，唯一一条弯弯曲曲的羊肠小道，横插在丛山峻岭之中。车不得方轨，骑不得成列。真是“一夫当关，万夫莫开”，“鸟可以过，人不得还”。

韩信不禁想到了李左车为陈余所谋划的计策，以险相阻，以守为攻，真是一条奇谋妙计。幸亏陈余没有采纳，否则，汉军将死无葬身之地。

汉军疾速推进，安然进抵井陉口前方三十里的山谷中，扎下营寨。不顾行军疲劳，韩信即刻升帐，布兵点将。

汉军已顺利翻越了太行山，进入井陉口。出了山口左侧是萆山，赵军主力便驻扎在萆山前的壁垒，靠山临水。往东，冶河拦住东进的去路。赵壁往南就是绵蔓水。绵蔓水从东边的冶河分流而来，西与滹沱河相接。

韩信指着帛图对众将说：“从上面可以看出，井陉口附近是重山叠嶂，河水纵横，地形险要。故此，汉军可先在萆山之后，埋伏两千轻骑，然后着一万人沿绵蔓水布阵，引陈余、赵王歇出战。陈余欲置汉军于死地，必会倾巢出动，那时埋伏在萆山后的人马乘虚进入赵壁，拔去赵帜，插上汉军的赤帜。赵军见壁垒被占，必然惊慌失措，我主力趁机拼杀，定能一鼓而胜！”

“一鼓而胜？”众将心中惊愕，汉军人马三分两分还有多少，能顶住赵军的冲击？

韩信看出大家的疑惑，笑了。他嘱托众将，破赵成功与否关键在此一役！希望将士们树立必胜的信念，同心同德，敢打恶仗，就一定能够取得胜利！

他下令：“军情紧急，今夜三更起身，四更出发，不得生火造饭，多预备干粮，待明日破赵后，本将会好好地犒赏三军！”

接着，他唤来两裨将：“你二人率两千骑兵，每人手持一面赤帜，从小径潜入赵壁后的萆山，依山隐蔽，窥伺赵军的动静，待其倾巢出动、追逐我大军时，你们立即乘虚驰入赵壁，拔去赵旗，全部换上我军赤帜，动作越快越好！”

韩信又唤来靳歙、孔熙、陈贺等将领：“赵军占有井陉山口的有利地形，并修筑了坚固营垒，目的是等我大军都出了井陉口再行决战。你们随我带一万人马去赵垒前的绵蔓水布阵，引诱他们出击。只要你们不打出大将旗号，我料定他们不会出来，是怕我军遇险而退。”

有人鼓起勇气，怯怯地问：“大将，兵法云：‘背水列阵为绝地’，万一赵军突入阵中，后有绵蔓水……”谁都能听出他的潜台词，大将怎么了？是让我们跳入背后的绵蔓水溺死吗？

韩信不得不略加解释：“这毋庸置疑，本将这样安排自有道理，只要你们记住‘死战能生’就能取胜，心情上要放松，一定要放松！”

信心是取胜的保证，这些听韩信的话，跟随韩信从汉中走出来的将士，认为韩信就是一个兵仙神帅，一切不用怀疑，从汉中到关中，再到魏地，有如秋风扫落叶，再强大的敌人也会被彻底消灭。

拂晓时分，他们穿过井陉口来到了绵蔓水东岸，顾不上揩一把汗，乘着尚未完全退去的夜色，靠着绵蔓水东岸边，排开一字长阵。排毕，韩信又亲自巡视一遍，很为满意。他这才嘘上一口气，清瘦的脸庞露出了自信的微笑。

红彤彤的太阳从山岗上升起，光芒四射，忙碌一夜的汉军并没有疲倦之色，一个个精神百倍。可是，当万余名汉军沿绵蔓水布阵时，无论赵军将帅士卒，都在哈哈耻笑。人人都称赞韩信是个天才，但今日看他点兵布阵，连兵法中的要义都不知道，还打什么仗，真不愧为胯下将军！

“代王！事情不对，背水列阵乃兵家大忌，韩信怎会不知道？他这样做难道其中有诈不成？”赵王歇不放心地对陈余说。

放汉军进来，陈余嘴上说不紧张，可心里还是十分紧张的。他仔细眺望汉军旗鼓，只见汉军悉数在此，随即发出一阵轻蔑的笑声：“我可不像魏王豹那么嫩，轻易受他的欺骗。韩信是势穷力竭，兵力不足，部队战斗力不强，远离后方作战，他定在刘邦面前夸下了海口，硬行来攻，所以不得不背水列阵，以决胜负，难道强大的赵军斗不过他汉军？”

“自然是，那就请丞相发兵吧！”赵王歇连忙说。

“不急！君子打仗不做不仁不义之事，我乘他阵脚未稳去进攻，打胜了也不光彩。等他布好阵，大将旗号出来了，我们再行出击不迟。放心，不怕破不了这个钻裤裆的家伙，且叫他输得心服口服！”正在说话之间，鼓声震天，大将旗号打出了，韩信亲率一队汉军，大摇大摆地来到赵垒前挑战。

在战史中，使用诱敌之计的前例不少，但像韩信这样，以大军统帅身份亲作为诱饵，来钓敌方大鱼的，倒是前所未见。

背水阵古战场

看清楚了，张耳也出来了！陈余气不打一出来，张耳是自己的死敌，岂能轻易地放过他。陈余立即传命赵军，大开寨门，抢夺井陉口，切断汉军退路，与汉军决一死战。他亲率大军，有如潮水般地蜂拥而来。

战鼓声如雷鸣，喊杀声震天动地，汉、赵两军就在赵垒前偌大的地盘上大战开了。只是赵军来势太凶猛，兵力太强大，不久汉军渐渐力不能支，纷纷丢弃旗鼓器械，争先恐后地随韩信、张耳向背水阵方向退却。

绵蔓水呜咽地流动着，它能阻挡得了退路吗？陈余见汉军退却，激动得不能自持，只要再加一把劲，汉军失败似乎已成定局。他将令旗一挥，命守护赵垒和攻打井陉口的将士全部出动，追击汉军。

古时的绵蔓水比今天要宽得多。当汉军退到绵蔓水背水阵时，个个惊傻，河水汹涌奔腾，若被赵军赶入绵蔓水，将死无葬身之地！回头再望铺天盖地、杀气腾腾的赵军，意识到已经身陷绝境！

真正决战的时刻到了！红了眼的汉军，求生的本能点燃了决死的信念！拼杀成仁，成了共同吼声！汉军将士没有孬种，个个是汉子，以一当十，喊杀声撕心裂肺，惊天动地，响彻整个井陉口！

汉军与赵军绞杀一团，尘土飞扬，遮天蔽日，死伤遍地，血流如注。绵蔓水岸边战场纵深不大，赵军虽人数占有绝对优势，但根本无法展开。不久，混乱中的赵军却透出了慌张——

万余汉军竟奇迹般地顶住了赵军的冲杀，个个着了魔似的不怕死！正在这时，从井陉口冲出一支汉军，直扑绵蔓水。得到生力军的援助，原先拼死搏杀的汉军将士更加精神抖擞，而赵军不愿为代国的陈余卖命，军心不稳，斗志全无，有些士卒甚至被汉军赶下水去。

真是不可思议！原先一边倒的战斗，怎么会变成这个样子？战力强大的赵军，怎么像霜打的茄子蔫了？陈余大骂韩信狡猾。罢了，罢了！不如收兵回赵垒，休整一宿，明天再行决战不迟。他怕拖下去对赵军不利，只得鸣金收兵，往赵壁撤回。

不一刻，赵军后队已来到壁垒前，抬头望去，竟傻了眼！赵军旗帜不见了，数以万计的汉军赤帜，在阳光下，随风招展，汇成一片红色的海洋。

这怎么是汉军大营？

“汉军已经偷袭了赵壁？”陈余如梦方醒，后悔莫及，韩信的算度是多么精确！他竟敢以自身为诱饵，将数万新兵一分为三，与我大军相抗，还偷袭了我的壁垒，太小看这胯下小子了。

陈余急令攻赵壁，一阵滚木礌石落下，赵军纷纷毙命，使他更加手足无措。这时，韩信、张耳率绵蔓水汉军已经杀奔过来，城上城下齐呼：“赵军完蛋了，活捉陈余、赵王歇！”

陈余眼前一黑，差点从马上摔下来，幸亏众将扶住。经此冲击，赵军心理彻底崩溃，个个像中了邪似的，风声鹤唳，草木皆兵，潮水般地溃散，任由汉军两头猎杀。赵将砍杀数人，无济于事。到这时候陈余才真正地明白，除了胜利什么都不是，不禁仰天悲呼：“我陈余是个不中用的家伙，韩信用兵如神，赵国亡矣！”之后陈余被斩杀于泜水之上。

第二十六章　虚心请教李左车

夕阳衔山，晚霞满天。

刚刚脱去铠甲，抹干血迹的汉军将士们，兴高采烈地准备在襄国（故城在河北邢台市西南）城中的赵王宫，举行祝捷会餐。

难以想象白天曾在这里发生过一场惨烈、殊死的汉、赵两军大厮杀，韩信巧布背水阵，力破赵国，一举完成了进军任务，在北方战场上又取得了一个空前的胜利。井陉之战与钜鹿之战均为秦汉之际经典战役。钜鹿之战使项羽名满天下，如今井陉之战，同样也使韩信成为众人敬仰的大英雄。

当韩信来到宴会厅时，将士们向可敬的大将欢呼着。

这时，有将校来报打扫战场的情况，陈余在泜水边被斩杀，赵王歇被擒获，只是李左车下落不明。

陈余伏法令韩信兴奋，但遗憾的是李左车不知去向，他是一个令韩信感兴趣的人物，惺惺相惜，还有一些问题需要请教。韩信随即下令："能活捉李左车，赏黄金千两！"

平定赵国之后，北方诸国仅剩燕、齐两国，韩信下一步就要考虑继续向东征伐的问题，他的最终目标就是要打到彭城去，与刘邦一起合围项羽。而燕国虽然没有像太行山这样的险阻，但国大兵众，城池坚固，汉军由于远离后方，又连连征战，士卒疲惫，在此情况下，用什么样的办法去夺取燕国，这是必须认真思考的大事。

重赏之下，必有“勇”夫，不一刻李左车被人捉到。韩信和张耳亲自到襄国城外，迎接被俘的李左车。见到李左车后，韩信挪步向前，为李左车解开绑绳。

李左车是个有骨气的人，当他惊惧的眼神和韩信温和的目光交织在一起时，他表示要杀要砍随便！

怎么会杀李左车呢？未来东征的岁月，一定会荆棘丛生，困难重重，韩信身边，正缺少一位像张良那样智囊式的人物。韩信道：“广武君，秦失其鹿，天下共逐之，高材捷足者先得焉。汉王仁慈大度，广罗天下俊才，定能结束楚汉纷争。你若归汉，既是汉王的福分，也是你自己的福分，岂不两全其美？我相信，到那时你一定能发挥自己的才干，实现自己的抱负，我真诚希望你能够过来，我已期待你很久了！”

没想到，用兵如神的韩信，待人却谦恭而真诚。

“广武君，大丈夫身处动乱之世，当择主而事，切莫辜负大将一片深情。”不由分说，张耳将李左车拉起来扶进了准备好的马车上，往襄国城中驶去。

此时，王宫中酒筵已经摆好。韩信不以胜利者自居，执意请踟躇不安的李左车东向主座，自己西向作陪，俨然以待老师之礼对待他，十分谦逊恭敬。《史记》详细记载了韩信这次参加宴会的情况，以及和李左车对话的全部内容，让我们一起来看一看。

酒过数巡，胜利的喜悦，增添了激情，将士们话匣子打开了。

说真的，破魏下代的那种打法，诸将觉得易于理解。对于守卫井陉的十多万赵军，韩信不按兵法行事，却赢得了空前的胜利，创造了军事史上又一个惊人的奇迹。他们知道韩信不是那种只知鲁莽轻战，却不知胜负利害的赳赳武夫。相反，韩信既善战而又慎战，每战之前，他都能做到对敌情己情，天时地利，了如指掌，并进行周密的部署。他指挥的战斗，总是未战即已稳操胜券，既战则有章有法，必获全胜。那么，破赵之战到底怎么取胜的？秘诀在哪里呢？

一将军拜服于地，请教道："大将，兵法云：'右倍山陵，前左水泽'，白天您却让我们背水布阵，并说破赵后会餐，我们虽不相信，但军令如山，不敢多提异议，更不敢违抗军令，没想到，大将这样做竟真的取得了最终胜利。这种韬略深高莫测，骗了敌人，怎么连自己人也骗了？实在让人不能理解，又让人不能不相信这是事实！"

"对！这仗打得太神，请大将将秘诀讲出来，让大伙听听。"许多将领跟着说。

"这，没有什么秘诀。背水列阵为绝地，弄险而为，实在也是不得已。"韩信微笑着说，"诸君都是带兵打仗之人，常读《孙子兵法》，我的计谋就在上面写着，只是你们没有在意罢了。兵法云：'陷之死地而后生，投之亡地而后存'。其一，背水列阵，我军左右两翼是河流，两面皆是天然屏障，一时难以逾越，后翼是绵蔓水和太行山，赵军不得击；其二，摆背水阵，示愚示弱，麻痹赵军，引诱其出壁而战；其三，常言道：'宁带千军，不带一夫。'最为关键的是我军战士大都为新征调之人，未曾与我亲历战阵，同生共死，对他们来说，我没有什么恩德可言，在此关键时刻，必不能为我所用。这有如率领素不相识的市井之徒去作战，若有退路，敌方势大，将不战自溃，唯有置之死地，人人才会死里求生。所以，赵军虽众，奈何我军以一当十，岂有不胜之理！"

背水列阵，天下没有人敢这样做，只有艺高胆大的韩信一人敢为！看着韩信，众将崇敬之情油然而生，一齐再拜。

韩信话锋一转，却主动向李左车请教击燕方略："广武君，我欲乘势北攻燕，东伐齐，时至今日无计可施，愿不吝赐教。”

李左车感叹地说：“古人云：‘败军之将，不可以言勇；亡国之大夫，不可以图存。’今我为大将阶下之囚，哪有资格讨论郡国大计？请大将另择高明之士相助！”

韩信知道李左车的疑虑，恳切地道：“先生之言差矣。春秋时，百里奚在虞国做官，但虞国却被晋国灭亡了。后来他又被秦穆公请到秦国，结果帮助秦穆公实现了霸业。这并非为虞计拙，为秦计巧，是因为虞国的国君不肯采纳百里奚的建议，而秦穆公却对百里奚言听计从。同样，如果书呆子陈余，肯听你的计谋，现在被俘的恐怕会是我韩信，正因为陈余不用你的计谋，我才侥幸打了胜仗。韩信诚心求教，务请先生不要推辞！”

李左车为韩信诚意所感动。韩信确非陈余、赵王歇之辈可比，他是当今难得的天纵之才。士为知己者死，他把我当人，敬重于我，我就心甘情愿地做牛马。陈余把我当牛马，蔑视我，我却要昂头挺胸做人。于是，李左车转变了态度，真诚地说：“智者千虑，必有一失；愚者千虑，必有一得。狂夫之言，圣人择焉。左车之策未必适用，愿效愚诚。”

宴罢，韩信独留李左车，促膝请教。

李左车道：“大将统兵东征以来，涉黄河擒魏王豹，调虎离山擒夏说，东下井陉，一日破赵军十多万，名闻海内，威震天下。但迭经战阵，师劳卒疲，其实难能再战。如果强行攻燕，兵屯于坚城之下，欲攻不克，日久粮尽，情必势危。而齐国也会趁机备战，坚决与大将为敌。如不能迅速解决燕、齐两国问题，那么，楚汉战争就难见分晓，形势变化就难以预料。这就是大将目前的短处和不利所在。”

“依先生所言，将如何行事为好？”

“当今之计，可按兵息甲，先安抚赵民百姓，丰飨将士，鼓励军心，然后，暗中派遣一辩士下书，大张声势，陈说利害，劝降燕王，燕王畏惧大将声威，岂敢不从？燕一旦降服，齐必定闻风而从！”

韩信十分赞同李左车的计策，击燕不如降燕，这是目前汉军进军的最好办法。他击掌说：“先生说得对！这是先虚张声势，吓破敌胆，然后再实施进攻。谨遵教诲！”

依李左车计行事，韩信一边大张旗鼓屯兵边境，一边派人到燕国去游说。燕王臧荼是个明白人，在这生死关头，慑于韩信的声威及魏、代、赵等国灭亡的教训，果然举国归降，这也为韩信击齐解决了后顾之忧。

后来，北宋大政治家王安石读史至此，对韩信用兵艺术心生感慨，认为做人做事应当放下架子，不耻下问，才能取得成功并作七言绝句一首：“贫贱侵凌富贵骄，功名无复在刍荛；将军北面师降虏，此事人间久寂寥。”

不久，韩信差人将燕王降书送往荥阳，同时奏请刘邦恢复张耳为赵王封号。

很快便接到回信，刘邦称赞韩信能用他人之智者为上智，获李左车而不杀，筵为上宾，卒用其谋而下燕，正是韩信聪明过人之处，没动一兵一卒，却屈人之兵，一举收复了燕国，创造了战争史上一个范例，这与愚蠢的陈余恰恰形成鲜明的对比。他还称赞韩信破赵胁燕，灵活用兵，干得有声有色，瓦解了楚军的进攻，巩固了赵地防线，这对汉军又做出了一个重大贡献。并同意韩信建议，封张耳为赵王，同时，还将颁授给张耳的赵王文诰、玺绶一并送来了。

其实，刘邦的内心真正感触，韩信一定不会想到。刘邦对张耳的忠诚毫不怀疑，但对韩信为张耳请封一事，认为是在拉关系，给自己出难题，封也不是，不封也不是。

第二十七章　离间计致亚父亡

韩信一路高歌猛进，以劣势兵力，仅用三个月时间，接连取得破魏、下代、灭赵、降燕的胜利，而人员、物资的大量补给，有力地支援了刘邦，即便如此，刘邦守护的荥阳战场，还是危机四伏，险情不断。

项羽先是派悍将龙且、侄子项佗，率大军围剿被随和成功策反的英布，没想到，一代猛将根本不堪一击，只是短短几个月，就被彻底打败。接着，楚军发兵截击汉军的粮仓，攻克了荥阳以东汉军的全部据点，将矛头直指汉军总部荥阳，要一鼓作气地夺下它。

面对楚军强大的攻势，汉军已透出慌乱，刘邦十分忧惧，寝食难安。“外交特使”郦食其跑来给刘邦出了一个主意，就八个字：“分封诸侯，恢复六国。”

郦食其是想让在汉掌控下的诸国旧王室成为诸侯，通过他们来对抗楚国，分散力量，缓解汉军的压力。然而，这能做得到吗？刘邦竟听从了他的建议，令人刻印，要郦食其去分封诸侯。

刘邦还将此事告诉了张良。大事完了！张良很少这样激动。如今楚国势力最强，就算恢复六国，六国与项羽之间的关系，就像六只小狼，面对一只强壮的大狼时，它们照样会摇着尾巴，依附过去。再说，商汤、周武的时候，封桀、纣后人，以示宽大为怀，天下没人反对。而如今，汉弱楚强，天下豪杰离开故土，追随大王，无非是盼望得到一块封地。如果把六国都恢复起来，拿什么去封赏？他们一定会各回其国，各事其主，还有谁会来为大王夺取天下？

"竖儒！尽出馊主意，几乎坏了我的大事！"听了张良的一席话，刘邦吓得一身冷汗，立刻下令取消郦食其的任务。当晚，垂头丧气的郦食其，独自一人喝得酩酊大醉。

耍嘴皮子尚可，谋划天下大事，郦老先生远不及张良。张良真是天下少有的大谋略家，思维缜密，考虑问题切中要害，为了保住荥阳，他又建议刘邦先稳住项羽，示和罢兵。

刘邦于是派出专使，试探性地到楚军游说，愿意订立盟约，把荥阳以东的地方全部划归西楚，荥阳以西的地方立为汉界，然后再收回韩信东路兵马，从此楚、汉两家各自收兵。

项羽觉得刘邦势力渐大，韩信又善于用兵，而楚军粮草不足，长期征战，将怠兵疲，楚汉议和，也似无不可。但此议却遭到了范增的竭力反对："大王！议和这是刘邦的缓兵之计，把战局拖住，坐等韩信救兵，如今一定要猛打穷追，千万不可再错过了，否则，又是一个鸿门之恨。"

"亚父！"项羽从范增声色中似乎看出什么，犹豫起来。使者返回荥阳城，将情况一一转告刘邦。刘邦心知范增从中作梗，恨恨不已，下决心要除掉范增。

护军中尉陈平了解刘邦的心思。他提醒刘邦，项羽部属中只有亚父范增、钟离昧、周殷等人有些谋略，其中范增和钟离昧威胁最大。项羽为人猜忌，最容易听信谣言，如能离间他与范增等人关系，就可以瓦解楚军核心组织，削弱他的进攻力量。

"好计！"刘邦忙让陈平带上四万斤黄金去楚营贿赂，到处散布谣言，诋毁范增、钟离昧。项羽不免起了疑心，终于先使钟离昧失去了信任。紧接着，又让项羽怀疑范增和刘邦私通，暴怒之下，项羽竟要把范增抓来质问。

人人都清楚，只有范增蒙在鼓里。他心中非常焦虑，项羽怎么对攻打荥阳懈怠下来？他又来劝说："时间就是一切，请大王快快攻城！"

项羽就是不予理睬。范增终于明白过来，自己的忠心和苦心却换来项羽的怀疑，多年的心血将要付之东流，楚地大好河山将要被刘邦夺走。他痛苦绝望的心情涌上心头："天下大势去矣，请霸王好自为之！老朽不堪为驱使，请赐回乡。"项羽没有再做挽留。

范增年七十，平时好设奇计，见识不凡，可以称得上是项家肱股之臣，被项羽尊称为"亚父"。"亚父"在当时的意思和叔父差不多。他先后辅佐项氏叔侄二人，殚思竭虑，吃尽了万般苦头，从来都是忠心耿耿，毫无二心。当年，是他挺身而出，力主恢复大楚国，用一招"挟天子以令诸侯"让人追随项梁的脚步，为其征战四方，因此，才有今天项羽称王称霸的局面！

记得起兵初，秦将章邯率领二十万大军，一路破关斩将，来势汹汹。这时又得到确切消息，大泽乡举义的几位主要领导人已经死亡。赵国的赵歇、齐国的田儋、燕国的韩广、魏国的魏咎等人疯狂抢占地盘，跟义军分道扬镳。而秦军主帅章邯在杀掉陈胜后，正调动大军，集中兵力，攻打楚军。在薛城大会上，项梁惴惴不安地提出了一个严肃问题，在此紧要关头，不可一日无主，楚军将何去何从？

盱眙人陈婴脸色平和，并没有什么表示，韩人张良好像在深思。沛县泗水亭长刘邦却站了起来说："项梁将军世代将家，有名于天下，今欲举大事，当立项梁将军为楚王，亡秦必矣，请大家速速决定！"随即，响起一片附和之声。

"不妥！不妥！"项梁谦虚地对大家说，"前些日子我击杀了秦嘉，不仅因他阻挡我们进兵灭秦，更是因他还没有得到陈王确实死去的消息，就擅自立景驹为王，这是不义之举。"

"确实如此，老朽以为将军不可称王。"范增看了看项梁，接着谈了自己的看法，"无可讳言，陈胜的死是在意料之中。他本非望族，又缺乏容人之量，不听忠言，匆忙称王，还不自取其咎？想当年，六国为秦并吞，其中楚国最为无故，楚怀王被秦昭王骗至秦国，一去不返，楚人至今十分悲愤。楚南公曾言，"楚虽三户，亡秦必楚！"如今，将军起兵江东，为何天下反秦义士都趋之若鹜？那是相信将军准能恢复大楚国，立楚王的后人为王，大公无私替六国报仇。因此，希望将军因势利导，顺乎民心，何愁暴秦不灭！"

范增的一席话语掷地有声，全场一片寂静。

项梁非常赞同范增的政治谋略。片刻，只见项梁表态："范老先生之言正合我意。如立个楚国后代，有利于凝聚天下人心，有利于大楚国同暴秦展开决战，就按先生的意思办！"韩信和在场的人们一齐欢呼起来——

项梁对范增言听计从，十分敬重。没想到他这糊涂、没有政治头脑的侄子，却在耍野！现在，他虽有机会赢得了霸王的称号，却错失了成为天下霸主的机会，而自己也成为最委屈的失败之人。范增坐在一辆牛车上回乡，悲愤的心情难以平静。当到达彭城时，他便"疽发背"，愤懑而死。

陈平的离间计获得了预期效果，刘邦轻而易举地除掉了项羽最得力助手。后来刘邦总结时曾说："项羽有一范增而不能用，此其所以为我擒也。"

事实如此，只有人死了，活人才会明白许多，项羽对范增的死非常悲伤。项梁战死时，项羽刚满二十五岁，范增却已经七十多了，高官厚禄，珍宝美女，对于他来说，已经没有太多意义。他所以辅佐项羽，完全是出于与故人项梁的情义。但也正是这种关系，使得他在项羽面前知无不言，言无不尽，甚至像训斥一个孩子一般。由此项羽产生逆反心理，给了陈平以离间机会。刘邦手下，有萧何、张良、韩信、陈平等人，而自己这里却实实在在只有范增一个王佐之才！

复仇的怒火在胸中燃烧！项羽让季布、钟离眜、项伯日夜不停地挥军猛攻荥阳——

第二十八章　将军替身救汉王

正当韩信准备进兵伐齐之时，项羽抽调精锐军队，几出奇兵，北渡黄河，进攻赵国战略要地。

韩信与张耳往来迎战，击败了来犯的楚军，逐渐控制了赵国全境。他还多次将部分将士调往荥阳，“发卒佐汉”。

然而，由于范增的死亡，项羽发誓要打败刘邦，给范增报仇。到了这年五月，项羽夺取了荥阳以东汉军的全部据点，切断了荥阳同敖仓之间的甬道，形势出现了新的危机。

荥阳城被围日久，以刘邦为首的汉军统帅部不能逃脱，忧虑与恐惧，笼罩着全军上下。刘邦不得已向张良、陈平做最后交代，干脆开门投降，一来能保住将士们的性命，二来荥阳城里的大人小孩，男女老幼皆能不被屠杀。

投降还有活路？这话倒提醒了张良。如今楚军势力强大，城破只是早晚之事！他对刘邦说：“在此关头，只有因势利导，金蝉脱壳，才能转危为安。可搞个假投降，骗过霸王，逃出一条生路。”

“逃”对刘邦来说已是一种常态。然而，看似东奔西逃、极为狼狈的刘邦，很多时候似乎都到了山穷水尽的地步，但每到关键时刻，他都能逢凶化吉，转危为安，没有谁能捉住他。这一次不知是否也能幸免于难？

此时，与刘邦长相十分相似的纪信将军站了出来：“末将相貌、体态与汉王极像，军中难找第二个，可替汉王蒙骗霸王。”刘邦迟疑未决。张良、陈平来劝：纪将军将个人安危置于度外，只要纪将军愿意这样做，你就同意吧。

陈平又使出一绝计，着人写了投降书，单请项王傍晚间受降，并请看在昔日结盟兄弟份上，免其一死。项羽心软了，慨然同意刘邦全部请降条件。

这里让我们先来了解一下陈平其人。陈平是楚汉争霸中谋略比肩张良的人物，眼光独到，才华横溢，但手段狠辣，“阴谋”是史家最喜欢用来描述他谋略的词汇。

陈平，阳武户牖乡（今河南原阳东南）人。他本来是一个农民，家里很穷，但从小就喜欢读书，秦末战争爆发后，他先投魏王咎，后又投项羽得到重用，任都尉一职。关中分封后，殷王司马印一度叛楚，陈平受命平定。刘邦灭殷，司马印降汉，项羽迁怒于陈平。陈平料想大难临头，又知项羽失道寡助，终将难以辅成大业。于是，他携着一柄宝剑，偷偷地逃走了。他想起在汉王手下的魏无知是自己的老朋友，不如也去投奔刘邦。

那天天快黑了，他逃到了黄河边，可巧一只船划过来。两个船夫把陈平上下打量一番，但见陈平衣冠楚楚，是个美如白玉的大帅哥，他们居心叵测地嘀咕着什么。陈平一想，糟了，二人可能是强盗，以为我身上带着什么财宝，想图财害命。他为人机灵，浑身是计。为了保全自己的性命，马上脱了衣服，扔在船上，光着上身来帮船夫划船。船夫看他腰间什么也没有，知道身上没贵重东西，也就打消了加害他的念头。一场凶险，竟被陈平轻而易举地化解了。

陈平终于逃到了汉营，经魏无知推荐，面见刘邦。陈平曾在咸阳帮助过刘邦，今日来归，刘邦十分高兴。两人纵论天下大事，十分投机。刘邦欣赏陈平的才华和洒脱的性格，破例任陈平为都尉，留在身边做参乘。这比起当年投汉的韩信，不能不说，刘邦更欣赏陈平。这也引起了许多人的不满，他们向刘邦告状说，陈平这个人很坏，一来他曾和自己嫂子通奸，生活作风有问题；二来他来到汉军，收了下级的钱财。更为严重的是，此人反复无常，最早效力魏王，却反叛魏王归顺霸王，而现在又投奔大王。

刘邦经不住众人再三诋毁，便也心生疑团，召陈平来质问。陈平不紧不慢地回答说："我的信义绝对没有问题，同样一件有用的东西，在不同的人手里作用就不同了，我侍奉魏王，魏王不能用我，我离开他去帮助霸王，霸王也不信任我，所以我才来归附大王。我虽还是我，但用我的人不一样了。我久慕大王善于用人，故才不远千里前来投效。来到这儿，我什么也没带，所以什么都没有，才接受了人家的礼物。若大王听信谗言，不起用我，那么，我收下的那些礼物还没有动用，我可以全部交出来。请大王给我一条生路，让我辞职回家，老死故乡吧。"

寥寥数语，话中有话，刘邦疑虑顿消，对陈平好感倍增，并重重地赏赐一番，提升他为护军中尉，专门监督诸将。也因为刘邦的态度转变，此后再也没有人找陈平的茬儿了——

却说，第二天傍晚，天空下着细雨，天地间一片昏暗，荥阳城东门按约洞开。正在围城的楚军见状，急忙擂动战鼓，从四面八方向这里汇聚。

从城里，先过吊桥的是一队队披红戴绿的妇女，楚军士卒大为惊奇，纷纷举着火把前来围观。二三千名妇女之中，有不少姿色艳丽者，她们一片哭喊。楚军的统帅部对这些女子也没有任何戒心，他们只想是刘邦开门投降，保住了荥阳生灵，百姓们为了感激刘邦，出来送行也在情理之中，只是行动过于缓慢。过了一个时辰，才见一辆黄屋车从城门内驶出，那车子用黄绫作盖，车的左侧插着汉王大纛。这是刘邦的专用车！

楚军将士又惊又喜，他们起初不怎么相信，仔细一看，确实如此。“刘邦”头戴“竹皮冠”，身着杏黄大袍子，坐在车中不惊不惧，泰然自若，这不正是汉王吗？一阵短暂的平静，四周突然爆发出一片欢呼声。征战多年，终于把汉军打败了，家中父母妻小，都在眼巴巴盼着他们胜利回家呢！

“不好！我们受骗了。”当楚军将士用戟挑开车门，定睛一看，此人却不是刘邦！

项羽勃然大怒，令司马龙且带人将纪信守住，他亲自与钟离眛、项伯、项庄等将领前去追击，但为时已晚，刘邦乘着东门混乱之际，带着张良、陈平、樊哙等数十骑，从西门杀开一条血路，向成皋方向逃去。

真是服了这个无赖！项羽懊恼无比，因受到刘邦愚弄而愤怒。他不禁记起范增曾说过的那句话：“当今世上，唯有刘邦才是心腹大患！”望着范增离去的方向，那个为他出谋划策的父辈已远去，以后再没有人可以商量大事了。他向冥冥苍天举起双手，呼喊道：“亚父！对不起呀，如果纪信不投降，我先杀了他来祭奠您！”

刘邦从荥阳突围后到了宛城、叶县，正遇上叛楚的英布残兵败将，刘邦和英布两人合兵一处，进了成皋。可楚军哪里肯放，穷追猛打，荥阳和甬道丢失，成皋已难以阻止楚军的进攻。

刘邦打起精神，他和张良、陈平、夏侯婴又悄悄出了成皋，奔南阳，流动于宛、叶之间。项羽得知汉军进入宛城，他让楚将终公带一部分兵力留守成皋，便亲率主力，铺天盖地杀奔过来。刘邦终究势单力孤，且战且退，在宛、叶又陷入了楚军的重围。

刘邦只得授予彭越将军印，令彭越从侧后断绝楚军的粮食补给，以游击作战方式，与汉军在西方作战相配合，并于这年四月间渡过睢水，向北突袭楚军。

驻守在下邳的楚军将领项声和薛公，因地处后方，疏于防范，彭越竟从他们的身后杀来。他们仓促应战，一场激烈的厮杀，项声、薛公军大败。彭越截断了楚军的粮道，抢占了大片楚地，直接威胁着楚都彭城的安全。

项羽生怕彭城再次陷落，他再次引兵东去。彭越毕竟不是项羽的对手，他收拾人马，渡睢水向西逃命而去。

刘邦则不失时机领兵北上，重新占领成皋。

项羽见追不上败逃的彭越，便又转过头来对付刘邦。他这次要吸取上次攻取荥阳的教训，当你急攻，他可以逃跑，不如先攻荥阳外围的成皋，进军巩县，斩断汉军西逃之路，然后再一举合围，将汉军彻底打败！

第二十九章　刘邦驰赵壁夺印

荥阳战斗的失利，刘邦生存危机空前。

对待荥阳战场的态度，人们各有不同看法。部分跟随刘邦多年的将领认为，由于项羽在荥阳连续进攻，不派主力大军去支援汉王，汉王既得不到实质帮助，又容易造成误解。

而韩信的看法则是，成皋告急，诸位拯救成皋的心情可以理解，但在作战上丝毫不能感情用事，自己何不想发兵全力援救成皋，可这不正中霸王下怀！若硬将主力抽去，不难想象，魏、代、赵、燕将会是个什么样子？一旦大军离去，这里的遗孽，定会乘虚而动，那时我们击齐不能胜，退却之路又被截断，两年来无数将士用鲜血和生命换来的局面，将会被白白断送！

韩信的话很有道理，张耳也很折服，但是张耳的一些顾虑，无法向韩信做进一步剖白。韩信专注于战争中的攻城略地，无疑是个百世难得的军事天才，但对政治及人际交往却很迟钝，而此刻的刘邦心中又会作何想呢？

事实上，韩信能接连打胜仗，也是很不容易的。在极其困难的情况下，凭着天才般谋划运筹，连连取胜。可是每当战胜之后，又要把大量的军队，赶紧送到荥阳去。而刘邦却屡战屡败，投入的兵员和粮草再多，也抵挡不了大量消耗。未来的伐齐，可不如征魏击赵，仗还打不打得下去？

韩信态度是只作战役上配合。汉王在荥阳、成皋一线苦苦坚持，目的是为了我们东进胜利，我们能够取得胜利，绝对与汉王的坚持分不开。荥阳至巩县、洛阳一线仍有很大纵深，汉王亦未伤透筋骨，只要能设法让汉王熬过阵痛就行。

其实，这时候荥阳战场的形势，比预料中还严峻。荥阳陷落，成皋两度失守，楚军回攻，刘邦已经难以坚持，他趁着黑夜，不得不拉上夏侯婴再次开始了逃亡。

按照常理，刘邦应该向西到巩县或洛阳去，那里有部分汉军的主力，但他却没有这样做。或许，他已认定黄河以北韩信汉军，是他倚重的唯一力量。

此时，刘邦的心情凄凉又复杂。

萧何远在汉中，远水不解近渴，韩信只有一河之隔，就真的过不来？下魏破赵后，韩信也曾前后补充过不少精兵，助自己在荥阳一线与楚军的相持。然而，韩信为人高傲、锋芒毕露，不像张良沉稳细密，淡泊名利，也不像萧何兢兢业业，忠心耿耿。目前的失利，究其原因，不外乎敌强我弱，没有和河北形成掎角，终为项羽所破。现在，刘邦想直接去修武（今河南获嘉县）夺取韩信、张耳的兵权，他们会不会不答应？

张耳是诸侯王中最早投奔刘邦的，赵国一带原来就是张耳的封地，封张耳为赵王，客观上起到了安定民心的作用，封王张耳并无不妥之处。然而，由韩信提出封王张耳，刘邦觉得他是在试探自己。魏、代、赵、燕等地全都是韩信取下的，既然张耳能够封王，韩信为什么不能封王？这是一个危险不祥的信号。

平日火气盛大的刘邦，这时倒也十分冷静。

他知道英布、彭越及张耳虽能，但都不是楚军的对手，经不起霸王的挥戈一击。从他们智慧、才识、用兵和气势上来看，远远不及韩信。韩信是旷古少见的天纵英才，自从他统军以来，连战皆捷，有如秋风扫落叶，除了齐地外，河北已为他一人所占有。就天下大势而言，万一自己被楚军打败，恐怕能够自立天下，扛得住项羽的，唯韩信一人而已！可是，到了如今这个地步，能说什么呢？孤身一人，性命难保，此刻只能把怒火放在肚子里，让鼻子也不冒烟。刘邦决定采用特殊手段，来控制一下韩信和张耳，收取他们的军队。

不过，跟在刘邦身边的夏侯婴却不这样想。韩信的那条命是自己从汉王的大刀下捡回来的，想不到韩信稍有功劳，就翻脸不认人了。韩信高深莫测，去修武会不会出漏子，倒不如让刘邦先住下来，自己一人去韩信那里搬兵。否则，万一有个三长两短，怕保不了刘邦。

“不必。”刘邦心中有数，自己待韩信不薄，知道韩信的为人，目前看他心还没坏透，自己自有方法对付他。

修武城，地处黄河以北，太行山以南，是黄河流域中文化发祥最早的地方。周代称宁邑。商末周武王兴兵伐纣，大军途经此地时，暴雨三日而不能行，就近驻扎修兵练武，所以改宁邑为修武。井陉大战胜利后，韩信、张耳选择魏国南端的修武作为根据地，主要是附近山势险峻，土地肥沃，人口众多，军粮供应不乏，有利于新占地的维稳，同时这里靠近荥阳、成皋主战场，便于两军之间呼应和支援。

第二天凌晨，启明星刚刚露出头来，已渡过黄河的刘邦与夏侯婴，乔装打扮后，悄悄走出客栈大门，自称汉王使者，奉诏书直奔韩信修武大营。

到了中军大帐，刘邦瞥见了放在桌子上的帅印和兵符，上去摘了下来，系在腰间。随即，他反客为主，传令三军将领帐前集合。

没一刻，张耳和诸将先后到了，还以为韩信点兵，等走近定睛一看，并不是韩信，而是汉王刘邦，大家惊愕万分，也不便细问，诚惶诚恐，只好依礼下拜。

这时，韩信已被人唤醒，整衣前来。抬头猛见自己的印符系在刘邦腰间，汉王为什么要拿走印符？他一边跪下，一边不安地叩拜："为臣不知大王驾到，有失远迎，罪该万死！"

刘邦责备韩信、张耳说："这也没有什么死罪，不过军营应该加强戒备，免遭不测，况且天色将明，若敌人猝然而至，或者刺客混入军营，你们该怎么办？"

韩信、张耳听着，禁不住满面羞惭。

刘邦厉声道："我原先命你们平定赵、燕后，能与我会师，可你们却驻扎在这里一动不动，单是进修武，就已经八个多月。这八个多月中，难道你们一直躲在修武城里睡大觉？"

接着，刘邦当场宣布四项决定：第一，韩信下魏、破代、击赵、降燕，皆获成功，论功行赏，擢升为相国；第二，即日起，从赵地抽调一半兵马去荥阳御敌；第三，张耳留守赵国，其主要任务是管理赵、代之地，加强守备，把握后方，保证荥阳侧翼安全；第四，击齐是既定目标，也是韩信在汉中所提出来的战略重点，谁能拥有齐国，无疑最终的胜利将会偏向于谁。韩信等人可征发赵地尚未征发之人，组成一支新军，进攻齐国。为加强韩信的力量，汉王近日再将曹参、灌婴二将调拨回来。相信韩信定能克服困难，击齐再获成功！

应该说，这四项决定是正确的。不解除荥阳战场的危机，汉军就有可能一败涂地。不拿下齐国，就无法从根本上战胜项羽。刘邦还害怕韩信和张耳在赵地势力膨胀，所以夺了二人的兵权，又将二人分开，再派最为信任的曹参作为助手，来协助、监视韩信。

对于这一切，韩信心知肚明。他尽管擢升汉相国，这在汉国职官序列中前所未有，三军统帅兼国务总理，职位远在萧何之上，但他并不高兴。这四项决定中，刘邦没有否定韩信东进击齐的计划，仍要抽调赵地精兵，削弱韩信的力量，不断抽取韩信的血液，也未免太狠心了！

往往在强压面前，忍辱负重，一声不吭，这也许就是韩信“隐忍”的性格。如此硬气的他，胯下之辱的情景一直伴随着他，今天也是，他就是要用别人不敢想象的一个又一个胜利，来证明自己内心的不屈和强大！

调兵令已下，兵权已夺，刘邦这才告诉大家荥阳已经丢失的消息。

刘邦不无叹息，荥阳和甬道丢失，成皋难以阻止项羽的进攻。项羽拔荥阳、诛周苛、枞公，虏韩王信，遂围成皋，战斗十分惨烈。自己只能从荥阳跑到成皋，又从成皋跑到修武，险些被要了性命。到了这个地步，没有其他办法，只好用你们的兵了。

韩信领悟到了刘邦的高超手腕，在困难时期，他要进一步利用好自己，以便做出新的布置，这足见他的良苦用心。

转而，刘邦安慰起韩信。井陉一战打得太好，说句老实话，荥阳那么多的兵马都败了，而你们却胜了。由此可见，再大的困难也拦不住你们。击齐之事还请韩信费心筹措，只要荥阳一线稍有好转，他还会将在齐地附近游击的吕泽、冷耳和陈武三将军调拨过来，全力支援你们！

韩信与大家离去后，刘邦单独留下了张耳。他和张耳是儿女亲家，他要听听张耳对韩信的看法和意见。

张耳确是一位君子，思考中稍带埋怨。刘邦为什么如此惧怕韩信？为什么不能大大方方地来？韩信虽是高傲，但却忠心耿耿，不愧为当世难得的英才。他修栈道，度陈仓，定三秦，出函谷，项羽反扑汉军大败西走时，他率部赶到荥阳接应，击败京、索之间的楚军，遏制了楚军继续西进的势头，现在又下魏、破代、取赵、降燕，对困境中的汉军来说，贡献实在太大。对这样一个人，刘邦为何老是心存恐惧、放心不下？

不过，现在不是评功摆好的时候，张耳最终并没有多说什么。

第三十章　郦食其说下齐国

自刘邦带兵出关以来，输得多，赢得少，已形成一种放得开的心态，屡战屡败，屡败屡战。

现在，刘邦起死回生，将韩信主要兵力夺到了手中，既拯救了战场的危机，又削弱了韩信的权势，真可谓一箭双雕。成皋的将士也纷纷赶到，汉军声威重新复振。

不过，刘邦仍采取是防守策略，加强巩县至洛阳一带的防守，准备迎接楚军新的攻势，对已被楚军占领的荥阳地区，则予以全部放弃。

对于刘邦的消极防御策略，郦食其十分反对，他直接来面见刘邦。

郦食其，六十余岁，是一儒者。青年时代是在战国时期度过的，当时风靡一时的纵横游学，使其仰慕不已。他苦读书，有辩才，为人狂傲，且常混迹于酒肆之中，嗜酒成性，人称“高阳酒徒”。陈胜、吴广举义后，当时，过高阳的各路义军将领很多，他认为唯有刘邦不温不火，有长者气度，能成就一番大事业。但刘邦不喜欢儒生，在初次见面时，他一边洗脚一边接见郦食其。郦食其实在看不下去，既不行礼，也不下跪，神态高傲地只是做了一个揖。对刘邦说：“要是你真打算联合诸侯去消灭暴秦，就不该这么傲慢地接见长者！”这人不简单！刘邦虽玩世不恭，但他从善如流，立即起身，脚都来不及擦一擦，忙整整衣服，恭敬地请郦食其上坐，上酒上菜，马上热聊起来。没有想到，两人打得十分火热，很快成了朋友和酒友。

如今，在军中知道郦食其本名的人并不多，提起“高阳酒徒”却都知道，他好喝酒，能喝酒，见酒如命，嘴巴又能说，他经常被刘邦派作外交特使，往来于诸侯之间。不过，成效大不如从前，但关键时候也不糊涂。

郦食其还有一个特点，就是太自负，除了刘邦外，其他人一概不放在眼里。他对韩信既羡慕又妒忌，几年的工夫，就能下魏、克代、破赵、降燕。而自己六十多岁了，垂垂暮年，时不我待，再不寻找建功立业的机会，恐怕一切都晚了。但他相信只要有机会，仅凭自己三寸不烂之舌，也一定能够建立丰功伟绩。

“封六国后嗣之事，我心中一直不安，愧对大王。”郦食其前些日子挨了刘邦的骂。

“罢！别提了。”刘邦猜想郦食其一定有事，“你不找我，我还要找你哩！”

“这不来了。”在客厅落座后，郦食其问，“听说大王准备移师巩县、洛阳，以拒楚军，是吗？”

“是的。”

“那么，韩信那边的事，大王有没有什么安排？”

“用人不疑嘛，我已授他相国之职，并派曹参、灌婴协助他筹划攻齐，至于怎么布置，如何行动，一切由他自行决断，我虽在这里，并不需要指手画脚做障碍人的事。”

“不妥，取荥阳、伐齐国，这两件事都不妥！”

“嗯？你是怎么想的，说来听听。”

“其一，我以为应停止进军巩县、洛阳。常言道：‘知天之天者，王事可成；不知天之天者，王事不可成。王者以民为天，而民以食为天。’敖仓之地储备各类谷物，很是丰盈，素称足食之地。如今霸王虽攻拔了荥阳，却不坚守敖仓，不懂得敖仓的重要，可让我汉军夺取粮食来源。此外，霸王虽夺去了成皋，却因彭越南下，夺了睢阳、外黄，他只得留下曹咎和司马欣，亲自率兵回去讨伐彭越，这正是我们伐楚良机！窃以为当今之计，应速速派兵夺回荥阳、成皋，占据敖仓，夺得那里的粮草。然后，在成皋的险要之处派兵驻守，控制住太行山的出路，坚守蜚狐口、白马津，就着这些险要地势，阻击楚军的前进。这样，楚军担心后路被切断，必不敢轻易向关中进军，以此可使关中平安无事，这不是很好吗？又何必去驻守巩、洛呢？”

刘邦点头称是，又问：“其二呢？”

“其二，大王可暂缓击齐。”

“这又是为何？”

“如今燕、赵已定，唯齐未下。田广据千里之齐，又置二十万之众于历城，诸田宗强，负海岱，阻河齐，南近楚，韩信虽遣十数万强劲之师，未必能够一举攻克。倘若一年半载打不下齐国，十数万大军徒耗岁月，难于征服，而连连争战百姓死伤无数，民力疲罢……”

“但韩信善于用兵，下魏破赵，不过数十日，齐军恐怕也不是他的对手。”

“此正是臣所担心的。”郦食其想抢在韩信之前劝降齐国，想和韩信争上一功，他挑拨说：“韩信是一个精明之人，不能不警惕！”

“嗯？”刘邦不由得叹了一口气，“依你之见，当如何处之？”

“哈哈……”郦食其知道刘邦对韩信内心充满了矛盾，话锋一转，“臣下以为，当前最好的办法，就是劝降，只要把天下大势给齐王剖析清楚，约定两家不必刀兵相见，齐国一定自会降汉！”

不错！刘邦认为郦食其这两件事说的都有道理。特别是齐国，何不用外交手段先争取一下？

忽然，刘邦面孔起了痛苦的痉挛，前些日，虽派曹参和灌婴前往“协助”韩信，但他们只能监视，不能控制，韩信毕竟是主帅。然而，正因为如此，韩信的杰出才能也成了自己一块心病，总是担心有朝一日控制不了这个人。现在郦食其有此一说，倒很中听。这时，他下意识地瞟了郦食其一眼。

郦食其手捻胡须，双目微闭，仰面朝天，一派洋洋自得的模样。

刘邦素知郦生是个老江湖，故意问：“说降齐国，可派谁去？”

“臣凭三寸不烂之舌，愿去齐国说服田广。”

“有把握吗？”

“有！”郦食其抹了一把胡须，继续说，“田横虽早已同霸王和解，但从没给过楚军帮助。他还同彭越保持着极为密切的关系。彭越大肆破坏项羽的后方，田横一向坐视不理，有时彭越被项羽打败，还可以到齐国境内避难。而田横对我们也从来没抱过敌意。因此，田横不是霸王的真实朋友，不久前还是不共戴天的仇敌。如今韩信大军压境，齐国的压力很大，齐王的基本国策是割地自保，井水不犯河水，可以相安无事。臣想，仅凭以上情况，齐国经过劝说，完全可以和我们结成同盟。”

“这么有把握？”

“如说不下田广，也不敢向大王进言了！”

刘邦看了看充满信心的郦食其，郑重其事地拉住他的手说：“广野君，你若游说成功，我定会重重赏你！”

“不敢当！”郦食其不无幽默地回答，“请大王多赏点美酒给臣下喝吧！”

刘邦告诫说：“美酒有的是，但不能因酒误事，你此去重任在肩，关系重大，切莫负我殷殷之托。”

“臣，谨记!”郦食其争到了这个机会，乐颠颠地跑出去了。

汉王四年（前203）十月，信使连夜飞驰入赵。第二天下午，信使已将书信送到齐国边地平原（今山东德州市）。

此时，韩信已完成整军备战，统领大军逼近黄河渡口平原津，与齐军隔岸对峙。忽然，他接到郦食其十万加急的书信，展开看毕，大为惊愕。郦食其劝降齐国，这是怎么回事？我数万大军在发，他却暗说齐王，如此重大军情，怎么没有人先告我一声，难道汉王和郦食其有瞒着我的隐情不成！虽然如此，他没有说出口。他对来使说：“请转告广野君，既然已说下齐国，我即刻回师。”

入夜，寒风瑟瑟。韩信在查看中军布防之后，回到大帐，刚卸下战袍，有人来报谋士蒯彻求见。

蒯彻，秦末汉初范阳（今河北定兴）人，属于纵横家一类，此人第一次出现在历史舞台上，就体现了他高超的说话技巧。秦二世元年八月，赵王武臣受命陈胜北上，曾以三寸不烂之舌，游说范阳令徐公主动请降，不战而下三十余城。现在，他已为韩信幕下谋士，本欲受命去游说齐国，尚未成行，情况却发生了变化。而那个有名的赵国谋士李左车，自从为韩信出谋降服燕之后，就失于历史记载。

韩信连忙请蒯彻进来。入帐坐定后，蒯彻问韩信：“听说汉王已派郦食其说降了齐国，此事当真?”

“嗯。”韩信点了点头。

“你的态度是罢兵还是继续攻齐?”

蒯彻所提的问题，正是韩信考虑的。如若罢兵，两年来苦苦所求，将被白白断送，楚汉相争不知哪年才能结束。如果向齐国进攻，那又将造成自己和汉王的矛盾。让人困惑难解的是，井陉战后，所得精兵屡次派往荥阳，支援汉王对楚军作战，实现自己的“中线牵制、东线迂回包抄”的战略。数月前，连主力都被汉王拉去，自己也没有什么怨言。没有料到，忠心耿耿，处处以大局为重，而汉王对自己竟会如此不放心，暗留手脚，悄无声息的和齐国搞幕后交易，实在是让人寒心。

但转念一想，如今大敌当前，上下同欲者胜，虽然心里不痛快，还是以大局为重吧！

第三十一章　高阳酒徒付鼎烹

蒯彻见韩信缄默着，摸不清韩信的心思。

他试探性地问韩信，从历下过来的人都说，当地的防务已撤，战斗的迹象已不见，城门洞开，吊桥平放，城内城外到处是懒散的将士和喜气洋洋的百姓，汉、齐两国和谈已告成功。他强调，跑在韩信前面暗说齐国，虽说是郦食其所为，不如说是汉王的本意。

齐是个大国，如今远离汉王，远行千里，要取得胜利也不是轻而易举的事。韩信摆摆手，他认为这一定是有人从中挑拨，说了一些不三不四的话，不然何以至此？叹道："既然郦食其已劝降齐王，我想回师，也好让大军休整休整。"

"大将，臣以为不可！"蒯彻走近韩信说，"汉王初命大将取齐，其意已定，今又遣郦食其说齐，此必是郦食其与大将争功，并非汉王初衷。请想一想，你奉命击齐，费了若干心机，才得以东向。今汉王独使郦食其，先说下齐国，究竟可是与否，尚难料定。况且，汉王并未颁下明令止住大将，大将岂可凭郦食其一书，仓促旋师？郦食其是个儒生，凭三寸不烂之舌，下齐国七十余城，而大将带甲十数万，转战南北，出生入死，才夺取赵地五十余城，试想为将数年，难道战无不胜、攻无不取的一代战神，还不及一老书呆子？若真是这样，以后天下还有谁瞧得起大将韩信，我们还有何脸去面见汉王？”

“依你之见，该当如何？”

“倘若能攻下齐国一切都好办！”

韩信觉得这样做，那郦食其肯定要吃亏了：“郦食其为人豪爽，既有儒者气度，又有纵横家的遗风，实是当今难得奇士，一旦攻齐，岂不是要害了他？恐怕使不得。”

蒯彻一听，笑道：“大将不负郦食其，郦食其早已负了大将，大将万万不能因可怜他而失去天赐良机。况且，平定一国之功难再碰到。当此之时，大将何须为区区女子之态呢？郦食其私下说齐，贪为己功，齐今日虽降，不久肯定复叛，不如一鼓灭齐，以除后患，即使郦食其送了性命，而成平定一国之功，他日论功行赏，其子孙也不失裂土受封。再说，即便是郦食其说下齐国，但汉王只给了你进军的诏书，没有传来停止进兵的命令，有问题也是汉王的问题！”

韩信一怔，两眼闪亮，贪功之心油然而生。

对！机不可失，时不再来。郦食其既然卖了自己，自己还护着他干吗？击齐非个人之意，乃是汉军深谋远虑的决策。如能借此袭击成功，控制了齐地，也就提前完成对楚国的战略包围，这是楚汉战争中最重要的一步。但战场瞬息万变，历下是必争的战略要地，不能因一人误了国事，大丈夫打天下不易，到嘴的肥肉岂能轻易送人，如今齐国答应议和，定会放松戒备，这是实施奇袭的绝好机会。战争无成全之策，为了取得胜利，也只好对不起郦老先生了！

韩信思而不言，只是说：“这样也正合我意。”

蒯彻不解地问：“那你为何告诉使者回师？”

“这叫兵不厌诈。”韩信正色道，“还需要先生为我去一趟齐国，禀报齐大将华无伤和田解，告诉他们两家和解，汉军将于日内回师。”

于是，韩信于三日后与冷耳、傅宽等麾大军从平原津强渡黄河，突然向二十里外的历下二十万齐军发起猛烈攻击。

历下（今山东济南）落于历山之下故而得名。南有泰山之险，北带渤海之利，地处通衢要道，是齐国西部边境的第一军事重镇。

齐王田广是田荣之子，他叔叔田横自从项羽在齐地撤兵后，利用楚汉荥阳相持之机，收复了齐国的全部城邑，拥立田广为王，自任相国。田横的角色如同赵国的陈余，国家政事全由他来决断。齐国在彭城之战前依附于刘邦，战后，又与项羽连和，依附于楚国。实际上，此时的齐国，谁也不属，是个独立王国。听说韩信准备率大军攻齐，他们心生恐惧，不敢懈怠，连忙派大将华无伤和田解率领重兵守卫要津。如今，突然遭到汉军意外打击，齐军毫无抵抗能力，即刻溃散，华无伤被俘，副将田解被杀，万余齐兵被围投降。韩信不费吹灰之力，击溃了齐国主力，占领了历下。

话分两头，此时临淄城齐王宫中，却是另外一番景象。酒宴丰盛，歌舞飞欢，田横、田广等齐国一班文武，正在宫中为郦食其回成皋交差举行送别宴会。

郦食其的相关事迹，分别记载在《史记·淮阴侯列传》和《史记·郦生陆贾列传》中，特别是他的最后一幕情景，让人难忘。这里，让我们来看看一些文史作品的描写和毛主席、李白的诗句。

郦生在田广、田横及文武群臣的陪伴下，饮酒取乐，还叫来一班歌女伺候着。

田横端起酒樽，扫视大家一眼，然后对郦食其亲切地说："郦大夫使齐，使百姓灵免遭涂炭，功高泰山，来，再干上一樽！"

忽然，有士卒入内急报："启禀大王！不好了！韩信已率汉军攻打过来！"

田广惊得不知所措。

郦食其呆呆地出神，手里拿着的酒樽，酒已洒净。刚才热闹的场面一下变得安静下来，宴会厅里鸦雀无声。

田横许久反应过来，对士卒厉声喝道：“怎么回事，你瞎说？”

士卒颤抖着答道：“小人不敢瞎说。汉军趁我军防务撤离，已经占领了历下，韩信正率汉军向临淄杀来！”

“啊?!”田横向郦食其一步步逼来，他猛地将郦食其手中的酒樽打在地上，指着郦食其的鼻子，“好啊，老不死的东西，与韩信合谋，引我上钩。你从实招来，否则，我就将你烹了！”

这突如其来的变故，使郦食其陷于百口莫辩的境地。然而，他明白过来，韩信背约攻齐，坏了自己的好事，使自己技穷了。他沉声说：“不要把话说得这么难听……”

大将田光与几位将军早已拔剑在手。

“慢着！”老谋的田横连忙止住，对郦食其说，“老哥！我再给你一次机会，你若能劝说韩信立刻止兵，我就放了你！快快修书，让韩信止军！”

郦食其淡然一笑，这时候就是将天说红了，韩信也不会停止进军。他倒十分坦然地说：“举大事不顾谨细，盛德之人不作矫让。韩信既然击齐，我不想再做辩解。我倒要劝劝你们，齐国迟早都会灭亡，不如干脆降汉算了。”

田横冷笑一声：“老杂种！当年刘邦派你带着厚礼去见秦守关的将军，说秦将立盟倒戈。而你们乘其不备，又突然对秦军发起攻击。今日又在故伎重演！”他喊道：“来人，烹了这个无耻之徒！”

郦食其叹道：“事到如今，我还有何话可说，可恨韩信小儿，利欲熏心，不讲信义，害得我这个花甲老者，无脸再见世人。天意！天意！功既不成，反要被烹杀，韩信！韩信！今日算我倒霉，日后你也不得好死！”

田广怒不可遏，命人抬过大鼎架起干柴。

寂静，可怕的寂静，整个大殿上下，除了开水沸腾、烈焰翻腾的声音外，竟悄无声息。田横喊道："再问你一次，能否让韩信止军?"

"少说废话!"

"来人，把他烹了!"

"且慢！我郦某为人一生，从没有请求过别人什么，今日死到临头，请赏我一坛酒喝。"

"真不愧为高阳酒徒，给他酒!"

士卒递过酒坛，郦食其捧过"咕噜咕噜"痛饮起来，喝干后，他放下酒坛，抹上一把花白胡须上的酒，举头向西，大声喊道："汉王！使命不成，愧对你呀，老夫该上路了!"说着挥开衣裤，光着身子，赤条条地向大鼎跑去，田广等人吓得闭上眼睛——

半晌，田广回过气来，命令紧闭城门，登城防守!

可是没过几天，当汉军将要杀到临淄城下时，田横决定分路出逃，田广逃往高密，自己则逃往博县，临淄很快落入了汉军之手。至此，韩信的灭齐之战，前后不足一个月，就取得了决定性的胜利。

韩信击齐，在史学界是一争议极大的事件，而郦食其之死，更是令人感叹不已。郦食其贪功在前，韩信私心于后，真正罪魁祸首应该是刘邦。他有意让韩、郦二人争功，既不将派郦食其前去齐国劝降的信息告诉韩信，也不命令韩信停止对齐国用兵，让他们各行其是，结果却害死了郦食其。只是郦食其至死气节不失，为了刘邦的宏图大业，慷慨赴死，不知刘邦知道这一切后做何感想。

唐代大诗人李白在名篇《梁甫吟》中这样叹道："君不见高阳酒徒起草中，长揖山东隆准公！入门不拜骋雄辩，两女辍洗来趋风。东下齐城七十二，指挥楚汉如旋蓬。"可惜的是，诗仙未能把郦食其不怕死的情节展现出来。

不过，1973年7月，毛泽东在《续李白咏"高阳酒徒"》中写道："不料韩信不听话，十万大军下历城。齐王火冒三千丈，抓了酒徒付鼎烹。"两位大诗人的生花妙笔一对接，呈现在人们面前的是一幅鲜活的"高阳酒徒"画面。

第三十二章　项羽令龙且救齐

韩信东进的胜利，有力支撑着刘邦在荥阳、成皋一线与楚军鏖战。

项羽则没有这么幸运，先前，他留下曹咎等人守成皋，自己亲率大军来到梁地讨伐彭越。可是彭越早已得到了消息，按既定方针，三十六计走为上计，连滚带爬地向北撤去。项羽怒气冲冲提兵追击，没有遇上什么阻拦，就收复了陈留、外黄、睢阳等全部丢失的城邑。

反击胜利了，项羽的心中却有一种说不出的苦涩滋味。

虽然屡战屡胜，却总在关键时候后院起火，不得不东奔西跑，疲于奔命，楚军将士疲惫不堪。这时，项伯劝项羽犒劳一下三军，将队伍休整休整。

这一天，项羽在行辕中，摆下酒宴，酒过三巡，菜过五味，忽然，探马匆匆入帐禀报，成皋已失，守将大司马曹咎不幸阵亡！

这突如其来的事件，众将都愣住了，帐内立刻弥漫起一股不安的气氛。

项羽听了消息，也大惊失色。成皋是洛阳门户，区域咽喉。自己曾嘱咐曹咎死守成皋，这汉军是怎么夺走成皋的呢？定是曹咎擅自出击，才有此败！

项羽判断是十分正确的。那一天，项羽走后，刘邦迅速进兵成皋，对付不了项羽，但对付曹咎还是小菜一碟。因项羽叮嘱在前，留守的曹咎、司马欣等人，面对汉军的挑战，拒不出战。刘邦得知后，就下令在成皋城边设台，每天派人站在台上，用最难听、最恶毒的语言，轮番叫骂、攻击、侮辱。一连进行了五六天，骂得曹咎憋闷难受。曹咎与项梁是世交。在项梁叔侄没有起事前，项梁曾因触犯刑法，曹咎写信给栎阳令司马欣，抵过了项梁的罪。他虽能力不强，但因对项氏的绝对忠诚而被项梁重用，官至大司马，封海春侯。暴怒终于使曹咎丧失了理智，原本性格沉稳的他，再也沉不住气，难道项王也是你们可以辱骂的！一怒之下，忘记了叮嘱，打开了城门，率军冲出城去，决心与汉军决一雌雄。可是刚刚渡汜水，渡到一半时，刘邦下达攻击令，数万汉军突然发起猛攻，情知中计，楚军顿时大败。曹咎这才懊悔自己不该忘记项羽的嘱托，如此惨败，怎么向他交代？曹咎见大势已去，愧对项羽，于是在河边与司马欣拔剑一起自刎而死。此时，楚军多已无力抵抗，汉军大胜在望，刘邦便下令渡河，会合各路，齐入成皋，楚军大量物资也被汉军夺去。

项羽大发雷霆，他不能原谅死去的曹咎，大骂曹咎的无能，但更愤恨刘邦的狡诈，他要报复，要彻底捣毁成皋！

就在项羽将要启动兵马之际，齐国专使风尘仆仆，飞驰入辕来报，韩信率数万大军，突然发动了对齐国的攻击，现已占领了齐都临淄等地！齐王恳求霸王挥师救援，若能击败汉军，救得齐国，齐王愿以半地相赠！

真是屋漏更遭连夜雨，祸不单行！

韩信进展如此神速，齐国也太不堪一击，半个齐国相赠事小，如果不予救援，对楚都彭城将会构成直接威胁。更没有想到，当年一个执戟小子，竟有如此作为。刘邦在荥阳一线，被打得焦头烂额，溃不成军，而韩信自开辟北方战场以来，却打出了一个刘邦想要的局面。

现如今，又以迅雷不及掩耳之势，攻入临淄，扭转汉军颓势，攻守易位，汉军将会从战略防御转入战略反攻，形成包围，置楚军于极其危险的境地，对楚汉争战的全局，必将带来极坏影响！

项羽的心情十分沉重。

韩信击破齐国，也真是出乎意料。而项羽没有征讨韩信，也并不是完全轻视韩信，如同当年征讨齐国田荣，没有征讨还定三秦的刘邦一样，有一定的战略上考虑。不过，在项羽的脑子里，韩信只是一个多嘴多舌的家伙，能有什么大本事，只可惜当年在楚营没有杀了他，留下了无穷的后患。但时间紧迫，刻不容缓，不容许慢慢地思考，目光必须聚焦东方。他断然做出决定，韩信威胁很大，但目前主要对手还是刘邦，自己仍将从荥阳下手，率领楚军主力西去，尽快决战。同时，答应齐王田广的请求，派二十万大军救援齐国，巩固楚国的后方。但是，救齐由谁担任主将呢?

打发齐使回去后，他在偌大的帐中，来回踱起步子，思索着合适人选。

在项羽高傲的目光里，看得起的人并不多。从军事角度审视，他对龙且还是称道的。龙且是当代名将，能征惯战，无敌天下。项羽拿龙且与楚军中其他几位将领做过比较，认为在统军作战方面，龙且比他们明显高出一筹。况且，龙且统率的二十万机动部队，也是项羽手中最后一张王牌。

项羽找来了龙且，对他说："如今战局比较危险，韩信挥师东进，齐国危在旦夕，不救，齐将被攻灭，我大楚将处于两面受敌的境地。"

听了项羽的话后，龙且感到事态严重，他提出了自己的疑虑：齐国反复无常，田荣首先发难，田横又反我于成阳，从此才搅得天下不得安宁，如今虽和解，但面和心不和。当年打的是他们，今日救的又是他们，将士们可能难以接受这个事实。

难怪龙且会有这种想法。齐、楚之间有深仇，齐国民众十分痛恨楚军。两年前，项羽亲率大军，北上攻齐，进入平原县击杀田荣后，劫掠妇女，残酷暴虐，胡作非为，齐国广袤的土地上经历了一场空前的劫难，人们记忆犹新，齐人群起反抗，打得楚军深陷齐地不能自拔。

天下没有永远的朋友和敌人。昨天乱天下，要整治他们，今天情况变了，汉军攻齐主要矛头还是对准楚军，齐楚唇齿相依，唇亡齿寒。齐国是楚国北方最后一道屏障，眼下他们全力抗击汉军，保卫家园，就应及时救援，这是楚国的全局性策略，这个道理要和楚军将士说清楚。项羽说："龙将军，现在我们虽两面作战，但这没有什么可怕，俗话说：'打蛇先打头，擒贼先擒王。'我将按原计划返回荥阳，寻求决战，尽快解决荥阳问题。本王再三考虑，能担当救齐重任者，唯有将军一人。但话说回来，韩信没有多大的能耐，他能顺利东进，主要是没有强手制约他，使其侥幸成功。相信龙将军此去，一定会马到成功!"

项羽亲自与龙且研究救齐方案。他最后交代，汉军由西而东，下一站的目标，将由临淄向高密一线推进，意欲打通潍水南北通道，上控潍水上游，下趋彭城。故而，你须尽快赶在汉军合围田横叔侄之前，打韩信一个措手不及，先解高密之围。

龙且不无自负地说："楚军一到高密，韩信必将后退。因为齐地十分广大，韩信兵力不足。至时，他回缩时，我可趁机掩杀，一举遏止汉军进攻，救得齐国。"

项羽点点头，嘱托龙且："尽管如此，也不可太急躁用兵。韩信的为人鬼点子、弯弯绕多，定要防他阴谋诡计。现在把周兰将军拨给你做亚将，他平生谨慎，不肯冒险，又在齐地作战多年，那边情况熟悉，遇事多和他商量。战而能胜最好，否则，拖住韩信，也就达到救齐目的。但绝对不能退，退了没有理讲，大不了准备长期对峙。龙将军，此战关系重大，将军切莫大意！”

项王从来一言九鼎，言语干脆，今日怎么如此唠唠叨叨，畏畏缩缩？龙且向他保证，倘若不能取胜，龙某提头来见！

项羽将二十万大军交给了龙且后，则自率兵马攻打荥阳去了。

第三十三章　韩大胆遇龙大胆

汉王四年（前203）十月，奉命救齐的龙且，迅速将楚军沿山东莒县至五莲、至诸城一线，向北推进。

在战地会议上，龙且在战略上做了进一步分析和判断。他欲直接挥军临淄，激韩信作主力决战，或者大军先入高密与齐军会合以后，再渡潍水西向，和汉军在潍水以西的广大地区进行决战。

帐下有谋士提出了不同意见。

汉将韩信平定魏、赵、燕，如今又打下了齐城四十余座，一路连连取胜，士气高昂，其锋锐不可当。齐军则是在自己的境内作战，士卒家室都在附近，稍有不利就会逃回自己家中，极易溃散。如今最好的办法，就是深沟高垒，一来，可诏谕各地，告知齐王尚在，那里必定群起反汉，二来，尽快将三晋流落在齐地阿、甄等地的人组织起来，让他们去骚扰、收复三晋故地。这样，汉军没有稳固后方，势必粮饷难济，旬月以后，韩信就会不战自降。

“避敌锋芒”，这和李左车在赵国提出的策略完全相同，可是龙且根本听不进去。孙子兵法云：“兵贵胜，不贵久。”又云：“十则围之，五则攻之。”齐楚联军少说也有四十万，而汉军不过数万，汉军绝对处于劣势，楚军为何要逆兵法却战机，作茧自缚？

谋士见龙且如此轻敌，十分担心。韩信弃齐降而不取，偏要大动干戈，可见其心高气傲，志在必得。他们又因千里征战，必欲速决。楚军虽为强悍，却处于疲惫救援状态，齐军又临家门，军心不稳。联军吃不起挫折，更吃不起失败。在此状态之下，只应稳固防守，不可轻易出击，更何况韩信诡计多端，楚军千万要小心！

小心？外面将韩信吹得神乎其神，其实韩信徒有虚名，根本不会打仗。龙且和项羽一样，一向骄傲自大，他对韩信的印象，还停留在楚营时那个执戟郎中和人们传闻中的淮阴胯下小子。

当年，韩信在淮阴城，拖着长剑，穷困潦倒，曾乞食漂母，甘受胯下之辱，哪里来的真本事？他的“辉煌战绩”吓唬那些小猫小狗可以，遇到真正的将军，可要现出原形。这几年，楚军忙于同刘邦作战，让他碰上运气，钻了空隙，占了魏、赵等地。这次龙某来，就是要和他斗一斗，让世人瞧瞧他的嘴脸！

龙且告诉大家，他奉项王之命救齐，若不经过战斗迫使韩信投降，还有什么战功可言！如若坚守不战，而使齐人反汉，令汉军无粮而败，结果必然是齐国田氏重掌齐国，作为楚国援军龟缩不前，将失威信。所以，楚军只有在战场上消灭汉军，才能获得齐国的控制权。

随后，他下达命令，抢在汉军到来之前，将大军推进到潍水以西的高密附近，与齐王田广会合，待机破敌。

潍水，发源于齐五莲西南箕屋山，东流至诸城县折向北，经过今高密、安丘、潍坊、潍县境内，再经昌邑鱼儿铺注入渤海。全长二百千米，是胶东半岛第一大河。潍水与高密分界处为一望无际的大平原，河床较宽，水大浪高。

见齐楚联军汹涌来到高密后，韩信一面主动后撤，一面令曹参率部向潍水一线靠拢，为潍水之战做好必要的准备。

这一天，韩信一行沿潍水上溯，对潍水沿线进行了实地察看。因枯水季节，眼下的潍水水位只有一尺多深，一行人骑马便可涉水过河。傍晚时分，他们爬上了潍水河堤，极目眺望，只见对岸楚军营地灯光点点，首尾相接，十分有序。

回到帐后，夜色已深，韩信却毫无睡意，他在帛图旁踱着步子，苦苦思索着。齐楚联军声势浩大，特别是素有"铁军"之称的楚国将士，擅长进攻和野战，战斗力极强，而汉军将士多为赵国新征招之人，经不得大战。若盲目渡河，无异以卵击石；若坚壁不战，粮草难以为继，将不战自溃；若袭取即墨，恐被楚军切断后路，困于海隅，也终非长久之计。要想最终取得胜利，必须用计设谋！

连日来，韩信和一些作战人员反复考察潍水南浯河一带。不过，打水仗一向为韩信情有独钟，打坝放水，绝对是他的强项。

潍、浯二河交汇处，一段河水穿过高冈，出口处宽仅数丈，形成峡口，上流的潍水蜿蜒其间。高冈之上，平地突兀，森林茂密，古木参天，靠近峡口的一处瀑布，高达数丈，跌落之处的河床，被冲击成一大片沙滩，与峡口形成鲜明对比。韩信察看后，喜出望外，多日来的疲倦一扫而光。

这时，曹参带着一帮将领聚集在大帐外，来向韩信请战。

曹参是汉军中数一数二的将军，久经战阵，战功卓著。这次刘邦又派曹参做副将，依然可以看出他的用心之处，既有支持的成分，也有监督的成分。但曹参为人稳重厚实，他对于小自己二十来岁的韩信，十分佩服，修栈道，度陈仓，决战决胜，刘邦做不到，项羽做不到，天下也没有人能做到，自己能协助韩信，这是一件荣耀的事情。

不一刻，大家进入大帐坐定后，韩信却首先提出了问题。汉军进军齐国后，楚军插手使战局发生了很大变化，我们的主要对手已不是齐军，而是号称二十万强悍的楚军，大家看看下面的仗怎么个打法？

众将知道韩信习惯，不思考成熟的方案，不会拿出来，拿出来的，一般都有绝对取胜的把握，任何事情，只要是韩信最后敲定的，众将只要遵令即可。

韩信先将战场情况做了介绍。

汉军挥师入齐已有一月余，占领了潍水以西半个齐国，深入纵深数百里。潍水贯穿齐境南北，是兵家必争之地。现在，汉军从潍水东岸撤回西岸，重点布防在潍水中段的淳于、昌安、平昌一线，集结数万军队。而齐军占据潍水以东，主要集结在潍水中段偏东的高密、即墨、夷安、瑯琊一带，兵力超过二十万，特别是楚军派大将龙且、周兰率大军来援，已到高密，齐楚联军增至四十万，人数超过我军数倍。敌强我弱，夹潍水而阵，一场恶战难以避免。

他告诫大家，虽然如此，我们的人马是少了点，但只要大家上下用命，齐心合力，就会处于主动地位，就一定能够打败龙且！

他再次强调，齐楚联军声势大，又在自己境内作战，而我们深入齐境，看来有点孤立了，但不必害怕。以往的胜利，各位都是有功之臣，可那是过去，如今，我们来到齐地，困难是前所未有的，不拼死战斗还能退到什么地方去？东去不能，南下又有胶东诸将所阻，北去无路，若回军赵地，楚齐联军必然集而击之。与其跪着死，不如站着拼，这就要求大家，发扬拼搏成仁的精神，鼓足士气，亲冒矢石，勇敢作战，毫不懈怠。这一仗，不打则已，打就要打胜！

接着，韩信介绍了作战计划。

他分为三步：第一步“退避三舍”，先从高密撤围，避开齐楚联军的锋芒，骄纵敌军；第二步选择潍水做战场，变不利为有利，诱敌下定渡过潍水的作战决心；第三步先在强敌面前退却一步，待其半渡，奋力攻击。第一步已施行，二三步实际是一气呵成之事，利用潍水，引诱敌军过河，然后趁机攻击。

众将明白过来，从高密撤围后退，并不是一触即溃，而是有计划的行动，但齐楚联军能听从“指挥”吗？龙且能轻易地过潍水吗？

龙且了解韩信，韩信更了解龙且。为了鼓舞士气，韩信还把龙且性格、惯用的战法做了介绍。

龙且是项羽嫡系，他自幼与项羽一起长大，情若兄弟。随项梁起兵后，每战皆亲力亲为，拼死杀敌，深得项家叔侄的信任。龙且身材魁梧，个性刚强，行军布阵、作战方略与项羽如出一辙。在钜鹿大战中，他紧随项羽，破釜沉舟，九战九捷。彭城之战后，项羽将雇佣的楼烦精锐骑士尽数交其统帅，在九江王英布背楚之时，不过几个月，就把响当当的英布打得灰头土脸，满地找牙。他与钟离昧、季布、英布、虞子期并称为楚军五虎大将。除项羽外，又被称为天下第一猛将，官拜西楚国大司马。

接着，韩信又谈了自己的一些感受。在楚时，他和龙且接触不多，那时龙且已是项羽得力大将，自己还是一个手持长戟的小卒。总的感觉龙且有勇有谋，又刚愎自用，盛气凌人。他还同项羽一样，有许多冒险的经历，经常冲锋在前，撤退在后，当年章邯追围田荣于东阿，项梁与龙且共救田荣，龙且敢打敢拼，大出风头。吹捧龙且的人称他为“大胆鬼”，是楚军一位传奇式的将领。

“打吧！你指到哪儿，我们就打到哪儿，决不含糊！”听了详细介绍，群情振奋。能挫辱龙且者，恐怕当今只有大将韩信，龙且素来目中无人，恃勇争胜，不把汉军放在眼中，而他的这种心理，正好可以为我所用。只要我们谋划得当，定能击破龙且！

“好！”韩信点点头。为了引诱龙且上钩，需在战术上、心理上促成龙且的骄纵，促成对我韩信轻侮和藐视，放心大胆地主动出击。

不少人说韩信用兵如神，天不怕地不怕，陈仓之战、安邑之战、阏与之战、井陉之战、历下之战，哪一战不是出其不意，险中取胜？这下“韩大胆”碰上了“龙大胆”，斗智斗勇，看看到底谁能斗得过谁？

第三十四章　决壅囊智斩龙且

天气清冷，更鼓声声。

龙且升帐，他宣布明晨联军将与汉军展开决战。

对龙且的决定，大家感到困惑不解。

汉军欲速战速决，可以理解，蒯彻计谋攻齐，如不能速胜，刘邦怪，项羽恨，韩信心理承受着巨大的压力。汉军又两千里来袭，粮草不济，将士异常疲惫，无论如何是拖不下去的。而作为防守一方的楚、齐联军也选择决战，则完全出乎意料。其实，政治利益决定着军事行动，龙且的行动也并非个人意志。

魏、代、赵国已被韩信所灭，燕国投降，齐国的军事主力也已被韩信摧毁。在这种背景下，等到韩信彻底占据齐国后，刘邦就可以对项羽进行两面夹击，到时楚国就危险了。这次龙且前来进攻韩信，就显得至关重要。从某种意义上说，项羽和刘邦之间的胜负之分，就看谁能够在齐国战场取得最后胜利。

龙且带走二十万的主力，这让项羽兵力变得非常吃紧，这样会导致楚军在西部战场拥有的优势渐渐丧失。所以，无论项羽还是龙且，都耽误不起时间，他们必须速战速决。

楚军名义上是救齐，实质上是要趁机瓜分齐国。一旦拖下去，齐国的旧势力就会趁机复活，等到打败韩信之后，齐国也就会重新复国。齐国复国后，第一个念头，肯定就是想办法把龙且和他的楚军赶出齐国。这样一来，项羽的战略仍十分被动。

当然，龙且还有自己的打算。他有着强烈的求战欲望，至今打遍天下无敌手，如果再打败韩信，一定会裂土封王，分得半个齐国。其建功立业的愿望促使他决定立刻与韩信决战。

在此种种背景下，当楚汉两军在潍水对阵时，由于龙且缺乏对附近地理的深刻了解，认为两岸都是平原地带，冬季的潍水又几近干涸，没有什么阻挡，正适合于楚军大兵团作战，他自然想着赶快动手。

在龙且战前动员的同时，汉军统帅部也在紧张部署着。

这是一场大战，不言而喻，胜则打过潍水，斩断楚军的右臂，全部占领齐国，实现对楚国的合围。败则无退路可言，危及汉军的存亡。一着不慎，满盘皆输，此战不比井陉之战，也不比下魏之役。韩信务请汉军将士，小心为是，竭尽全力！

大战前，汉王刘邦也意识到齐战的重要性。他甘冒风险，将汉军中一批重要将领丁复、蔡寅、丁礼、季必、傅宽、陈武、孔熙、陈贺、傅宽、灌婴等，皆归属于韩信参加这次战役。

战斗开始了！次日清晨，韩信与曹参亲率数千步卒，鸣锣击鼓，勉强踏入水中，率先向潍水东岸缓缓地渡过，其余人马都隐伏在潍河大堤后方，待命杀出。

韩信的主动进攻，正中龙且下怀。

“何不乘汉军过河之际，来个半渡而击。”有人一旁提醒。

“龙某不做小人之事，还是等汉军登岸后，再行决战！”龙且传下令来，让出渡口一箭之地。

韩信将令旗一挥，汉军依次过河，排列成阵。

韩信坝

龙且见韩信上岸后，一边呼叫，一边举刀直取韩信。韩信急忙退入阵中，众将杀出，敌住龙且。龙且抖擞精神，与众力战，未决胜负。几位楚将随即挥军上阵助战。

经过一阵冲杀，汉军力不能支，韩信率先拍马退却，汉将也跟着往回撤走。

“是男人就不要跑！”龙且见状，一阵狂笑，“我早知道胯夫是个胆怯之辈！汉军已败，给我奋力追击！”他一马当先跳入河槽，向韩信追去。

十一月的潍水，冰冷刺骨。楚军官兵见龙且身先士卒，一个个冲下河床，与浅水中的汉军打斗。打到河心时，汉营中传来鸣金的响声，汉军将士立刻拨转马头，向西岸狂奔。

“活捉韩信，赏千金！”眼睁睁看着汉军逃跑，龙且哪里肯舍，把刀一举，匹马冲过河心，楚军一见主将如此，也源源不断涉过潍水。

就在这时，周兰已有疑惑，原说潍水深处冬天也有尺余，眼下浅得踏步可过，莫非有诈不成？当他听到汉营鸣金，汉军将士马上停止作战，立刻意识到事态严重，也急忙传令收兵，可哪里还来得及！说时迟，那时快，河水如山洪暴发，呼啸而来。河床中的楚军呼爹喊娘，争相逃命，然而，两只脚哪里跑过这滚滚而来的浪头！

原来，两军夹潍水布阵，韩信决定利用潍水，创造出有利于己而不利于敌的战场态势。因此，会战的前夜，他令汉军士兵用一万多条沙包，装满沙石，堵截潍水上游。决战时，他亲率一部兵力，强渡潍水，去攻击龙且军队，然后又佯装不支，撤退涉过沙河。龙且只当韩信胆怯，立即渡河追击。此时，韩信命令部队在上游决口开堤，那叠起的薄薄几层沙袋，怎么经得住十来丈水深的压力，河水急涌而下，一下子被冲得无影无踪。龙且的主力无法再渡，军队被分割成为两部分。河心的，还未弄明白怎么回事，便被水头席卷而去。靠近岸边的，纷纷登岸逃命。来不及登岸的，即使会水，又怎么经得住这刺骨的冰水，一个个抽起筋来，哭爹喊娘，挣扎了不久，也被河水吞没了。

正在赶杀兴头上的龙且，忽遇此变，惊得目瞪口呆。闻得水声相迫，他策马前奔，一到西岸，便被灌婴部下的骑兵偏将丁复等人围在中间。此刻，天色已明，龙且虽奋力冲杀，怎奈众将各举兵器一齐拥上，他措手不及，被丁复斩于马下。

这时候，汉军对于齐楚联军来说，主要在精神上形成了绝对的优势。被迫奔上西岸的，不是被杀就是投降。留在东岸的数万联军，只能望洋兴叹，却也无能为力，全部作鸟兽散。

于是，韩信麾军渡河，大破东岸齐楚联军，取得了潍水之战的全面胜利。

田广等人四处奔逃，汉军乘胜前进，追斩田广于城阳，击杀田既于胶东。田横得知田广死讯，自立为齐王，又先后两次被汉将灌婴打败，只好带着一帮残兵败将从齐地出逃。韩信全部平定三齐之地，共得七十余城。

这就是历史上著名的潍水之战，楚军主力遭受一次重大的损失，使项羽在楚汉战争中完全丧失了优势和主动的地位。

第三十五章　刘邦中箭智稳军

一条奇绝凶险的深涧，把地势险峻的广武（今河南荥阳县北广武山上），分成东西两个部分，东边的称为东广武，西边的称为西广武。

先前，项羽与龙且在梁地分手后，没有丝毫松懈，为了尽快消灭刘邦，他派钟离眛为先锋，率部分人马，先回师荥阳，与刘邦再战。可是，刘邦见钟离眛人少，立即指挥大军将钟离眛紧紧围住，就在这紧要关头，项羽率主力赶到。汉军此时实力远不如楚军，经过短兵相接，一阵混战，项羽终于救出了钟离眛，两人合于一处，奋力反击，打败了汉军。

汉军败退下来后，撤到西广武，凭借险阻，依涧扎寨固守。项羽率兵追至西广武，见刘邦坚壁不出，只好在汉军对面的东广武停住了脚步，筑垒相拒。

刘邦与项羽新一轮对峙开始了，从汉王四年十月，一直持续到次年八月，长达十多个月。这期间，刘邦虽屡战不利，但敖仓运粟，源源接济，粮草充实。项羽则不然，彭越在楚国后方时出时没地骚扰，楚军补给线接连不断地遭到破坏，粮草渐渐出现了困难。尽管如此，汉军因为打仗太烂，士卒心灰意冷，士气低迷。

项羽也已意识到问题的严重，特别是由于二十万楚军随龙且东去，自己的兵力已是捉襟见肘，第三次攻势，已非前两次可比，而刘邦凭险据守，意图用阵地战来对付自己，在这种情况下，惯于猛打猛冲的他，不得不另做打算。于是楚、汉夹涧对峙，上演了一场惊心动魄的拉锯战。

霸王城遗址

这天清晨，刘邦正在帐中拥衾睡觉，一阵呼喊吵醒了他："大王，楚军又隔涧……大叫大骂!"

楚军连日叫骂都已成了家常便饭，刘邦不耐烦地从榻上坐了起来："按老规矩，紧闭寨门不出，任他骂去，骂够了，他还骂?"

"大王！今日与往日不同，霸王将太公、王后捆绑在俎上，推在涧前，声言大王今日不出来决战，就要杀了太公。"士卒惶恐不安地解释。

"啊!"刘邦大惊，急忙穿起衣服，披上铠甲，来到涧前。只见对岸楚军列着战阵，张弓搭箭。涧边支着一座巨鼎，烈火熊熊，沸水翻滚，太公被放在宰猪的案子上。原来项羽将被俘虏在楚营中的刘邦父亲和吕氏妻子做人质，来逼迫刘邦决战。

"刘三小儿!"项羽喝叫刘邦，声音有如炸雷。

"项王!"刘邦并不以牙还牙。

"看见太公了吧?"

"看见了，项王！多谢对家父的奉养。"

"鼎上的水已经沸腾！令尊正在俎上，太公的生路只有一条，那就是你弃械投降。”

刘邦内心叫苦不迭。父亲从小把我拉扯大，吃尽了苦头，若真有个好歹，自己愧对父母的养育之恩。

项羽重复喊道：“太公在俎上，刘三你还不快快投降，休怪我烹了他!”

刘邦是个老江湖，很快镇静下来，以项羽的性格怎会弄死太公?刘邦大声答道：“项王，记得五年前，你我曾在怀王帐下，约为兄弟，你还尊我为兄长，家父如汝父。倘若你一定要烹杀他老人家，兄弟之间我居长，请别忘了分我一勺肉羹，这叫有福同享!”

“有福同享?”项羽有些不相信自己的耳朵，这难道是刘邦说的话?他声鸣如雷，“你朝前站站，不要鸡肠鼠胆，声音放大些!”

刘邦向前半步，又重复了一遍。

这下听清楚了！项羽暴怒，拔剑指向太公：“刘三太无赖了，是个地地道道的老流氓。他不要老子，难道我还替他做养老儿子不成?”

项羽令左右，欲将太公投入鼎中，就在这千钧一发之际，项伯出面阻拦。干大事的人往往不顾家室，如今，天下未定，杀了太公也徒劳无益，只能引起天下人的耻笑，以为我们无能。

项羽想想也有道理，于是把手中的剑渐渐缩了回来，插入剑鞘，说了声：“罢了。”

不久，项羽又生出一计。他草拟了一封书信，内容大意是，楚汉日久相持，胜负不能决，丁壮苦于军旅，老弱疲于转运粮草，为此请刘邦隔涧对谈，并约了时间。

刘邦接信后，闷闷不乐。一味回避，对军心不利，谈就谈，有什么可怕，但要克制情绪，不被污言秽语扰乱。

刘邦来到涧前，项羽横槊挑矛，大声喊道：“连连打仗，天下不安，民生凋敝，十室九空，死伤亦数百万，无非为了你我二人相争不下。今日我愿和你单独挑战，比个高低，免得天下百姓跟着受苦受累。你意下如何？”

楚汉相争，岂是儿戏？刘邦对项羽说：“我无意与你单独挑战，宁斗智，不斗力！”

项羽见挑战不能奏效，又让三名将士替他继续骂阵。

刘邦却令人去叫一名楼烦大汉，此人力大无比，到了阵前，楼烦将一连三箭，射向三名楚军，顷刻三人应声倒地。

项羽被激怒了，楼烦将又要射箭，他瞪大双眼，怒吼一声，山谷震动，楼烦将吓得双手发抖，丢下了弓箭。他嚷道：“刘三有种站出来！我非教训你不可。”

刘邦心想，又不是和项羽单挑，不出来岂不让人耻笑，出来又隔着一条涧，有众将士护卫，你又能奈何得了？他壮着胆子过来，大声道：“项籍！你休得逞强，你有十条大罪还敢跟我作对？”

“噢，十大罪状？我倒是闻所未闻。”

“你听着吧。”

打嘴仗刘邦是天下一流，他大声数着：“罪一，当初怀王与大家约定，先入关中者为王，你违背了约定，把我贬逐到巴蜀汉中，这是大不义；罪二，你假传楚怀王旨意，杀害了宋义，犯上作乱，自己窃取了上将军的尊号；罪三，你奉令去援救赵国，本应还报楚怀王，可你却擅自劫取诸侯之兵进入关中，蔑视怀王；罪四，怀王曾经规定，入秦之后不得暴虐劫掠，而你烧毁秦国的宫殿，发掘始皇帝的坟墓，盗取秦的财物，胡作非为；罪五，秦王子婴本已投降，你却还把他杀死，不讲信义；罪六，你又以欺诈手段，坑杀秦降卒二十万人于新安，却封降将章邯等三人为王，如此暴虐，天下少有；罪七，你将附从你的人，都封好地为王，却无理地驱逐齐、赵、韩的故王，使其臣下争为叛逆；罪八，你放逐义帝，自取彭城为都，自私贪婪；罪九，义帝曾为天下共主，你秘密派人暗杀他于江南，更是天理不容；罪十，你为政不公，主持公约而不守信，真乃大逆不道。今我以仁义之师，联合诸侯，诛除残暴。像你这样十恶不赦的罪人，难道还配向我挑战？”

这十大罪状，使项羽气得七窍生烟。

“我西楚霸王，英雄盖世，推翻暴秦救万民于水火，功高万世，难道也是可以让你刘三辱骂的吗？好吧，玩政治耍嘴皮，我不是你的对手，但动武你不是我对手。叫你尝尝我的利害！”他悄悄从箭囊中取出一支箭矢，猛地朝刘邦射去，刘邦刚想回头，不偏不倚正中胸骨，差些使他摔倒。

刘邦反应太快！明明是胸部中箭，却顺势一弯腰，故意右手握住自己的脚，骂道：“哎呀！贼射中了我的脚趾！”

汉军将士连忙簇拥刘邦回营。

刘邦受伤的消息很快传遍军营。对于他的伤势，军中猜测、谣言四起，军心动摇。汉军自与楚军交战以来，除京索一役外，无一仗不败，兵士对楚军深怀畏惧。谈起西楚霸王，老兵们更是谈虎色变。他们是彭城战役的幸存者，目睹过那场空前的屠杀和项羽叱咤风云。五十六万大军，竟被从千里以外奔袭而来的三万楚军杀得人仰马翻，死伤大半。现在汉王又负重伤，不知能否保住性命，若再与楚军交战，恐怕凶多吉少。

士气就是战斗力，稳定军心压倒一切。细心的张良非常着急，意识到如不采取措施，后果不堪设想。他来见刘邦，刘邦正倚衾半躺，面色惨白，满头直冒冷汗，脸色很是难看。张良还是请刘邦打起精神，到军中巡行一下，以此安定人心。

是啊！子房先生说的有道理，军心不稳，万一楚军强行来攻，后果不堪设想。于是刘邦强忍着痛苦，披挂好后，在人搀扶下登上战车，面色沉静而又安详，绕营巡行一周。汉军将士见刘邦无大伤害，也都放下心来。

这情景，也被对面山上的楚军看到，见刘邦没有死，还可以在汉营转动，项羽惆怅不已，终于不敢轻举妄动。

回到帐中，刘邦一阵眩晕后，栽倒在榻上，隔日黄昏，刘邦带着几个亲随，偷偷地到成皋养伤去了。

为了不让刘邦喘息，项羽立即发兵迂回到西广武东侧，以迅雷不及掩耳之势又夺下西广武，进而一举包围成皋。

刘邦在病榻上，急得团团转，为了不使成皋陷落，他四处调兵遣将。

萧何意识到成皋再度失守的严重性，又急忙增发三万人马，由于连连征召兵源枯竭，他将自己的子侄、族人、亲兵、伙夫都陆续派来了。

刘邦对张耳、彭越、英布等人寄予厚望，希望他们多发精兵，可他们加起来仅发不足万人，而且大半是老弱病残。刘邦简直连肺都气炸了，恨不得跑去扇他们的耳光。

此时，刘邦已经得知韩信打败龙且的消息，欣喜之余，望眼欲穿，急切地盼望韩信大军的到来，可他迟迟未发一兵一卒。

第三十六章　怒封齐王镇齐地

两年前，彭城大战失败后，刘邦曾许下诺言，如有人能够帮助他战胜项羽，他愿以关东之地分授给他们。

事实表明，这个策略是成功的。当时张良推荐了韩信、英布和彭越，这三人在以后的楚汉战争中发挥了重大作用。特别是韩信，从开辟北方战场以来，连战皆捷，举世瞩目，打出了一个汉国想要的大好局面。

但是，刘邦并没有兑现他当初的承诺，三人均未得到寸土之封，尤其是韩信，仅得相国空名，心中极为不满。这时，韩信改变了以往输兵送粮的做法，不仅不向荥阳前线发兵，还组建一支数十万人的大军，意图十分明显，就是要让刘邦册封他为齐王。不过，他对刘邦的忠诚度绝对没有问题，只是想得到自己应有的那一份。

不久，韩信派一位专使前来面见刘邦，刘邦却不安起来。

专使前来，会不会是来责备自己暗派郦食其说降齐国？郦食其之死，是刘邦说不出口的地方。但破齐总比降齐有利，从根本上消灭了一大诸侯势力，倒也没有给汉军造成什么不好影响，只可惜让郦食其白白丧失了性命。

张良叮嘱刘邦，见了使者，不论使者说什么，当忍住性子，别轻易上火。

专使进帐，连忙向刘邦启奏道："大将韩信派臣觐见大王，并让臣禀告，几经浴血奋战，我军击破楚齐联军四十万，阵斩龙且于潍水之上，军威号振！如今，正分头追击田横、田光等齐军残部。"

刘邦甚感欣慰："韩信平齐，为我又去了一敌国，可喜可贺。只是项羽近日又与我鏖战广武，因相持日久，恐怕难以取胜，不借韩信之威，不能成万全之策，我欲召韩信相议，协力破楚，不知意下如何？"

"大王！大将已知道广武战况，只是田横等人未除，齐地容易闹事，维稳十分困难，待稍微安定后，大将即发兵齐地，会大王击楚，为此，大将还有一简嘱臣献上。"说罢，专使将策简呈上。

刘邦接简观看，顿时脸色大变：

> 齐人狡诈，反复多变，且南境连楚，难免不再发生叛乱，齐相田横，逃遁东南海岛，企图卷土重来。大王若要保住齐地，不使前功尽弃，乞望大王恩准臣代理齐王，方能镇抚齐地，免大王一方之忧。

坐在刘邦两旁的张良和陈平相觑摇头。

刘邦将策简抛在一旁，口中骂骂咧咧。自己身负箭伤，被项羽围困在此地，太公、吕雉尚在楚营扣押，危在旦夕，日夜盼他来救，他竟置若罔闻！可恶的家伙，翅膀拐一硬，就要飞走？龟孙儿，眼里到底有没有我刘邦！

见刘邦发怒，坐在刘邦两旁的张良、陈平，不约而同地暗暗伸出脚，用脚尖碰了碰刘邦。

刘邦感到脚下不对，抬头看了看张良和陈平，他俩若无其事，在一旁装着喝水的样子。他马上明白过来，用眼角的余光睃了站在帐下的专使，拍着桌子，故意提高了嗓门："当王就当王嘛，啊！大丈夫东征西战，平定诸侯，要当就当真王，'代理'有屌用！你回去告诉韩信，去掉'代理'二字，寡人封他为真齐王！"

张良与陈平相视而笑。

刘邦又高声道："来使听令！你速回齐地，代为转告寡人对韩信加封齐王之意，寡人制得印信后，当立即派人送去。"

专使开始心里七上八下，见刘邦面带怒色，再听下去，才知道骂的是韩信还不够气魄，心里这才踏实。

专使走后，刘邦大发雷霆，声称要发兵攻打韩信。

韩信这个家伙狂妄自大，野心不小！前番弃齐降而不取，为了争功，不顾将士们的死活，悍然发动齐战，造就了潍水之战的"政绩工程"，使我以仁义相号召之人，失得仁义于天下。今番举兵而不发，恃功要挟，逼我封他为齐王，关键时刻见真心。哼！走着瞧。明枪易躲，暗箭难防，此举并不能说是什么坏事，其羽翼未为丰满，及早暴露出来该是件好事。

躁动不安的刘邦看了看张良，想听听他对韩信的具体说法。

其实，现在真该是封王的时候了。以前分封则诸侯人心易散，现在不封功臣则不为所用。刘邦胜利在望，楚汉决战将要开始，韩信及英布、彭越等人都该封王。况且，去赵地配合作战的张耳都封王了，韩信、英布等人却什么也没得到，他们能没有想法吗？只封一王，其尊无比；若封多王，其宠轻矣，当前，抓住人心最为重要！显然，张良是持这一看法的。

平齐的胜利，宣告东进计划的基本完成。韩信前后用了一年零四个月，东进二千里，先后战胜了秦、魏、赵、代、燕、齐等诸国，无一败绩，在中国北方大地上，划了一道非常漂亮的弧线，略不世出，战役手段无一雷同，用兵艺术不断升华，为古今用兵的最高境界，堪称一代兵圣！

韩信自请代理齐王，并不过分，这是出于形势的需要，也是为了刘邦天下大计着想。因为，齐国旧势力的残余尚在反扑，情况复杂，齐南部又同楚国接壤，使楚国有了随时入侵的便利条件。对于这样一个封国，需要一个有能力、有实权的人来镇抚。

然而，韩信击齐在政治和道德上却是欠妥的。齐国既已归降，未经请示而悍然攻齐，现在又依仗手握重兵，逼迫刘邦承认其自立三齐王的事实。这样做，必然引起刘邦的疑心，韩信到底想干什么？无疑，会给刘邦心头蒙上一层阴影。而从灭楚大局来看，尽管韩信孤傲自为，有私欲的成分在内。这却完全符合韩信当年在汉中提出的东向灭楚思路，利大于弊，从根本上铲除了一大割据势力，扭转了楚强汉弱的态势，并可利用齐国丰厚的人力物力，给项羽以致命打击，这正符合汉军集团的利益。否则，尽管齐国已降，但仍割据自保，绝不会给汉军实质帮助，汉军最终难以从根本上战胜楚军。

张良认为，造成目前局面的根子在刘邦身上。刘邦对韩信心存疑忌，修武夺兵，暗派郦食其劝降齐国，实为不该。人非圣贤，莫说善于追求名利的韩信，就是换个人，对唾手可得的胜利果实，能没有想法吗？若因此把事情弄僵，硬是将韩信推向楚军阵营，倒向项羽一方，这是项羽梦寐以求而不得的好事，天下三分，难道刘邦五年的鏖战，所求就是这样一种结果？

张良认真地对刘邦说："我劝大王抛却恩恩怨怨，让我去城阳颁诏封王，消除韩信心中的隔阂和疑虑，让韩信迅速南下开辟战场，完成对楚军的合围。大王，你以为如何？"

张良说的有道理，韩信虽以军功相要挟，但他统帅下的那支军队，举足轻重，决定着汉军生死，现在只能满足他的要求。出于大局考虑，刘邦只是暂时忍下了这口恶气。

对于韩信请立齐王这一举动，千百年来众说纷纭，褒贬不一。

明代大儒王夫之认为，韩信此举是一种市井之徒要挟君主、讨价还价的交易心态：“（刘邦）抑信之为此言也，欲以胁高帝而市之也。故齐地甫定，即请王齐，信之怀来见矣。挟市心以市主，主且窥见其心，货已雠而有余怨。”（《读通鉴论·汉高帝》）清代史学家王鸣盛更直截了当地说：“韩信自立为假齐王，已种下被杀的祸根。”（《十七史商榷·信自立为假王》）

此时，伤病中的刘邦直冒虚汗，最后他向张良交代两点：

其一，郦食其虽被烹而死，他对汉军的贡献是一个不争的事实，寡人感念他的功劳，应尽快对其子进行封赏；其二，请子房先生赴齐地一趟，专送齐王印绶，代我行册封大礼。不管怎样，定要拉住韩信，让他尽快地发兵围剿项羽！

张良是刘邦的首席辅臣，在汉军的地位举足轻重。可以说，由他代表刘邦去见韩信，表示对韩信的尊重，同时也表示对册封齐王的重视。还因为，刘邦知道韩信对张良极为敬重，他们之间的关系非同寻常，张良前去将会稳住韩信，促成韩信尽快发兵南下。

第三十七章　武涉劝天下三分

龙且战败的消息，迅速传到广武楚营。

项羽如五雷击顶，大将龙且被杀，亚将周兰被捉，二十万救齐大军完了，韩信必将乘胜南下与刘邦会合。

项羽心情久久难以平静。他想不明白，突然间，天上怎么会掉下一个力大无穷的韩信，一路东进，几乎摧毁他的王霸大业。他凄凉地对众文武说："龙且兵败，输光了我的老本。如今，我们遇到前所未有的困难，五年的楚汉之争看来将要功亏一篑！"

帐下的诸文武当然也看到了问题的严重性。韩信平定了齐国，完成了对楚地的包围态势，而楚军不堪重负，人员匮乏，粮草紧张，败迹已经显露。对此，他们个个垂头丧气，束手无策，深感恐惧。

危机也是转机！韩信灭齐之后，天下的形势已出现了楚、汉、齐三大势力中心。项羽和刘邦相持于成皋、荥阳，难分胜负，而韩信手握重兵，威震天下，具有举足轻重的作用，很多有识之士看到了这种局面。

这时，谋士武涉站出来，对项羽说："大王胜败乃兵家常事。臣愿游说韩信，韩信如能反汉，大王东线便可无忧。"

要同韩信讲和？项羽愣住了。

讲和就是求和。项羽历来自认为天下无敌，现在要让堂堂的西楚霸王，向一个没有骨气的胯下懦夫求和，这是不可想象的事。但在龙且二十万大军被歼之后，仗已打不下去，路怎么走，要不要向现实低头？

武涉接着说：“讲和不过是一种手段，只有安定东方，才能全力向西击败刘邦，摆脱目前的困境。况且，刘邦数调韩信之兵，夺其兵权，可见他对韩信早已深怀疑惧。此次韩信又按兵不动，足见他们君臣已有裂隙。韩信是项王的旧臣，只要自己肯给他好处，还是有希望争取的。”

深陷苦恼之中的项羽，不再单纯迷信武力，他同意玩一把外交斗争的游戏，让韩信自立于楚汉之外，延缓汉军的进攻。

这一天，一位亲兵来报韩信，有人前来求见。韩信感到纳闷，齐地动荡不安，尚未平定，是谁跑到城阳（今山东青岛市）来找？他想了想，如今数十万大军在齐，军政事务极多，还是尽量少惹闲事。他一挥手：“不见！”

亲兵退出不久，又回来了，双手递上一张竹制名帖，上面工整地写着：“盱眙武涉。”

盱眙人武涉，与韩信同是一个地区老乡，当年二人同在项羽幕下，且有一份不错的情谊。这时，武涉已带着项羽致韩信的书信，来到了城阳。

让韩信感到蹊跷，武涉能言善辩，饶有口才，多年不见，好像仍在项羽那边干事，怎么千里之遥来找我？韩信沉吟，我与项羽素有恩怨，他为何又派使者？想来必定是做说客，可我心中自有打算，不妨见他一下，看他到底有什么话要讲（《史记·淮阳侯列传》详细记载了韩信与武涉的对话内容）。

韩信便令亲兵引武涉相见。

武涉进了大帐，韩信从座上起身相迎。

寒暄过后，叙过交情，武涉环顾左右：“请大将屏退左右，有要事相商。”

见左右已退，武涉连忙呈上金帛礼品。他说：“当年西进咸阳，我们一起同在项王帐下为臣，如今虽是各为其主，但那份情谊至今难忘。”

“谢谢！楚、汉交战已历五年，不知项王如今有何打算？”

“能有何打算，得韩信者得天下，韩信是刘邦取胜的唯一本钱，楚军迟早也就是一个死。不过，项王咽不下这口气，死在谁手中都可以，就是不能死在无赖刘邦的手里！”武涉知道自己的使命，他狡黠地说，“大将！其实项王十分仰慕大将，这次令我前来，主要是向大将致歉，望免昔日未能重用之罪，通两方之好，谈谈合作的可能。请大将不要拒绝！”

“合作？”当年韩信屡呈干策，项羽一句话听不进去，现在遇到困境，就让武涉来谈“合作”，这还是不是当年那个傲慢的项羽！

韩信不禁大笑起来：“武兄之言差也，我不过汉王所封臣下。从前在项王那里，我官不过郎中，位不过执戟，所作建议，项王从来不听，我极度困惑，万不得已才离楚投汉。汉王知遇我，授我上将军印，给我数万之众，言听计从，我才有了今日。如今，天下之事很快就要平定，我总不能逆天行事，放着现成的大道不走，却要拆墙开路，这样的‘合作’，不是明智者的选择。武兄，你说不是吗？”

武涉闻言，并不感到诧异，他要认真跟韩信讲讲道理：“依我却不这么看。当初，天下由于苦于秦的残暴统治，所以才起来造反。秦朝灭了后，项王按功行赏，破土分封了十八路诸侯，为的是天下安宁，与民休息。可汉王却无端挑起战事，大举东征，侵夺别人的封国和土地。破三秦，占关中，仍不满足，又继续引兵出关，拉拢诸侯，挑起战争。看来，他不把天下全部占下，就绝不罢休，贪得无厌的欲望永无止境。他的为人，也很不可靠，他曾多次落入项王手中，项王怜悯于他，给他出路。可当他一旦脱险之后，马上就背弃诺言，又来攻击项王。就拿鸿门宴来说，项王搓死他不费吹灰之力，但顾及汉王乃自家举义兄弟，虽有过失，不当诛杀，高抬贵手让他到南郑去，可他却恩将仇报。大将，如今虽然你觉得和汉王交情很厚，拼命地为他东征西讨，他只是借用你的才智和谋略，用来剪除项王，实现他的狼子野心。我可以断言，如果这样下去，将来终有一天你会遭他暗算。此人只能共患难，却不能共富贵，得天下之后，他最终还会加害于你！”

看来武涉对刘邦还是了解的，但说到要加害自己，那是绝对不可能的事。韩信为汉王夺得那么多土地、兵员和物资，可以说有韩信，才有他汉家天下，这样举世功劳，汉王的心也不是驴肝肺，况且，韩信还占据着齐地，就是怕他反复无常这一手。

武涉摇摇头："你至今无恙，是因为项王的存在。话说回来，当今楚汉激战，谁能取得最后胜利，这全在于你。你若支持汉王，汉王就会战胜项王；你若支持项王，项王就会打败汉王。我看，这两种结果，都不是你的福分。"

"这是为何？"

"项王存在，汉王需要你；项王不在，汉王还需要你这位手握百万重兵，坐掌魏、赵、燕、齐的盖主功臣做什么？这绝不是危言耸听，若项王今日灭亡，明日灭亡的就该是你！反之亦然。所以我要说……"看了看思绪起伏的韩信，武涉故意停顿了一下，"有鉴于此，我劝你谁也不依附，顺应时局，楚、汉、齐三分天下，鼎足而立！"末了又添上一句，"我的肺腑之言，你可要好好想想呀！"

"不必了！"

武涉说了这么多，主要就一点，刘邦为人狡诈，不厚道，不能相信，而韩信之所以能活到现在，是因为还有项羽的存在，为了自保，得独立天下，助汉攻楚则是必死之路。但汉王毕竟有大恩于自己，不当与他决裂，这是做人的准则。韩信向武涉拱了拱手："务请转告项王，鼎足而立之谋，是叫我韩信失义于天下，虽死不能从命。"

武涉满脸窘态，痛苦地说："你难道一定要斩尽杀绝，必欲为汉王剪灭项王而后快？这不是明智者的选择。"

韩信站了起来，走到武涉的面前，拉住他的手："常言道：'义不背亲，忠不违君'，'水背流而源竭'。若我背汉联楚，天下人将指着我的脊梁，骂我是一株墙头草，是一个反复无常的小人，万望能够理解。武兄！我看，不如你留下，你我同扶汉王，不必与项王同归于尽。"

"不！"武涉见韩信态度是相当坚决，回绝了自己的提议，不肯背叛刘邦，感叹地说，"人各有志，不可相强。还望大将好自为之，我就此告辞了！"

韩信的话，虽然包含有某些外交辞令，但基本上反映了他的内心想法，武涉不得不失望而归。

不久，回到广武的武涉，向项羽报告了劝说情况。韩信多于感恩图报，少有审时度势的政治智慧，非言语所能打动。

项羽气愤不已：如今派人去联络你韩信，是看得起你，你倒摆起臭架子来。既然韩信不肯归楚，不必强求，我同样可胜刘邦，主宰天下！

第三十八章　蒯彻为韩信相面

就在武涉离开后，谋士蒯彻也来劝说韩信脱汉独立。

如果说武涉是项羽派来的说客，韩信有所提防，那是可以理解的。但武涉走后，蒯彻的劝谏，则是更加令人深思。

蒯彻多策略，如同刘邦身边的陈平，也是一个天下少有的“鬼才”。上次为韩信出谋袭击齐国后，得到韩信的赏识，成为韩信的心腹。

他认为韩信气度不凡，才华横溢，天下形势完全掌握在韩信一人手中，要像战国时阳翟大商人吕不韦一样，投资韩信，做一桩政治大买卖。一旦韩信弃汉联楚，自己就是天下第一等功臣。

不过，韩信最大的缺点就是没有政治欲望，他不计代价求取胜利，不是要创立霸业，而是要名誉，要证明自己是一个天下英雄。为能打动韩信，蒯彻自称是会算命的相面先生，以引起韩信足够的兴趣。两人对话内容同样被详细记载在《史记·淮阳侯列传》中。

“今晚什么风把先生吹来了？”韩信问道。

“我是向大将贺喜的。”蒯彻说。

“有什么喜可贺？”

“大将一举拿下齐国，不当受封吗？封王封侯，人生之快意莫大过于此。”蒯彻在韩信对面坐了下来说，“贵贱在于骨法，忧喜见于面色，成败在于决断。我蒯彻能言善辩，是个纵横家，人所皆知，而我精通相术，指点迷津，人所不知。”蒯彻小眼珠直转，事先已拟好了一套说辞。

连日来，韩信为讨封之事，坐不安，寝不宁。专使去成皋会不会给人造成“逼封”的印象，产生不必要误解，恶化与刘邦不协调的关系。他本来对相术并不太感兴趣，只因处于人生前途的十字路口，内心惴惴不安而彷徨，既然蒯彻能算命，何不问他一问：“那就请先生给我看看，却不许胡诌！”

“我看大将心诚，要认认真真地看。”蒯彻心中似乎有了底，望望两边，“愿意单独谈谈。”

“都退下。”韩信屏退身边随从。

相术在秦汉盛极一时。史书上记载着刘邦、吕雉和魏王豹相关相面的佚事，民间还流传着秦将白起的一些趣闻。

白起是秦国有名的军事统帅，屡建奇功，后来却被秦始皇赐死，为什么呢？这里有蹊跷。有一次，他请人看相，请的是一位瞎子，善于摸骨，人称是未卜先知的神仙。白起似信非信，在见面前又让人用绢条将他眼睛再遮住，以防他是假瞎子。让随从将他带进客厅，白起和在场的人一言不发，任他逐个摸骨。他先摸了两个随从和一位幕僚。还真的大差不离地说出了他们的生活经历。他接下来给白起摸骨。众人仍一言不发。他从白起前额、五官、两颊一直往下摸，摸了白起的手臂，再摸白起胸骨——他摇摇头说，从你面前的身骨来看，粗硬而带有棱角，说的丑些，好似狗骨，书云：“男人骨硬必贫贱”，这位恐怕是讨饭的乞丐。了解白起的都知道，他脾气非常火爆，秦始皇还惧他三分，岂容如此侮辱！但见白起怒目圆睁，差点儿要发火。在场的人都为瞎子捏着一把汗。后来，那瞎子却又慢慢悠悠地说，待我再摸摸你的脊背，便见分晓。他转至白起背后，从后颈骨摸起，向下摸到背脊骨时，突然“扑通”一声就跪了下去：“将军在上，小的冒犯了，死罪死罪。”“怎么说我是将军？错了吧。”白起脸色转晴，扶起瞎子。“错不了，我敢拿头颅打赌。将军脊背龙骨又粗又长，必是一位将军，绝对错不了，绝对错不了。我如若说错了，你就砍我的头！砸我的招牌！”白起听了满心高兴，赏了许多钱，还称瞎子“未卜先知，神机妙算”。

韩信对蒯彻说：“不要神神叨叨，刚才有言在先，有啥说啥，别绕弯。”

“好！我说。”蒯彻沉吟一下，用手拈着胡子，“臣得大将知遇之恩，因此臣斗胆放言，相君之面，隆准三折，至多封侯！且日后前途多有危险，又难于保全。”

蒯彻走到韩信背面，把声音放低：“相君之背，贵不可言！”

贵不可言自然是指“帝王之尊”，韩信犹当胸被刺，脸色陡变：“蒯先生，今日之言，确实当真？”

“大将！蒯彻没有必要胡诌。面、背之异相，竟是如此不同，只有避坏就好，因时就势，才能逢凶化吉。”

“此话怎讲？”

蒯彻拱拱手，立即转入正题：“大将，恕我直言。秦失其鹿，天下共逐之，高才者先得。陈胜、吴广首举义旗向秦发难，仁人志士纷纷响应，目的只是消灭暴秦，救斯民于水火。如今，楚汉争雄，却背离了初衷。为了争夺个人好处，弄得天下战火纷飞，无罪者肝脑涂地，父子骸骨暴露于野。霸王彭城反击成功，继而又挥戈荥阳，如同席卷，威震天下。其后又被困于京、索，阻于成皋以东险岭之中。汉王将数十万众拒巩、洛，阻山河，一月数战，竟无寸土之功，汉王败于荥阳、成皋之间，走逃宛、叶，不能自救，屡遭挫败。今成皋得而复失，荥阳被围，若不是彭越敌后用兵，断楚粮道，大将不遗余力，怕是汉王早已不在人世了。纵观天下，楚汉双方已是智穷力竭，疲惫不堪，民众哀怨，只有高明的圣贤站出来，才能平息旷日持久的战乱。而当今圣贤，就是你大将韩信！”

蒯彻继续道：“如今，汉王和霸王的命运捏在你的手心，你助谁谁胜，战谁谁败。若让臣为你谋划，莫如坐山观虎斗，楚汉谁也不相助。俗话说：‘两利俱存，两败俱伤。’楚汉鏖战，对你来说未必不是好事。存则天下三分，鼎足而立，败则以柔顺之道，坐等胜利之果，兵不血刃，收拾天下，南面称孤！”

韩信瞪大了眼睛，这同武涉的说辞一样，也是要我背叛汉王，但内容还是有所区别的。楚汉两军相持多年，均已疲惫不堪，最终的胜负关键在韩信手里。

蒯彻用眼角余光扫了一眼韩信，没有等韩信开口，他又道出了平定天下的策略：“凭大将的贤能英才，统帅齐地百万甲兵，辅以燕、赵之众，西向为民请命，止息楚汉争斗，振臂一呼，天下定会望风而从，待时局大定，便可将强大的楚汉一一分割，册立一些弱小的诸侯，使他们都失去左右天下的条件。新立诸侯都会对你感恩戴德，旧王必然相率来朝。古语云：‘天与弗取，反受其咎；时至不行，反受其殃。’这是千载难逢的良机，切莫错失。”

如果从自身的“利”出发，背叛刘邦，得大于失。如果从“义”出发，失大于得。这能吗？这是陷韩信于大不义！

韩信喃喃自语：“汉王待我甚厚，把他的车子让给我坐，把他最好的衣服送给我穿，把他最喜爱的食物留给我吃。穿别人的衣，就要分担别人的痛苦；吃别人的饭，就要牺牲于别人的事业。以道义报答信任，以忠贞报答恩惠，是做人起码道理。汉王正处危难之际，岂能趋利背义。”

蒯彻摇摇头。绝大多数的时候，权高位重的人，宁可选择随波逐流，而不是逆势向前，这不是为了报恩的问题，而是政治高度的问题！

但蒯彻诱导，韩信心灵也引起震动。

自己并不是没有私心，过去也曾考虑过和汉王的关系，但想得比较简单，也想过灭楚后的一些事，但确实没有想得这样深。他站了起来："今日已不早，先生暂且回去休息，这事让我细细地想来。此外，相面之事，请缄口不言，免得招惹是非。"

蒯彻一听，只好默默起身告辞。

韩信望着蒯彻走去的背影，内心不安、彷徨、矛盾一齐涌上心头。

第三十九章　韩信无背汉之心

“趁热打铁。”蒯彻知道这个道理，没过几天，他就迫不及待来见韩信。

韩信见蒯彻来又欲提起那个话题，忙用毋庸置疑的口吻，告诉蒯彻还是连汉击楚为上之策。

“大将！你可不能执迷不悟。请恕我直言，逆水行舟，不进则退。现在是你一生最为关键的时候，进一步坐拥天下，退一步万丈深渊！”蒯彻再次相劝，“成就大业的人岂能为感情所困扰？你自以为与汉王友善，欲帮他创建万世功业，忠心可嘉，但不会有什么好结果。想当年，常山王张耳和成安君陈余，亲如兄弟，誓同生死。可后来相互攻杀，这都是患生于多欲而人心难测的缘故！如今，你想用忠义之心对待汉王，却不能投桃报李，你与汉王的感情远远比不上张耳、陈余，而你与汉王的矛盾，却大大多于他们之间的误会，其后果如何，大将心里自会清楚。俗话说：‘恩有多深，仇有多深。’春秋时，文种与范蠡明知勾践只可共患难，不能同安乐，却偏要以身相试。勾践灭吴，保存了危亡之中的越国，后来又辅佐勾践当了诸侯霸主。功成名就后，范蠡主动出走，文种却被赐死。以交友而言，你不如张耳、陈余，以忠信而言，你超不过文种、范蠡，‘狡兔死，走狗烹’，这样的教训是不能等到大难临头时才去吸取的。我还听说，权高震主，功高不赏。你破魏、下代、灭赵、降燕、定齐，又斩杀了龙且，歼灭楚军劲旅二十万，展露了旷世才能。有了这样震主之威和不赏之功，投奔项王，项王不信；归汉，汉王疑惧。处于人臣的位置，功劳却压倒了君主。大将你将归于何处？”

“将归何处?!”这确是韩信要认真考虑的大事。

上次蒯彻走后，韩信反复思考，认为蒯彻的劝告与武涉的说辞不论各自动机如何，确有其道理。人世间的关系最复杂，韩信有大功于刘邦，刘邦未必会真心感激韩信，但天下权在韩信，也未必见得。现虽身处强齐，广有甲兵，贸然起兵独立，这绝不是男子汉大丈夫所为!

第一，从良心上讲，韩信会被指责为不仁不义之徒。其实，一个来自淮阴南昌亭的穷小子，是个最念旧情的人。漂母、萧何等人能忘记吗？特别是刘邦筑坛拜大将能忘记吗？韩信曾对天发誓，不论遇到何种情况，定要竭尽全力倾报刘邦知遇之恩，现如今，却要让韩信恩将仇报，实在做不到。韩信的这一切都是刘邦给的，不能落个谋反不忠的骂名，也不能做一个不要脸的厚黑君主。

第二，从人心上看，韩信缺乏刘邦的政治手腕，也不及项羽四世三公的门望和“力拔山兮”的气概，天下人未必真心归服。刘邦武有曹参、樊哙、周勃、灌婴，文有张良、陈平、陆贾。项羽虽是“家天下”，文武仍有钟离眛、桓楚、季布、项伯、项庄、虞子期、陈婴。他们都是当代豪杰。而韩信呢？虽有李左车、蒯彻、陈贺、孔熙，但比不上张良、陈平、曹参、钟离眛、季布等人，且这些人还多是刘家班底，不少人还是刘邦的嫡系，中高级军官多为刘邦直接提拔，一旦不是汉军统帅，这帮将士还会帮韩信打仗吗？

第三，从趋势上看，齐地虽刚刚征服，残寇骚扰不断，民不聊生，而全天下百姓，更是饱受秦末战乱之苦，土地荒芜，粮食腾贵，以至人相食，祈盼结束争战，休养生息，使天下归于一，这是人心所向！虽然韩信军事能力，不是刘邦能相比的，如果造反，天下必将成三足鼎立之势，重新陷入长期分裂混战局面，而最终受苦的却是天下百姓！

再拿刘邦与项羽做对比，项羽追求的是霸业，而刘邦追求的是一统帝业，尊刘灭项也是自然的选择。

第一，得人心者得天下，刘邦以集权总揽大局，一切都围绕统一天下这一目标进行。而项羽则以裂土封地为理想，以万夫不当之勇推翻暴秦后，分裂天下。如今已不是前秦，更不是战国，天下已不支持贵族复国。天道有变，顺之则昌，逆之则亡。

第二，刘邦懂得拉拢人心，动之以情，懂得运用团队的力量，有较强的凝聚力。所以得张良、萧何辅佐并各尽其才。而项羽任人唯亲，就是一个家天下班子，认为凭借一己之力可以拼天下，好勇斗狠，缺乏政治手段，以至气走了唯一的谋士范增。

第三，刘邦取得关中后，与民约法三章，收买人心，拉拢诸侯，建立统一战线。而项羽目光短浅，在灭秦之后，却采取了一连串荒唐措施，扰民、焚宫、封王、杀义帝，引发了四方的民怨，缺乏人主的气度。

蒯彻的策略看上去很完美，其实可行性相当差。算了吧！做事不能咄咄逼人！张子房曾说过："天下游士离其亲戚，弃祖墓、去故国，追随人主不过是为了封王封侯，做个天下英雄。"前代的苏秦、张仪、李斯，今人英布、彭越也都是这样，韩信何尝不是如此？

蒯彻见韩信不语，知道了韩信心思，但他还是要做最后一搏："大将！我听说，善于听取正确建议，是大业垂成的先兆；善于做出正确决策，是大业垂成的关键；一个甘心听人摆布的奴仆，永远不可能获得天子的权威；一个情愿守护微官薄禄的小吏，永远不可能得到高位。对正确的话应当相信，且要果断地接受，若无端生疑，必然受害。专在细微之事上精明打算，为百事之祸。游移不前的猛虎，不如蜂蝎敢于放刺；良马的盘旋局促，不如劣马的稳步前进；虽勇于孟贲，若疑而不动，不如平庸之人的埋头苦干；虽有舜禹之智，吟而不言，不如哑巴、聋子会指挥调度。世上的大事，都是功难成而易败，时难得而易失，机不可失，时不再来。这些金石之言听不听完全在于你啊！"

话都说到这个份上了，韩信应该了然于胸。

然而，韩信再一次用要报答刘邦知遇之恩的理由拒绝了。自己是一个苦命的人，并不想取代他人做霸主。这个想法，自己已根深蒂固，难以排解。屈一身之欲，乐四海之民，有何不好？

直觉告诉蒯彻，韩信有震主之威，无擎天之志；怀鸿鹄之才，恋雀燕之居，只想独霸一方，绝无背汉自立之意，孤芳自赏，不敢担当，怂，更不知道后面的凶险！但可以确定，韩信的盘算，不是谁劝说就可以改变的，在未来，一切全凭运气了。蒯彻不禁伤感起来："既然如此，臣不多说，愿大将保重，臣告辞了！"

蒯彻走出大帐，仰天长叹："忠言逆耳，竖子不足共谋，其日后必被刘邦所害！"

事隔十余日后，他突然间口吐白沫，撕碎衣裳，疯癫得不知去向。

韩信深知蒯彻是因建议未被采纳，知事关重大，万一传到刘邦耳中，就是大逆不道的死罪，势必灭门九族。他不放心，他要去，那就随他去吧。

汉王对韩信军事上极度信任，生活上极度厚待，反而让其不能适应。汉王是一个志存高远玩弄权谋的高手，如何与他相处，韩信也是战战兢兢，如履薄冰，是未来人生探讨的一个重要课题。在现实生活中，韩信与项梁、宋义、项羽等人的关系都处理得不是很好，其中有许多原因，但最重要的一点，就是缺乏政治权谋和政治手腕，显得单纯而幼稚。

只是现在刘邦对自己到底是个什么态度，可不能剃头挑子一头热，想当然地去判断。说实话，韩信心里并没有底。

第四十章　划鸿沟中分天下

楚汉双方，在广武、荥阳、成皋一带相持日久，到了韩信攻下齐国，形势已发生了巨大变化。

直到这个时候，刘邦对战争全局认识尚不十分清楚，感到自己的部队已经很疲惫，无力再将战争进行下去，他产生了很多想法。

五年战争，汉军荥阳屡战屡败，未进一尺，而韩信和诸侯们却个个身强力壮，膀大腰圆。韩信打下天下三之二，已占据三分之一，不久前，自己就伸手来要王，这王是自己要的吗？王给他了，日后还有什么能吊起他的胃口，拿什么再封赏他，真是封无可封，赏无可赏！当年韩信从项羽那里过来，一副丧魂落魄的样子，是刘邦一手栽培、简拔，如今吃饱撑足了，成了大气候，反而要跟老子平起平坐，真是教训。自己和项羽拼了老命苦苦厮杀，他却打着我的旗号，放手壮大力量，发展了三十万军队，这是多么大的数目！

刘邦常会拿项羽和韩信做比较。项羽虽骁勇善战，就连自己这个能斗智的人，兵力占优时，常常被打得落花流水。但究其实质，项羽还是一个徒知力征的典型。而韩信则不然，或以寡击，或声东击西，或背水列阵，处处尽显权谋之术。项羽一旦遇上韩信这样胸藏韬略长于权谋的对手，恐怕也会败下阵来。因此，从某种程度上讲，韩信更为可怕。

现在，关中援兵虽络绎而至，以我一方之力，未必能打败项羽，即使以后打败了项羽，韩信和这帮诸侯们，能肯俯首称臣吗？能轻易地把天下拱手让与刘邦吗？我看不太可能，天下究竟属谁尚未确定。五年了，实在厌倦了！人生有多少个五年，与其如此，不如和项羽约和算了。项羽如能放回父亲刘太公和妻子吕雉，自己就将汉军撤回关中休息休息去。

其实，刘邦并不是什么“仁义”之辈，为了百姓和将士休息，也为了救回太公和吕雉，他会放弃即将到手的胜利吗？肯定不会！这里面的原因，说白了，就是他对韩信的忌讳，怕灭楚之后韩信和诸侯们离心离德。

这一天，刘邦叫来了内侍陆贾，他对陆贾说：“连连征战，将士死伤无数，战死疆场者尸骨无人收拾，家人不得抚恤，日复一日，妻儿老小望穿秋水，扯断柔肠，却连个亲人死活的音信都得不到。今后，凡军士不幸阵亡，由官府负责制备丧服及棺材，转送其家。”他要陆贾尽快通知关中萧何，令他拟旨，通告全军将士。

楚汉相争已有五年，民力疲惫，这样天长日久地鏖战下去，已没有什么意思。陆贾刚要走开，又被拦住了。刘邦说：“铁嘴随何不在此地，一代高人郦老先生已作古，如今唯有你堪当此任，去到楚营说动霸王，划定边界，两家言和算了。”

陆贾大惊，张良先生已去齐地，此等大事张良先生可能并不知道，营中也未议过，若有闪失，怕吃罪不起，他不安地望着刘邦。刘邦也看出了陆贾的犹豫：“怕什么？自古定大事不过一二人而已。你想想，霸王若再推出太公，挟制多端，或乘怒将太公杀死，我不是一辈子落个不孝骂名吗？楚军乏粮，这时议和，正好可以救回太公、王后。”

陆贾虽有话却不敢多说，连忙出城赴命。

陆贾，汉初楚国人，楚汉相争时以幕僚的身份追随刘邦，自郦食其死后，他成为刘邦手下重要说客，常出使游说各路诸侯，因能言善辩，被誉为“有口辩士”。然而，不知什么原因，项羽并不答应，坚持要决战到底。

这回刘邦似乎铁了心，又改派侯公再去劝说。

侯公来到楚营见项羽，项羽知道又是刘邦差来的使者，便命刀斧手分列两边，自己仗剑坐于帐中，睁目虎视。

侯公从容而入，大笑不止：“汉王让我再次致意大王，几年相争，大仗打了七十余，小仗不计其数，白骨暴野，积尸如山，双方如能止息战争，撤回军队，保持兄弟情义，不但可以共享富贵，而且黎民百姓也能过上太平日子。”他还意味深长地说，“如若不然，继续刀兵相加，谁胜谁负，鹿死谁手，难以逆料，长此以往，兵疲粮尽，苦的是天下生灵。我看，还是以和为贵，望大王再思。”

侯公是洛阳世家，遭乱不仕，年轻时就以豪气著称乡里，后来汉王东征过洛阳，同董公三老策杖见汉王，谈论国政，相切时弊，刘邦十分喜欢，于是留在帐下听用。

听到侯公这番话，项羽叹了一口气。楚军久困于此，兵疲粮尽，终难取胜。况且，整个战局对楚十分不利，不久将处于四面被击的境地，何不顺水推舟，卖个人情给刘邦。

项羽看看身旁的项伯，项伯颔首。

项伯建议两国订个盟约，以鸿沟为界，中分天下，鸿沟以西归汉，鸿沟以东归楚，楚汉平息干戈。

鸿沟，为战国时一条人工开凿的运河，故道从今河南荥阳北引黄河水，东流经中牟县北，又东经开封北，折而向南经通许县东、太康县西，至淮阳东南入颍水。它沟通了中原地区济、濮、汴、睢、涡、汝、淮、泗、荷等主要河道。

所谓中分天下，实际上汉已占据天下七成以上，且背后是自己的封国广大地区，粮草兵员充足，而楚的封国一天一天在缩小，被挤压在今天的河南、安徽、江苏及浙江一带。项羽清楚地知道，以鸿沟为界分天下，这只是暂时性的停战，楚军目前已危机四伏，以退为进，先进行战略收缩，待机东山再起，这也是无可奈何的选择！

他请项伯与侯公办理具体订约之事。

汉王四年（前203）八月，楚汉双方经过艰苦的谈判，终于在鸿沟楚地正式缔结和约，结束楚汉相持多年的战争。汉王四年九月各自引兵而归。由于彭越占据着梁地，项羽回彭城的道路受阻，便决定绕道阳夏（今河南太康），先去寿春，后回彭城。同时，项羽遵守诺言，十分爽快地放回刘太公和吕氏。内侍审食其也在同列。

鸿沟遗址

汉王很是高兴，当下封侯公为平国君，以嘉奖其功。据说，侯公第二天就隐匿不知去向。刘邦送来的赏赐，原封未动。对此，刘邦感慨地说："这个人是天下有名的辩士，他居住在哪里就可以倾动哪个国家大政。"

鸿沟西边，汉军营地，为了庆祝"鸿沟和约"的签订，他亲自带着太公、吕雉巡行军中。汉军将士一片欢呼，"万岁"之声不绝于耳。

这天傍晚，张良一行从齐地回到了成皋。他见平日戒备森严的营中，却是另外一番景象，军中上下一片喜气洋洋，这到底是怎么一回事？下车一问，他才知道汉王与霸王议和了，这不啻晴空扔下一个霹雳！

汉大王急欲罢兵，这到底为了什么？这等大事不妥，张良定要阻拦。

当局者迷，旁观者清。楚国的盟军三秦、魏、赵、燕、齐等地，都已被韩信拿下，诸侯大多已归附我们，汉军已占据大半个天下，且楚军兵疲粮尽，形孤势危。那反楚的彭越重新占领了梁地，威胁着楚军粮道，项羽已抽不出机动兵力回去剿抚，反叛的英布在淮南战场上已活跃起来，攻占了九江数县，钳制了楚大司马周殷十数万军队。韩信近日成功地清剿了齐地残余，一切进展顺利，出兵绝无多大问题。何况，这是一支战无不胜的英雄军队，无人能够抵挡，一旦发兵南下，随时都可夺取楚军后方，歼灭楚军。这正是天赐灭楚良机！如今放了楚军而不去攻击它，这是养虎自遗患，后果不堪设想！再者天命归汉，人心所向。战国混战了数百年，不就是因天下不统一，百姓得不到太平。如今，百万将士们追随大王，戎马数载，抛头洒血，出生入死，还不是想安定天下，立功爵，用刀枪剑戟回家换取良田？而项羽未除，诸侯疑惧之心未消，正是人心可用之时，一旦大局已定，诸侯各保其地，谁还肯听大王的调遣？机不可失，时不再来啊！

张良的话语精辟透彻，刘邦已回过神来。不过，他还有些犹豫，楚汉已签下协议，如若违约，失信于天下，会被诸侯耻笑。

这时，陈平也过来相劝，干大事不拘小节，请大王不必犹豫。

刘邦感激张良、陈平对国事的高瞻远瞩，能看清天下大势者，唯张良、陈平先生也！

第四十一章　加封诏书抵临淄

刘邦赶来与太公、吕氏相见，痛哭流涕，悲喜交加。

按规矩礼，他先拜见了父亲，却高兴不起来，觉得对不起父亲。刘太公没有责怪，却十分理解，人生遭点磨难是难免之事，为天下者不顾家，这是千古常理。他要刘邦不必在意。

见过父亲，又见妻子。万万没有想到的是，被项羽掳去三年，吕雉居然安然无恙，完璧归来！他拈着胡须，眼睛上下打量着吕雉。吕氏回瞥了一眼，不觉泪水又滴了下来。见状，太公和刚刚从楚营一同放回的审食其等人都悄悄退出。

吕雉是一个极不寻常的女人，有着敏锐的政治眼光，她回来后肯定会告诉楚营一些实际状况。目前楚军将士因饥饿而疲惫不堪，士气已今非昔比，何不将计就计，抓住楚军后撤之机，剩勇灭楚。

刘邦斜着眼看着吕氏，三年未见换了个冷美人似的。

夜已深，张良和樊哙、刘贾、陆贾等一干人前来求见。

刘邦听了叫唤，知是有大事，连忙穿上件衣服走了出来。

张良拱拱手说："大王！刚刚得到探报，楚军已于傍晚撤离广武，浩浩荡荡地向彭城方向开去。愚以为这正是消灭楚军，夺取天下的大好时机，如不追击，楚军获得喘息之机，后患无穷，到那时，后悔可就来不及了。”

樊哙等人也在一旁迫不及待地道：“大王！让他们就这样一走了之？”

“楚军已撤？没想到这么快就走了。”刘邦在帐里大步流星来回走动，蓦地停住了脚：“追击！”

随后，他做出三项部署：一、令樊哙率所部人马向胡陵进军，和成皋汉军成犄角，尾随配合追击楚军；二、令刘贾、陆贾率三万军帮助英布，定要死死地拖住楚大司马周殷，迫使他不能机动作战，尔后由南而北，袭击楚军；三、再约彭越由北而南，韩信由东而西，刘邦、张良则率军由西而东，全力追击楚军。

这样的意图很明显，就是要造成一个东西夹击，南北共进，四路齐攻的态势，乘楚军麻痹和松懈，会歼项羽于撤退途中。

汉王五年（前202）十月，汉军撕毁停战协议，对撤退中的楚军发动攻击。楚军仓皇应战，且战且走。至固陵（今河南淮阳北）时，突然向刘邦发起反击，结果一战刘邦大败，被迫就近坚壁自守，等待各路援军的到来。

刘邦再次明白一个道理，仅凭一己之力，自己无力单独与项羽对决。

他问计于张良，张良回答说：“打败楚军，只是眼前的事情。而韩信和彭越都没有得到新的分封，若大王能和他们共享灭楚后的胜利成果，他们一定会立即发兵前来会师。决战关键在于韩信能否及时赶来参战。因为，封韩信齐王，并不是大王主动分封，是他自己提出的，他还不完全了解大王意图，况且，封王就该封地，不然只是个空头衔。而彭越，与我们合作也有多年，曾经夺得梁地，可大王却派他辅佐魏王豹，彭越去那里没多久，魏王豹已死，国中无主，所以彭越只想您一定会封他为魏王，可大王并没有加封，心中难免不高兴。他二人当会心怀疑虑，左右观望，不来参战。”

这个建议时间，拿捏得很好，提早了刘邦一定不会接受，现在固陵大败他虽不情愿，但也无可奈何。

刘邦接受建议后，马上派遣使者，日夜兼程，去临淄、外黄分别通知韩信、彭越，按封王划地的条件和原则进行封赏，并要求他们迅速行动，参加固陵会战！

临淄（今山东淄博一带），战国齐国都城。从西周至战国齐桓公时，一直很发达，有户七万，以每户五口计可有三十五万人。

临淄人富庶殷实，喜欢吹竽鼓瑟、弹琴击筑，斗鸡走狗及六博蹋鞠等娱乐活动。曾有记载：车毂击，人肩摩，举袂成幕，挥汗如雨。秦灭六国后，临淄为临淄郡治所，失去了都城的地位，但繁华依旧。秦末，陈胜、吴广起兵，派周市攻取魏地，北达狄城。狄城人田儋借机杀死县令，宣布起兵，自立为齐王。齐地战事不断，临淄城受到严重破坏，但比起其他城邑，仍有几分王都风采。现在韩信占领齐国后，也将大营从城阳正式迁至临淄。

“齐王！”这一天，汉王使者喘着粗气，赶到临淄向韩信报告。

汉王已率众十万，跨越鸿沟，夜行昼止，尾随楚军而去。怎奈十万大军远道跟踪，怎能一点消息密不可透？突如其来的事变使楚军惊骇万分，但他们毕竟是训练有素、久经沙场的军队，很快镇定下来。楚军已止军于阳夏（今河南太康），突然，项羽以强大的声势，回师袭击固陵（今河南太康县南），汉王慌忙应战，溃不成军，不得已率部逃入西面的崇山峻岭之中，令士兵掘沟坚守。而项羽又将汉军紧紧围困，下死令要全部消灭汉军，割下汉王头颅，形势十分急迫。而彭越、英布都未能如期与汉王会师。英布与刘贾则在寿春一带，被楚将周殷牵制，一时难以脱身。

接着，使者呈上加封诏书：“齐王！汉王派臣快马加鞭，日夜兼程赶来临淄，与齐王破土裂封。”

韩信打开诏书，只见上面写道：

> 齐王信屡建奇功，因争战未止，疆界难定，虽封齐王，未授实土。今项籍亡在旦夕，四海当宁，着齐王信领自陈以东至于大海。

韩信不由心头一热。知我者，汉王也！对刘邦疑虑立刻烟消云散。汉王乃深明大义的仁厚长者，能以天下城邑封功臣，自古少有，霸王和他完全无法相比。前次汉王封王赐印，已使臣感恩不尽，今又授土，叫韩信何以为报？他非常歉意地对使者说：“上次汉王约我出兵，适逢小病，未能如约，心中忐忑不安！”

使者知道这不过是韩信的借口，便道：“前次汉王派人使齐后，原本以为齐王一定会及时领兵前去，所以放心大胆地深入楚地，以期与齐王及彭越会合——所以，造成了孤军奋战，楚军抓住了战机，对汉王发起反击，汉军损失惨重！”

韩信闻言，颇为难堪，一时沉默。

使者又道：“汉王希望齐王尽快领兵南下解围！”

不只是解围，现在该是将功补过的时候了，韩信对使者说了自己的打算。

楚军虽胜，但其士卒疲惫，粮草匮乏，不过是困兽犹斗。汉王虽遇挫折，但并未完全失去战机。请使者回禀汉王，同项羽决战是韩信的梦想，韩信愿立即出兵，与汉王会天下诸侯，共歼霸王，毕其功于一战。倘若，汉王在西边紧紧抓住他的尾巴，我将在彭城附近揪住他的头颅，可令英布、刘贾从南边过来补上一刀，霸王定会招架不住，这样，破楚必矣！

就韩信而言，全局着眼，策划天下大计，也不是一日。他仍是汉大将、汉相国、三齐王，王侯将相一人独任，是汉军名副其实的“老二”，除了刘邦就是“老大”，对即将展开围歼楚军的行动，早已成竹在胸。

使者大喜，谢过韩信，连夜赶回去禀告。

这里说明一下，由于历史资料的缺漏，本章节和下一章节的陈战前后部分，多在综合判断的基础上写作而成。

第四十二章　十面埋伏巧布阵

不久，韩信留下曹参镇守齐地，自己亲率大军南下。

大军所过，楚军望风而靡。不过十数日，连克胡陵、薛县，渡过泗水，以迅雷不及掩耳之势，攻克了沛县，骑将灌婴又率骑兵一举成功突袭留县，切断了楚都彭城与外界的联系。

此时，韩信可用兵力三十万左右，项羽可用兵力十万左右，只占三分之一，就数量而言，仅韩信一军对付项羽绰绰有余。

扫清了彭城外围后，韩信调整兵力部署，伺机发起对彭城的进攻。

这天大帐下，端立两旁，鸦雀无声地静候将令。

韩信翻着简书，综合判断，好像楚军有逃跑的想法。

彭城是楚国的都城，所以，当项羽得知韩信大军南下，并已攻克了薛县、沛县、留县后，他定会率主力回援彭城。从情报看有这个迹象。

固陵附近地形复杂，不利汉军展开作战，楚军一旦突过汉军的防线，他们可能从苦县（今河南鹿邑县）、谯县（今安徽亳州市）、相县（今安徽濉溪市西）、萧县（今安徽萧县）附近朝前推进。同理，打得过急，打草惊蛇，楚军可能干脆放弃彭城，退入淮南，从东城方向过长江。

为吸引项羽回援步伐，韩信当即决定放弃与汉王直接汇合的计划，兵分两路。一路向西南，迅速挤压楚军的战略空间，沿萧县、谯县、苦县，到陈地拦截楚军，接应刘邦；一路向东南，只要发生重大不利变化，迅速拿下彭城，随后取下邳、僮县（今安徽省泗县东北）、徐县，由东而西，伏击楚军。这一路要做好最后决战的准备！这样部署的目的是，既可解固陵汉军之围，又可使楚军进入汉军预设的战场。

再说，项羽从荥阳撤军，本意东归彭城。现在，他虽然把刘邦围在固陵，心中却惦记着彭城。彭城，北达齐鲁，南控江淮，自古有“得中原者得天下”“得彭城方能得中原”之说。中原为九州腹心，奔腾的黄河横贯其间。

可是，当项羽得知韩信率主力南下时，他来不及召集诸将碰头，便留下钟离昧，绊住刘邦，自己亲率十万主力，企图乘韩信立足未稳，杀个回马枪。并在彭城附近组织一次会战，像三年前一样，再创造一次奇迹，把汉军打得落花流水。对别人来说，众寡悬殊，势单难敌，对项羽来说，司空见惯，完全不算什么。他仍沉迷于过往的胜利之中，希望复制以前的辉煌！

漳水大战，仅数万楚军，破了秦军主力四十万！同样，彭城大战，楚军三万人马又击溃了刘邦联军五十六万！

就在项羽仓促率领大军，从豫西回撤，前锋到达陈县（今河南淮阳）西北时，得知彭城已被汉军取下，勃然大怒，愤然挥军要去夺回彭城。

众将竭力劝说，韩信不是章邯，也不是刘邦，目前从固陵拉回十分疲惫的楚军将士，立即同韩信展开决战，这不是上策。江东是大王发祥之地，百姓思念大王，我们何不一面坚守淮北，一面派人到会稽去搬兵，到大司马周殷镇守的舒城（今安徽六安市）和六安去搬兵，等三路兵马会合在一块，就可以对付汉军了。

汉王五年冬，北方已经下雪了。项羽睡不着觉，披衣站在营寨雪地中，雪花片片，不断落在身上。他心中思忖大司马周殷等人，怎么很久也不见踪影。

就在这个时候，却传来了周殷叛楚降汉的重大消息！

为了争取诸侯支持，刘邦新近封了英布为淮南王。英布封王后，更加疯狂地与楚军作战，他又得到汉将刘贾的协助，进兵九江。接着，他们派人围困舒城，诱降了周殷。过去周殷一直对项羽忠心耿耿，因此才命周殷为大司马，主持南方军政，统九江军，率部坚守巢湖边的舒城。

巢湖位于长江下游北岸，湖周港汊不下三百，环湖有庐江、舒城等大城邑。其中以舒城的地位、形势最为险要。只要能控制舒城，就可以囊括湖周平畴所生产的大量谷物。因此，舒城也为楚军军粮补给要地，一旦失去舒城，对楚军的军粮补给，将是一个十分沉重的打击。

降汉后，周殷便率舒城之兵配合汉军攻六安，遭六安军民顽强抗击，城破后，楚军和百姓被杀极多。此后，周殷又率军与英布、刘贾会合，攻陷城父。

周殷背叛使项羽尽失淮南地，固守待援的作战方案也落了空，断绝了项羽退守淮南的打算。他第一次意识到汉军难以力敌。

要守住一个地方，就要有粮有草有外援。只知道以退为退，以守为守，是退不了守不住的。虽说汉兵远道而来，但是，楚军只困于死地，万一汉军进攻守不住，退兵就更难了。

对项羽来说，这时最好的选择是避开与汉军主力决战，向南直插过长江，以长江天堑来固守。可惜，项羽不擅长战略全局的谋划。

他想要利用刘邦求战心切的心理，趁汉军包围尚未合拢之际，在陈县补给后，迅速引军改变行军路线，避开汉军主力，走项城——新阳——蕲县一线，南渡沱河，穿过垓下，向东南方下邳紧靠过去。进可夺中原，退可过江东。

于是，他留下一军，沿陈城周边，虚留营寨，遍插旗帜，虚张声势，造成欲同汉军决战的架势，掩护楚军主力人马向东开拔。

当项羽带着大军，来到今天安徽固镇县和灵璧县之间的淮北平原，他们不顾长途跋涉的疲倦，冒着严寒，涉过干涸的沱河。抵达对岸后，项羽和将士们心中顿时觉得轻松了许多。

"报项王！前面发现汉军营帐！"

项羽顿时神情紧张起来。他连忙跨上战马，前行至高冈处，勒马而望，果然见到前面丛林旁有不少汉军营帐。原来，韩信的东南一路大军，取下僮县、徐县后，转而西向，在此已等候多时了。

这时，后面又传来了鼓角声，追踪而至的各路汉军也已逼近沱河。

前堵后追，境地危险！项羽止军停驻，立即做与汉军决战的准备。并告诉众将士，这是关键时刻，要克服连日跋山涉水的劳顿，拼搏上阵，冲过垓下，奔向东楚，求得生路，以图后举！

原来，韩信料定项羽误以为汉军定会阻止他北上夺取彭城，把决战的重心放在陈城，他却顺水推舟，悄悄地把大军带向东，夺取灵璧粮仓，逼迫汉军不战自退。即使战而不胜，因灵璧与盱眙、淮阴、广陵相接，保住这条东南战略通道，将主力带到江南去（不过，因固陵战后的两个多月里，战场形势变化太快，楚汉在淮南和淮北展开了反复争夺战，其时，淮阴、广陵等地可能已经被灌婴别将夺取）。

根据项羽这一心理，韩信做出决定，分兵南下，多路阻击。特别是沿彭城、邳县、僮县南下的大军，设伏在灵璧垓下附近，这个部署大胆之至，预料准确，是项羽做梦也没有想到的事情。

这是韩信第一次正面和项羽交锋，意义非同寻常。诚如前人郭蒿焘《史记札记》所言："韩信与项羽始终未有一战，独垓下一战收楚汉兴亡之全局。"也可以说，这是属于两个年轻人的世纪对决，首战即终战！

韩信一向以出奇制胜闻名，但这一次有所不同，他根据楚军善于正面突破，又根据汉军人数绝对占优，直接参战人数可达六十万的情况，慎重地思考之后，制定了"以正合，以奇胜"的战术，部署了堂堂正正的五军战阵，打一场前所未有的阵地战和歼灭战。这大概就是元代人称道的"十面埋伏"。其实，就是多路设伏，步步为营，四面八方布下天罗地网。

关于垓下之战的战斗过程，《史记·高祖本纪》做了记载："淮阴侯将三十万自当之，孔将军居左，费将军居右，皇帝在后，绛侯、柴将军在皇帝后。项羽之卒可十万。淮阴先合不利，却。孔将军、费将军纵，楚兵不利，淮阴侯复乘之，大败垓下。"即：韩信自率大军为前阵；将军孔熙率一军为左阵；将军陈贺（后封费侯，故史书上称费将军）率一军为右阵；刘邦率一军为中阵；将军周勃与柴武率一军为后阵。此外，英布和彭越的军队，没有列入五军阵中，部署到了楚军侧后，主要用以牵制楚军的行动，机动策应。

这一部署的特点是：正面强、纵深大，规模宏阔，兵力高度集中，两翼策应灵活，能有效地阻止楚军的连续突破。同时，针对楚军哀兵之势，布置了大量的预备部队，防止项羽突围。

战鼓擂响了，火光四起，战马不停地嘶喊，一场无可挽回的楚汉最后决战开始了！

第四十三章　四面楚歌散楚军

清晨，山坡后竖起了“汉”字大纛，汉军露出了头，向山下冲来，势如潮涌。

“楚”字大纛在寒风中竖起，项羽摸了摸乌骓马，似有话，随即跨上了乌骓，士兵呼声大起，项羽率先展开攻击。

楚汉争雄五年，刘邦从来都没有堂堂正正和项羽对战过，一直都是用偷袭骚扰的方式消耗楚军。而这里是一望无际的原野，正适合大兵团野战。项羽相信，在这次楚汉对决中，自己一定能够取得最后胜利。

两军相接，厮杀展开。项羽见韩信出战，叱吒一声：“韩信哪里走！”

经过四五个回合较量，韩信抵挡不住，稍稍引军后退，项羽横槊挑矛突破汉军第一道军阵。

此前，刘邦见彭越、英布、刘贾、周殷等诸路人马已到，为吸取彭城被打败的教训，他不亲自指挥战斗，把决战的指挥权交给了韩信，许以非常之权，统一调度兵马。也由于诸路兵马的到来，东至泗县，南到五河，北临灵璧，西达城父，在这数百平方公里的平原上，都成了楚汉决战的战场。

韩信采用的是侧翼进攻打法，避开楚军的锋芒，诱敌深入。当项羽转过一道山冈，孔熙、陈贺率左右两军突然杀出，猛攻楚军两翼。

战斗空前的惨烈，楚军面对汉军重重包围，全无惧色，那些子弟兵像死了亲娘老子，不要命地左冲右突，全不把数倍汉军放在眼中，以一敌十，其大无畏的英勇气概，感天动地，泣鬼神，真不愧是天下第一流骄横的军队！也难怪，他们人数不是很多，却是能征惯战，百战百胜，所向无敌，特别是从江东过来的八千子弟，更是楚军的精锐，顶梁柱，惯打硬仗，惯打恶仗，让鬼见了怕！让神见了惊！不一刻，汉军阵角又被撕开一道裂口，汉军难以抵挡。

明代王猷定在他所著《汤琵琶传》中，描述了时人弹奏大型琵琶舞曲《十面埋伏》时的情景："当其两军决斗时，声动天地，瓦屋若飞坠。徐而察之，有金声、鼓声、剑弩声、人马辟易声……"

就在这时，刘邦亲率中军掩杀过来了。仇人相见，分外眼红。项羽可贵之处，在于不向困境低头，他全无惧色，率军冲杀过去。

转过了大山口，许多将领急忙赶来，力劝项羽不要再战。汉军声势浩大，这空寂的谷地，好似埋伏了百万雄兵，楚军已难以坚持，多路被分割包围，死拼无疑将拼光！

项羽这才勒住乌骓马。

楚军虽为被动，但在项羽的带领下，经过一天的战斗，这一仗打得非常惨烈，几乎全军覆灭。《史记》中只留下一句话，十万楚军，战死八万！

在此情况下，项羽只得率二万余众靠向垓下（垓下地理位置，历来说法不一，史家多从《汉书·地理志》之说，系今安徽灵璧），汉军当即团团围住，各道口用战车封死。垓下，也因此成了韩信和项羽绝杀的最后战场。

对于独步天下的韩信而言，从没有与项羽正面交过手，始终是一种遗憾。现在他只是平静地想着，如何创造出一个最后，也是最完美的作品，呈献给汉王刘邦。

楚军围是围住了，这个又大又硬的家伙到底怎么吃法呢？入夜，韩信召集各路将领前来商讨。

项羽本来是救彭城的，现在却要等人来救，欲出不能，欲守无粮，哪有不败之理？只是如何紧缩包围，尽快地消灭他，还是个难题。现在，天气一天比一天寒冷，粮草难运，六十万大军难以接济，倘若拖上时日，汉军要拿出多少的粮食和柴草，困难啊！到那时，汉军将会白白放走楚军，不战自退！

"不战自退"，这意味着五年拼杀得来的战果又将丧失！

要知道，楚军人数不多，但战斗力一点不差！他们以垓下为要塞，修筑营垒坚守，这对汉军很是不利。为了避免楚军困兽犹斗，坚持紧缩楚军于狭小范围之内，尽快地消灭他！

是啊！现在战局虽好，但这家伙吃不掉，时间拖长了，局势又会发生什么变化？有人提议，应用智慧打一场别开生面的心理战。霸王骄横，他依赖支撑战局是精锐，特别是八千子弟。如有妙计，攻心为上，瓦解军心，使他们离散，霸王虽有盖世本领，一人之力，也难以独守！

这有什么难处，先前用的是"十面埋伏"，困住了楚军，韩信又添上一计，"四面楚歌"，使之不战自散。

"四面楚歌？"众人不解地问。

韩信解释，"四面楚歌"就是传唱楚地乡音，使受困的楚军将士无心恋战，自行逃散。

"四面楚歌"是个令人感兴趣的话题，而"四面楚歌"的"楚地"在哪里呢？一般多认为楚地在湖北一带，后世多有存疑，这里做一番解释。

“楚歌”即楚人之歌、楚地之歌。

春秋时，楚国兼并周围小国，疆域西北到武关，东南到昭关，北到今河南南阳，南到洞庭湖以南。战国时疆域又有扩大。楚怀王攻灭越国，又扩大到今江苏和浙江一带。但在秦统一战争中，楚国屡次被秦军打败。迁都陈，又迁都寿春。最终为秦始皇所灭。

其实，诸侯来到这里同项羽作战的主要有韩信、刘邦、彭越、刘贾及周殷的五支人马。刘邦率领的是从起事初，收沛子弟二三千人，转战于黄河中下游，入咸阳、居汉中，后出关东征，战地只在黄河中下游地区，补充的兵源大多是关中子弟，没有那么多淮楚将士。其他四支部队，韩信来自齐、燕、赵，彭越来自梁，刘贾来自寿春，只有不久前叛楚归汉的周殷军来自南边楚地的六安、舒城。

“四面楚歌”分明是吴中及淮南、下相、下邳、彭城、淮阴、盱眙等地方音，利用楚军将士思乡之情，这是韩信瓦解楚军的计策！

不难看出，刘邦军事集团在关键时刻矛盾得以调整，韩信指挥战略对头，“四面楚歌”更使在垓下的楚军，产生了极大的震撼。

这时的楚军中士卒主要来自淮河以南、长江以北的淮楚地区，具有极强的战斗力的楚军，因此才有速败的可能。

盱眙、下相、下邳、淮阴等地在战国时属楚。秦统一中国后是秦国一个统治薄弱地区。在秦末风起云涌的大革命时代，淮楚地区成了革命的发源地。秦汉之际最具代表性的历史人物刘邦、项羽、韩信，也都分别出生在淮楚的沛县、下相和淮阴。而项梁、项羽成了反秦事业的中流砥柱，反秦烽火在中原大地上迅速燃烧，从此展开灭秦会战，淮楚成了项羽楚军的根据地、大后方，士兵主要来源此地。因此，不难看出“四面楚歌”的楚地，就是长江以北的淮楚之地。

那么，“四面楚歌”到底出自韩信，还是张良的计谋呢？

韩信与项羽同是楚地人，他知道楚歌的悲怆和魅力。张良韩地人，没有更多的机会听楚歌，韩信是前线合围的总指挥，用家乡楚歌瓦解敌人军心，使楚军离散，一定是最为有效的方法，所以，“四面楚歌”无疑也是韩信的作品。

第四十四章　虞姬安慰楚霸王

清晨，在汉军的紧缩包围下，项羽集中主力企图突围。

柱国陈婴自告奋勇打先锋，当他率手下冲出垓下后，口袋立即又被封死了。

突围不成，楚军又饥又渴，他们到处抢劫鸡犬，以至因争夺食物，彼此动武屡见不鲜。汉军的围困弄得项羽无法挣扎下去，陈婴投汉，愈使他悲观绝望。他意识到，这种情况下哪里谈得上援兵，死守就是守死！

项羽蒙在鼓里，以为陈婴突围成功，急令二三支人马迅速跟进，结果只是空高兴了一场。陈婴是不是带着队伍弃楚投汉去了？史书上并没有直接交代，只是说："项羽死，属汉。"

陈婴与韩信一样同为淮地人，低调而有故事。陈胜、吴广举义，东阳的少年们杀了东阳令，聚集起数千人，强行让陈婴当首领起事。

为与其他军队区别，他们用青巾裹头，以表示是新突起的一支义军，命名为"苍头军"。陈婴母亲对陈婴说，自从我做了陈家媳妇，还从没听说陈家祖上有显贵之人，如今，你突然有了这么大的名声，恐怕不是吉祥的事。依我看，不如去归属于谁，起事成功还可以封侯，起事失败也容易逃脱。

那时，恰逢项梁率军过长江来到东阳县境，陈婴对部下说，项氏是世代大将传家，楚国名门，要成大事，非项氏出来领导不可，我们依靠了名门大族，灭亡秦国就大有希望。于是部下听从陈婴的话，把士卒都归附了项梁。这是项梁起兵后，收留的第一支大队伍。因此，陈婴算得上楚军集团的元老功臣，也是楚军第一代核心成员，灭秦后位列三公，封为西楚上柱国。

严寒的月夜，笼罩着垓下高冈。呼啸的北风，夹杂着阵阵的野狼嚎叫声，更使人毛骨悚然。此刻，重围中的楚军将士，虽然疲劳不堪，可寒冷和饥饿使得他们毫无睡意，三三两两，蜷缩在篝火旁。

项羽巡视营地来了。看见自己率领的这支所向无敌的军队，经过连连征战已经十分疲惫不堪，心中也是不忍。沱河两岸芦苇丛中，一片唏嘘叹息之声。

骏马乌骓驮着主人缓行。前方有个土丘，沉思中的项羽一夹马肚，乌骓马一阵风似的奔上土丘的顶部。立马四望，发现敌军营帐又增加了许多，谙战的项羽愈加明白全军突围难以成功。一个随从轻轻来到他身旁，小声地说："大王该回帐休息了，虞姬娘娘正等待大王回去。"

倏然"吁……"一阵马叫声，项羽回来了。

"大王！"虞姬迎着项羽过来了。

"虞！"项羽握着她那冰凉的手，抚摸着她那一头秀发，把她紧紧地搂在怀里，好久好久，内心难过而歉意——

对于女人，刘邦是一个情种，一生滥情，女人无数，故事最多。韩信这方面却是个空白，史书上只字未提。而项羽的记载也很少见。

虞姬是我们所知项羽一生中唯一的一位红颜。"有美人名虞，常从幸"。在四面楚歌的困境下一直陪伴在项羽身边，后项羽为其作

《垓下歌》。

由于历史的缺漏，也给人们留下了无限的想象空间，后世流传有不少关于虞姬的故事和传说，大多并不可靠，但往往出于世人的情感流露。

有一种说法，江苏沭阳颜集为虞姬故乡，境内有虞姬沟蜿蜒半境，沟畔有胭脂井、霸王桥、九龙口、点将台、项宅等史迹。

虞姬容颜倾城，才艺并重，舞姿美艳，是个秀外慧中的奇女子，有“虞美人”之称。当年登门说媒的人，接二连三，但都被她婉言谢绝。“神仙托梦给我，嘱咐我只能嫁给力举千斤之人。”

举起千斤重！谈何容易。

有一天赶集，虞姬跟着哥哥虞子期去看热闹。俩人快要走到一大庙门前时，看见七八个青年，正在比试着举起一块一二百斤的大条石。这个搬搬，那个摸摸，没有一个人能举得起来。这时候，有个身材魁梧、浓眉大眼的青年，挤进人群，走到大条石旁，笑盈盈朝虞姬盯上一眼，好像对她说，我就是来举给你看的。只见他屏住呼吸，两手把条石一抓，嘴里发出“嘿”的一声轻吼，接着用力一举，大条石举过了头顶。然后，这个魁伟的青年轻松地迈着步子，绕着大庙门口的空地走了一大圈，这才把条石放在虞姑娘面前。

啊！虞姬看了，十分惊喜，不由地将头低了下去。

虞子期了解妹妹的心思，立刻上前询问。当虞姬从哥哥嘴里得知这个青年叫项羽，家住邻近的下相县时，虞姑娘更是心花怒放，含情脉脉。她因为有言在先，又亲眼看到项羽长得如此威武英俊，故一见钟情。可是不久，因项羽的叔叔项梁杀了下相县官，不得已，项羽跟随项梁一起南逃会稽。她只能把心思深深地埋藏在心底。

说来也该是天意有缘。项梁举兵渡淮击秦，项梁与章邯两军夹泗水而阵。这天，项羽大破秦军，正待乘胜追击。在路旁，忽然发现，秦兵丢下一个鼓鼓囊囊的大口袋。出于好奇，项羽丢下秦军没有追赶，忙令人将口袋打开，原来袋中装的是一个女人。

只见她浑身瑟瑟发抖，头发散乱，衣衫都被撕破了。项羽觉得她的身影非常熟悉，仿佛是虞姬的样子，难道她真是虞姬？

她也偷眼观看，啊！站在面前的将军竟是自己朝思暮想的英雄项羽！就在这时，项羽也注意到了虞姬那多情而羞怯的目光。

"抬起头来，让我看看！"项羽不由得拍手大笑，正是虞姬！

虞姬泪如雨下，她忘情地奔了去："将军！我要随你而去！"

项羽有些醉了！那不是因酒，而是由于虞姬动人的情致。他激动不已："那就留在我身边吧！"

片刻，项羽抱着虞姬上了乌骓马直奔营帐——

她自从归襟项羽后，始终和他相依为伴，项羽战斗到哪里，就将她带到哪里，随军转战千里。但她从不干扰项羽的作为，只是在他疲劳时，给他抚慰；消沉时，给他鼓舞。

项羽顾不着想往事了。他悲凉地对她说："虞！我叱咤风云数载，还从来没有陷过这样的困境。"

虞姬听了，脸上却没有露出一点惊慌的神色，反而安慰项羽："楚军虽败，并没有全军覆没，大营仍在，江东仍在，只要鼓舞士气，整顿军纪，还可以反败为胜。请大王不必忧愁。"

项羽的心境十分复杂，对这位刚强的汉子来说，他不愿把目前的境况一一告诉她，而她也十分明了，只是谁也不愿说个明白。

项羽非常内疚："虞，落到今天这个地步，不怨我吗？"

"不！大王，妾和大王祸福与共，享尽恩宠，虽死无憾。"这声音很小，却震撼人心。

"虞！天下知我者，唯有你与乌骓马！"项羽再次把虞姬紧紧地、紧紧地搂住。

虞姬莞尔一笑，便立即摆上酒菜。项羽痛饮了一回酒，饭便无心吃了。渐渐地已是倦不可支，眼皮垂落，虞姬也只好请项羽上床安歇。躺下后，一会儿便鼾声如雷。

第四十五章　无颜见江东父老

忽然，山冈下响起了一阵洞箫声，呜咽含怨，如泣如诉，刺人心脾。随着洞箫的呜咽，四面歌声大起。

虞姬大吃一惊，汉军中哪有许多人唱得来楚歌？她只觉得鼻子一酸，眼泪似断线的珍珠，滚落了下来。

这时，又听得莽莽如牛的喊话声："家乡父老弟兄们！项籍已走投无路，你们不要替他卖命，你们父母、妻子都热切盼望你们能回家团聚，只要放下手中刀枪，汉王定会优待你们！"

一阵喊话后，接着"彭城军""东海军""淮阴军"一曲接一曲唱个没完，空谷传声，回音震得十里山冈皆响。项羽猛然醒来，不禁心中大惊："难道汉军已全部占领了楚地？不然哪有如此多的楚人？"

几位楚将匆匆赶来向项羽报告：四面全是楚歌，士兵们根本经不住如此心理打击，闻声相率逃走，无法拦阻，不少跟从大王出生入死的将领，也背楚投汉去了，连项伯也不见了踪影。现在，汉军大营洞开，摆满了美酒肉食，任凭吃饱喝足，愿回乡者，还给足盘缠自行离去。

"项伯也不见了踪影？"项羽闻言脸色陡变。

天要灭楚，无可奈何！项羽一生成名于钜鹿之战，转折于鸿门之宴，惨败于垓下之围。而垓下之围，究其失败的原因，其中重要的一点，遇到了韩信这样的天才对手。战略上，从北方魏、赵、代、燕、齐等地，撒下一张大网，铺天盖地，逼迫楚军不得不退却徐淮。战术上，步步为营，如今在垓下又玩起十面埋伏，四面楚歌，以致楚军散尽，自己成了孤家寡人。

项羽伸手将虞姬拉住，这位顶天立地的汉子，这时却也泪珠挂满脸上："想不到英雄一世，竟落到今日如此地步。虞！赶快随我走吧！"

"哎！大王，怎么还要顾及臣妾？"她要项羽多多保重，赶快突围！

"虞！我项籍堂堂丈夫，岂能抛下你不管？你只管跟在我后面，汉军再强也挡不住我！"他深情地望着身旁的美人，百感交集，端上酒，连饮数樽，乃悲歌慷慨，唱出心中的悲愤和无奈（据《史记·项羽本纪》，项羽作垓下歌）：

力拔山兮气盖世，
时不利兮骓不逝。
骓不逝兮可奈何，
虞兮虞兮奈若何！

项羽歌罢，虞姬大恸，泪如涌泉。虞姬在悲愤的气氛中抬起满含泪水的脸，泣不成声，唱和道（据《楚汉春秋》，虞姬作和诗）：

汉兵已略地，
四面楚歌声。
大王意气尽，
贱妾何聊生！

项羽悲戚，进而哭泣，流下热泪数行！左右将士，也都感动得涕流满面，不能抬头。

“大王！让妾舞剑一回，以壮军威。”虞姬突然拔出项羽腰间的宝剑，说罢，便娉娉婷婷舞了起来。那剑光如同梨花飘飘，煞是好看。收剑后，虞姬猝然将剑朝脖颈上一抹，只见一道血光迸出，项羽和将士们全都惊呆了。随着“铛”的一声宝剑落地，她那娇柔的身躯终于倒了下去。

“虞！”项羽大吼一声，想救哪里还来得及？可怜，红颜薄命，一缕香魂，飞升天界。

项羽抱起虞姬的玉体，转过身去，痛苦的泪珠滚落而下：“我项籍顶天立地，到头来连你都不能保全！”他把虞姬缓缓地放在案头，从地上拾起血染的宝剑——

由于连日鏖战，汉军也是人困马乏，临近天亮，项羽带领八百名骑士，出垓下，悄悄地从汉军将士酣睡声中冲出了重围。

等韩信知道情况后，已来不及协调各路人马。但他唤来灌婴，启用早已暗伏在淮河与沱河之间五千骑兵。他告诫：前有长江，后有追兵，项羽在劫难逃。传令军中，汉王有令，抓到项羽者赏千金，邑万户！

于是，灌婴率军开始追击项羽。

这时，已冲出重围的项羽等人，马不停蹄，向东南方向狂奔。渡过淮水时，仅剩百余人。顾不上休息片刻，他们继续催动着乌骓急速向阴陵（今安徽定远县西北）方向驰去。

穿过了大山洼，山屏连山屏，九曲回肠。绕过了一道山冈，树杈似的三条道摆在眼前，他们迷路了，茫然不知所措。

忽见，有一老农扛锄而来，被老农欺骗，项羽等误入大泽之中。

他们只得按原路折回，这样一折腾，汉将灌婴已率骑兵追杀来了，截断去路，他们只好改变方向，逃往东城（今安徽定远县东南）。

向东狂奔了二三十里，仍未能摆脱追兵，项羽忐忑不安地问随从："还有多少人马？"

"二十八骑。"

"追兵能有多少？"

"数千骑。"

"数千骑？"

项羽未敢回顾，这位昔日统率千军万马的盖世英雄，深知已到了他戎马生涯的末路，心中不安地升腾起一种难言的痛楚。二十八骑无论如何勇猛也难以抵挡数千追兵，何况，经过连夜的奔跑都已困顿不堪，突围肯定难以成功。在这最后时刻，何不冲向敌阵，再杀个痛快？想到此，项羽勒马停住，肃穆地面向从者，做最后一次演讲："诸位，我随先叔父项梁起兵至今已整整八载，身经大小七十余战，所挡者破，所击者服，未曾败北，所以能有天下而称霸王！然而今日，被卒困于此，竟败于不要脸的刘三之手，真是太冤枉了！"

正说着汉军已将他们围住了，项羽从容镇定环顾了四周，他拉起了嗓门，嘴唇抖动着："今处境险恶，却不能败志，我要为诸位速战解围，斩将刈旗！"

项羽率二十八骑，以身为城堞，面向敌军。

"你们随我来，我先为你们取一颗汉将的头颅！"项羽大吼着向汉军杀去。汉军在项羽面前纷纷倒退，闪开一条通道。他直取一汉将，汉将还没有来得及举剑，槊已从天飞临，将汉将劈作两半。

汉将杨喜斗胆从侧后方袭来，项羽横过马头，眦目欲裂，大吼一声："竖子！"

这声音如同平空响了个炸雷，杨喜吓得魂飞魄散，逃之夭夭。楚军三路迅速出击。

项羽骑着乌骓横冲直撞，槊挑剑劈，如入无人之境。汉军一都尉避闪稍慢便被项羽挑下战马。汉军乱成一团。

项羽在离开汉兵一段距离之后，问从骑：“我的话如何！”

“果然和大王说得一样！”

他一会儿又问：“还有多少铁骑？”

“二十六骑。”

项羽情绪更加激荡起来。

从东城下来二三里，大片汉军仍遥遥尾追不舍，前面就是长江的渡口乌江。

项羽及随从骑沿着乌江岸边继续驰行。已是黄昏时分，要渡江东归。这时，一只小船由岸边芦苇丛中驶出。

“大王！”舟中白发老者高喊。

项羽警惕地勒住马头，只见老者拜伏于船头：“大王，请放心，我乃乌江亭长！请大王速速登舟！”

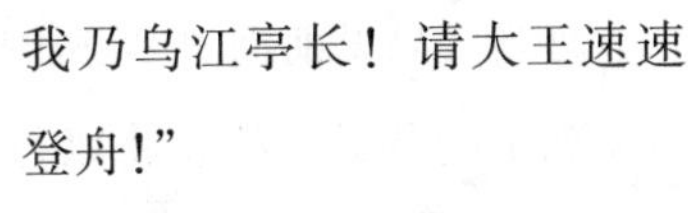

乌江亭

项羽并未上船。乌江亭长又催促道：“江东父老在江边等待着，请登舟吧！大王！父老们要小人禀报大王：‘江东虽小，地方千里，子弟数十万，以江东为根基，东山再起不难。’大王情况危急，臣独有此船在此，请大王速速登舟！”

忽然，项羽改变了主意，

感慨地对乌江亭长说："一叶扁舟，怎可渡我众人？既然天要亡我，我岂敢苟且独生？况且，当年项籍与八千江东子弟渡江，纵横天下，挫灭强秦，今日无一人生还；纵然江东父老们不加苛责，仍尊我为王，我又岂能于心无愧！项籍知道亭长你是一位忠厚长者，这匹神马跟随我五年多了，南征北战，日行千里，所向无敌，今恐为汉王所得，又不忍杀它，就把它赐给你吧！"

他将马缰绳攥在亭长手里，转身下令："下马接战！"

从骑纷纷下马，手持宝剑，列成一排，面向敌人。

项羽和从人与潮水般汉军短兵相接。他挥舞着剑，在敌阵中狂舞，血肉横飞。已剩下他一人了！一群汉将围住项羽，但不敢近身。

"来！"项羽向他们浅浅一笑，招手："我听说刘三已许了千金封赏。来！哪位将军敢取霸王的人头？不敢？来！来呀！"

汉将们跃跃欲试，一点点向前进，又无人敢于最先出击。项羽哈哈大笑起来，汉将们颤抖着向后倒退。

忽然，只见前面一个熟悉的身影，这不是故人吕马童吗？项羽仍不失霸王的英雄气概，将以往的豪气一下子迸发出来："吕马童！听说刘邦赏千金，邑万户，买我这颗头颅，这个人情就送给你吧！"说罢，横剑自刎，慢慢倒下。

项羽死时，年仅三十一岁。

项羽死后，郎中骑王翳迅速从惊愕中反应过来，飞身下马，割下项羽的首级，打马而去。余众争抢项羽的尸体，以至纵马相践踏，互相厮杀，数十人死在马蹄、剑戟之下。

其后，郎中骑杨喜、骑司马吕马童、郎中吕胜、郎中杨武各得项羽尸体一部分，连同王翳得到的头颅，刘邦不失前言，为表彰他们的功劳，五人分了万户，都被封为列侯。

垓下之战，是楚汉相争中决定性的战役，既是楚汉相争的终结点，又是汉王朝繁荣强盛的起点，更是中国历史上具有里程碑意义的转折点，结束了秦末混战的局面，奠定了汉王朝四百年基业。因其规模空前，影响深远，被列为世界著名古代七大战役之一，有“东方的滑铁卢”之称。

应该说，韩信是项羽的克星，从登坛以来，连战皆捷。如果没有韩信在军事上取得胜利，就不可能有刘邦的最后胜利。从这个意义上来看，没有韩信，中国历史上就不一定会出现一个大汉王朝。

一代西楚霸王轰轰烈烈地死了，能给韩信带来什么样的思考呢？新的矛盾代替了刘邦与项羽之间旧的矛盾，在新旧矛盾的转换中，韩信又会有一个什么样的结局呢？

霸王祠

第四十六章　左迁韩信封楚王

项羽虽死，但楚地并未完全收复。

为了消灭残余楚军，刘邦和韩信随即着令灌婴率军从淮南东进，掠定黄淮，打过长江；刘贾率军，从淮南向南，收复不肯顺从的楚临江王共敖；周殷率军回师舒城，截住越江南逃之敌。

刘邦、韩信则率军回师北上，围攻心怀霸王旧恩且不肯归降的鲁地。

诸路兵马出发后，刘邦、韩信沿泗水进发，一路顺利，唯独鲁城不肯投降，攻打了多日也没有破城。

刘邦觉得不像样，他派使臣去告诉鲁城的人，天下都已归顺，不要再坚持下去，不然大军将把鲁城踏平。

张良劝刘邦，得天下的人，要施仁政，不然和霸王还有什么两样。鲁城是项羽当初受封鲁公的城邑，不要小看城小，这里人还挺爱讲个理。鲁是礼仪之邦，周公的封地，是天下尊敬的地方，不能用暴力去强迫他们。如果鲁倡议率义兵为项羽报仇，鼓兵过江，必为后患。

这话有道理，刘邦又让使者去告诉鲁城人项羽已死，并将项羽首级挑在竹竿上昭示他们，还好言好语劝慰，只要愿意归顺，就马上以鲁公之礼安葬项羽。

鲁城的人一想，觉得像刘邦这样宽宏仁慈之辈，得天下是早晚的事，于是打开城门，欢迎汉军进城。

刘邦率人马入城安抚百姓后，便命人把项羽的首级和躯体缝合起来，以鲁公封号，厚葬于谷城东十五里，并令官府在鲁地立庙享祭。

他想起了项羽威服诸侯，灭掉秦国，分裂天下，才使得他有今天的局面，特别是鸿门宴上没有杀他，睢水胜利后，太公、吕雉在楚三年，好好供养，没有受到委屈，这足见项羽也不是什么罪恶极大的暴君。

刘邦又想起了项羽叔父项伯，鸿门救难、汉中讨封、广武对阵救太公。要是没有他，别说汉室天下，就连我们这帮人尸骨也不知道哪里去找了。虽然他才不及韩信、张良，功不比萧何、曹参，却是奠定汉室基业的特殊功臣。

对！不能亏待他，要好好封他。但一定不能寒碜了那帮抛头洒血的功臣将士，可封得含糊些，给他一块人少地大的地方，让他自己经营去。

不久，了解到项伯早已降到张良帐中躲避多日，刘邦立即命人将项伯引来相见。叙谈后，封项伯为射阳侯，划淮阴东南、射水北的大片土地给项伯，算是对他的回报。

鲁地平定后，刘邦、韩信还军定陶（今山东菏泽），韩信和他的三十万齐军，在离刘邦营地不远处安营扎寨。

不久，江南掠定的消息传来了！楚临江王共敖请降的消息也传来了！多年梦想的太平实现！至此，历时四年半之久的楚汉战争终于结束了。

夜晚，汜水岸边燃起大堆大堆的篝火，把夜空燃照得通红，千千万万将士们，忘情地欢呼着，整个汜水两岸人摩肩接踵，远远看去就像在火焰里穿行。

韩信、张良来到这里向刘邦贺喜。随后，淮南王英布、梁王彭越、赵王张敖（张耳之子）、韩王信、燕王臧荼、衡山王吴芮也都来到了。

以韩信领衔，韩信连忙将诸侯联名书写的奏疏呈上：

“先时秦无道，天下诛之。大王先得秦王，平定关中，于天下功劳最多。存亡定危，抚安万民，功盛德厚，又加惠于诸侯王，有功者使他们得以立社稷。如今，天下已定，位号比拟，大王与臣等并称于王，无上下区分，使大王不世功德，不能彰显于后世。所以，臣等冒死上疏，再献皇帝尊号，状乞准行！”

刘邦眯起眼，美滋滋地反复看了几遍，知是由名震天下的韩信及其他诸王拥立自己为皇帝，便说：“齐王与众诸侯联名上来奏疏，要推举我为皇帝，这不能，我平庸之人，无贤德可言，我怎敢当此尊号?”

一听，大家觉得有些不对劲，跪下齐呼：“兴王易姓，虽云天命，实系人心。大王起于布衣，战强秦，诛暴逆，功臣皆得以裂土分封，可见大王本无私意。大王如不称皇帝尊号，我们都会怀疑自己的封号有无意义。”

刘邦虚与委蛇地推辞一番后终于答应。张良、陈平和博士叔孙通当场占卜，得二月甲午为黄道吉日，刘邦便传令太尉卢绾和叔孙通等人排好仪式，准备登上帝位。

这一切安排好后，让人意想不到的是，蓄谋已久的刘邦，立即对韩信下了黑手！

项羽已死，天下已定，对刘邦来说，韩信已经失去利用价值了，但刘邦总有一块心病挥之不去。汉之得江山，韩信的功劳最大，威望最高，能有资格和刘邦平起平坐的只有韩信。就只有韩信了！早在成皋被围时，韩信就以“代理齐王”相胁迫，彻底惹火了刘邦。现在韩信帅印在手，重兵在握，对刘氏新政权的建立和巩固构成了莫大的威胁。特别让人害怕的是韩信的军事才能，还有韩信在军队中的崇高威望，如果让韩信回到齐国地方，必将会留下无穷后患。将要登临大位的刘邦能睡得着觉吗？

齐地幅员辽阔，带甲百万，方圆二千里，东临大海，有渔盐之利。自从战国以来，人们就把东方的齐国和西方的秦国，看着天下的两个重心。而齐地又同燕地、赵地相连接，战略地位十分重要，并且燕、赵皆为韩信所取，易于互相联成一气。后来有人建议，齐国地位特殊，不是刘邦嫡亲子弟，不能封到齐国为王，说的就是这个道理。

于是刘邦决定，趁此机会解除韩信的兵权，将归韩信指挥的大军，改由自己直接统辖。并给韩信挪个位置，遣他到楚地去，楚地淮北狭小贫瘠，又无险能守，却名正言顺地算是让他显扬故里！

张良、陈平认为似无不可，但怕夜长梦多，就在定陶动手，攻其无备。

其实，张良最是明白人。自古以来，哪个帝王不是猜忌心甚重，刘邦也是如此。连忠心耿耿、任劳任怨的萧何，自以为刘邦最信任他，也屡受猜忌，终日战战兢兢。而韩信，有奇谋，善用兵，功最高，王侯将相一人独任，他要是真有野心的话，完全可以韬光养晦，不露声色，有的是时机。可以说，凭借韩信的杰出的军事才能，打败刘邦应该有十足把握。可他是书生，不懂得权术，缺乏政治人物的奸诈和凶残，他心里根本就没有背叛刘邦另立天下的企图，或许尽忠尽职，就是他唯一的目标。但韩信过于孤傲自信，不善伪装，容易引火烧身。

春秋时，范蠡侍奉越王勾践，终于灭亡了吴国，勾践因此称霸诸侯，而范蠡知道勾践不能同安乐共富贵，于是泛舟五湖。如今，韩信功成了，名满天下，但一定要不伐己功，不矜己能，否则，汉家岂能容忍一个功高盖主的大王？人生绚烂过后，总要归于平淡，何不及早抽身，跑到家乡淮水边去钓鱼晒太阳。但作为汉家首辅的张良，这些话能说得出口吗？

第二天清晨，刘邦率张良、陈平及卫队千余人，突然袭击韩信大营，以迅雷不及掩耳之势收夺了韩信的兵权，重演了当年“修武夺兵”的一幕。

接着，刘邦采取严厉措施，把韩信由齐王改封楚王，定都下邳，完全剥取了韩信的三齐之地。此时的楚地，南有淮南王英布，西有梁王彭越，刘邦占据齐地，三面紧紧包围住了韩信。

左迁韩信的理由就是：齐王帅印在身，功高权重，难免不引起小人妒忌，万一齐王受了委屈，汉王又怎么对得起齐王？天下尚不太平，北有匈奴滋扰，东有田横作乱，但最叫人头疼的，楚地是项羽巢穴，楚将钟离眛、季布至今未获，如无德高望重之人镇守，恐生不测。义帝无后，齐王为淮阴人，熟悉楚地风俗，不如使齐王迁楚，一

著名的汶上观

来镇守楚地疆土，二来使其荣归故里，令先人茔陵生辉。

韩信对刘邦的所为，已经不以为然。

不过，韩信早就看出刘邦对他的用心，但未曾料到，刘邦翻脸像翻书一样快，刚刚夺取天下，竟会如此待他，面露不悦之色。

韩信是一名军人，知恩图报，心怀坦荡，敏于对敌，却不知如何自全。而刘邦是一政客，疑心太重，像秦始皇一样，怕人威胁他的天下，只要涉嫌如此，不管他功劳多大，不管他是否忠心，都要采取一切手段把他搬开。看来自己正是犯此大忌！自己为刘邦构建了汉室大厦，又将他送上了皇帝的宝座，难道还能将他拉下来不成？审毫厘之小计，遗天下之大数，自己攻城略地，谋划天下，不过是为了做一个一人之下，万人之上的大王而已，齐王楚王都是王，以退为进，忍一忍事情就过去了，这是保持君臣大义的办法。算了吧！富贵归故乡，也算遂了多年的心愿。

他赶紧捧出印符交给刘邦。刘邦接过印符，少事盘桓，便与张良、陈平等人起身离去。

应该说，韩信的改封，是刘邦为了防范韩信的重要步骤，只是韩信没有深究其理，忽视了这一个不该忽视的重要信号。否则，韩信以后的历史悲剧就可能不会发生了。

第四十七章　南宫论功定三杰

刘邦解除了韩信兵权，控制了军队后，重新安排了人事，调整和分封了英布、彭越、韩王信、吴芮、张敖、臧荼等一大批诸侯。

分封并不是刘邦的本意，只是暂时稳定天下的一个缓冲措施。

刘邦亲身经历推翻秦王朝的战争，作为项羽分封的十八路诸侯之一，亲见项羽分封诸侯，结果导致了天下大乱。他要牢记项羽的失败教训，绝不能让诸侯们拥兵自重，独占一方，以后不仅要削弱他们，而且要逐步消灭他们，恐怕这个方案，刘邦早已成竹在胸。

这年二月初一，刘邦在定陶汜水南面，身披龙袍，腰缠龙带，头顶皇冠，祭天祭地，即皇帝位。

接着，刘邦昭告天下："追封先母刘媪为昭灵夫人，册封原配吕氏为皇后，儿子刘盈为皇太子，定国号汉。"从此时，即汉高帝五年（前202）二月，刘邦在秦末战乱之后，终于建立起一个统一的新王朝，他成了汉朝的开国之君，第一任皇帝，史称汉高祖。这一年，刘邦五十五岁，吕雉四十一岁。

登基大礼完毕，刘邦怕诸侯王会威胁朝廷，于是，又下了道谕旨："天下大战已有八年，百姓所受痛苦非常深重。凡诸侯皆罢兵归国，所有部下士卒，除少量能授职外，亦令遣送还家，本人免输户赋。”

各诸侯接到圣旨，心中自然明白刘邦用意，便知趣地依旨行事。

定陶登基礼后，随即，刘邦率众浩浩荡荡开进洛阳，以此作为都城。

这一天，在太尉卢绾、博士叔孙通主持下，白天，先在郊外举行了祭天祭地的大典。傍晚，又在洛阳南宫设宴庆祝。

掀翻兮苍穹，踩平兮大地，英勇无敌兮汉军！桴鼓兮滚动，豪情兮冲天，降龙伏虎兮皇帝！永享太平兮人间！

在这惊天动地的歌声和鼓乐声中，宴会开始，文武百官向新皇帝叩拜，山呼万岁。刘邦斟满酒杯，与众人开怀畅饮。

刘邦的心情是多么惬意，当年“大丈夫当如秦始皇”的感慨终于梦想成真，但也勾起了他的心思。现在，人世间已换成了汉家天下，自己既不是秦朝的乡间亭长，也不是楚汉争战中的汉王。作为皇帝，如何总结秦人的治国经验和败亡教训，避免前车之鉴，安定天下，这是十分重要的任务。

他首先出了道题目，叫大家不要有任何顾忌，心里怎么想就怎么回答：“诸位，朕在醉人的美酒面前，未敢忘忧，马上得天下，还能马上治天下？由此，想到轰轰烈烈的秦王朝，为什么二世而亡?”

刘邦突然提出这样的问题，大家一时语塞。

三个多月来，这些因无仗可打而闲得发慌的功臣勋将，日日谈论、夜夜盼望的只有一件事，就是何时论功封赏！令人不解，刘邦论功行赏的事没有提及，却先提出了著名的洛阳南宫对话。

刘邦又问：“诸位，朕还有一个问题，贵族出生、不可一世的西楚霸王项羽，雄兵百万，挟地千里，则失却天下。而我起于丰沛平民，困窘关中，兵微将寡，终有天下，这又是何原因？”

吕后看了旁边的审食其一眼，审食其会意。

他阿谀地说：“霸王虽强，所到之处，烧杀抢掳，不得民心，失去天下。况且，陛下能有今日，殆天命，非人力所为也！”

王陵仗着刘邦是他早年的朋友，也毫无顾虑地说：“陛下平时待人，轻视怠慢，不如项羽宽厚仁爱。但陛下对能攻城略地的将士，每得一城，便作封赏，所以人人都愿意出力。而项羽则不然，他嫉贤妒能，多疑好猜，打了胜仗也不能得到奖励，更别说封王划地，故人心不稳，将士们都不愿拼死效力，所以他失去了天下。”

王陵的话具有一定代表性。汉帝国是从战场上杀出来的，会使人产生一种错觉，以为战争的胜败全靠刀枪剑戟来说话。当时，可能大多数的人都认为，刘邦战绩不佳，之所以夺得天下，是这些拼杀战场的人们帮他打下的，特别是韩信定秦、破魏、击赵、胁燕、平齐等八大战役，决战决胜，对最终打败项羽起到了决定性的作用。如果这样看问题，他们的功劳岂不比刘邦还要大？整个帝国全瓜分完了，也不够封赏的，皇帝位置是不是也要让出给韩信做？

不过，想到韩信，刘邦一颗悬着的心，暂时放下来了。改封韩信为楚王，韩信并没多大反应。看来韩信拼命地打天下，终极目标，不过是博取富贵罢了。他以市井之心求其利，只想做一个诸侯王，显然和自己追求的目标远远不是一个层次，如果真是这样也就好了。

战争是政治的继续，是政治统帅军事，而不是相反的。韩信和武将们的作用固然有目共睹，但多数情况下起着主导作用的却是文职人员，却是我刘邦和萧何、张良这些人。当初，分封天下豪杰，只是那时为孤立项羽的特殊手段，如今时过境迁，王陵这帮人，还将封王划地看作是战胜楚军的主要原因，极为不妥。这是一个舆论导向的问题。

或许，这些正是刘邦经过一段时间认真思索，甚至是痛苦地思索的问题。刘邦又对大家说："你们只知其一，不知其二！朕以布衣提剑取天下，重要的是得人才，用人才。夫运筹帷幄之中，决胜千里之外，我不如张子房；镇国家，抚百姓，供给军需，源源不断，我不如萧何；连百万之众，战必克，攻必取，我不如韩信。这三人都是人杰，是兴汉三杰，我能任用他们，这就是我能夺天下的原因！而项羽仅有一个能人范增，尚且不能任用，逼得他辞职返乡，悲愤而死，所以项羽怎能不被我消灭。"（语出《史记·高祖本纪》）

刘邦语出惊人，谦虚而精辟。论功劳，还是刘邦的功劳大。在刘邦的统领下，知人善任是夺得天下主要原因。他还特别感激萧何、张良和韩信为其帝业建立起的卓越功绩。

在场的人群情鼎沸，都伏拜于地，称赞刘邦说得好。认为刘邦是个大情怀的君主，有如黄河之水，浩浩荡荡，拥有压倒一切的魄力，识人用人，不拘一格。

君臣心悦诚服，应该说，刘邦赢得了这场争论。

"初汉三杰"论，不久也传到韩信耳中，韩信认为刘邦没有忘记自己的盖世之功，也庆幸自己没有背汉自立的选择，心里快意了许多。

其实，我们无须评价刘邦谈话的对与错，而刘邦把张良、萧何、韩信相提并论，并不十分妥当。尽管决定战争胜负，不能缺了任何一个方面。但是，军事的力量必须用军事手段来摧毁，就军事上打败项羽来说，真正起决定性作用的是韩信，而不是张良、萧何这些人。当然，这是个题外话。

第四十八章　归故乡千金增陵

转眼间，冬去春来，韩信徙为楚王，定都下邳（在今江苏邳县南），待楚地初步安定后，他就准备返回离下邳二百余里的故乡淮阴。

沿泗水向南，过了淮泗交会地，泗口至末口之间，一条宽阔的大河蜿蜒展现在人们眼前，南岸的淮阴一派湖光水色。

春秋末年，吴王夫差为北争中原，开凿了邗沟，使长江之水，在淮阴末口与淮水相连，沟通了南北，也因此成就了一代才略与专横君王的霸业。从那时起，好似龙脉被打通，古淮阴就成了一块风水宝地。襟吴带楚，人杰地灵，英雄辈出。除了韩信外，汉赋大家，名满天下的枚乘、枚皋父子，汉末名将臧旻、臧洪父子，“建安七子”之一陈琳，三国名人步骘，唐代著名诗人赵嘏，巾帼英雄梁红玉，《西游记》作者吴承恩，抗倭状元沈坤，清代“扬州八怪”之一画家边寿民，抗英民族英雄关天培，大医吴菊通、何金扬，京剧宗师王瑶卿，一代开国总理周恩来都诞生在这一块热土上……

2020年三月初，我们从运河古道北行，对淮阴古镇进行了一次考察。

舍舟登陆，以骑行方式从淮安古末口出发，沿里运河堤经韩侯钓台、漂母祠，向西依次穿过里运河、京杭大运河、盐河，至清江浦城

淮阴市碑

南韩母墓。再向西过二河，抵黄、淮、运河交汇之处的马头镇。沿运河长堤南行至枚乘书院，过漂母墓，至高家堰零公里处。

登上高堰大堤，南望烟波浩渺的洪泽湖，北眺淮水与泗水交汇的泗口，向东回望末口，河网密布，流水纵横，河道水泽之间，风光无限。曾赋诗一首（《访古淮阴镇》）：

> 背起行囊踏上车，淮阴马头春潮催；甘罗城内桃花雨，张福河畔白浪飞。长堤十里寻二枚（枚乘、枚皋），清口探得灵运碑；石工头前眺洪泽，楚天苍茫雁字回。小河村边杨柳岸，一饭之恩千古垂；韩信城下访韩母，敢问英雄归不归。

不过，这片区域地名复杂，寻访颇为不便。笔者以为，淮阴故地的马头镇、城南乡，何不改称“淮阴镇”和“韩侯乡”。而主城区在淮水北的淮阴，南岸大部分已划归清江浦的情况下，何不恢复清河历史旧称。

这是题外花絮，言归正传。

回来了！回来了！韩信登上古渡口，似梦中醒来，意识到故乡到了。

他翘首眺望前来迎候的地方官吏和众乡亲，既感到兴奋，又似乎紧张。从一个落魄市井少年，岁月悠悠，奋斗不息，终于登上了人生事业的顶峰，其间甘苦唯有自知。对于故乡，他曾有过不安，恨不能早些逃脱。可是，随着岁月的流逝，韩信却愈来愈想念了。漂母大娘、南昌亭长及那个屠中恶少，他们怎么样，自己已离开淮阴八九年了，乱世之中他们都还好吗？韩信眼睛有些湿润。

当韩信一行来到淮阴市口时，拥挤在那里的众人见到韩信，欢声雷动。韩信是天下数一数二的大英雄，更是淮阴人的自豪和荣耀，他打败了西楚霸王，又将江山让给了沛县人刘邦做皇帝，这样的男人，世上几百年、几千年才能出一个！

市口中间，有块高大青石巨碑兀然挺立，正面刻有“淮阴市”三个大字，两旁刻有“王孙故趾，留芳百世”的警联字样，背面还镌刻着韩信故里几个大字。

巨碑对面不远处就是一座木桥，这是当年胯下受辱的地方。

韩信不由得倒吸一口冷气，触景生情，往事涌上心头。再定睛一看，桥头还五花大绑跪着一个人，韩信简直不相信自己的眼睛，竟是那个“屠中恶少”！

仇人相见，怒火在心中燃烧。胯夫恶名市井儿童笑，刘邦不拜将，博得龙且、霸王轻。曾经的韩信，成了“胯下懦夫”的代名词，人见人骂，若不是遇到萧何鼎力相荐，自己这辈子还不成了个什么样子？现在韩信回来，该是有恩报恩，有仇报仇的时候了。

就在韩信凝视的片刻之间，人们看到了韩信眼中沉积的愤怒，知道屠夫今天躲不过去。他们喝道：“跪下！杀了这个恶棍，为楚王大人报仇！”

“报仇？”听到这话，韩信反而不安起来。杀了屠夫，不过就是一刀二刀之事。淮阴是养育我的故土，当年忍辱未开杀戒，今日还乡，难道为报私仇要杀人？

韩信是一个宽宏大量之人，且充满同情之心，现在该是了却当年恩恩怨怨的时候了。他意味深长地对屠夫说：“我岂小人，冤冤相报？本王恕你无罪，留在我帐前听用！”转而，他对部下说：“此人壮士也！让他做个楚国中尉吧。”

屠夫吃惊得目瞪口呆，不敢相信自己的耳朵。一旁的人们连忙提醒他，还不快快谢过楚王大人！他这才醒悟过来，猛地扑倒在韩信的脚下，不死就是万幸，怎么能不记前仇，还封我为中尉？不知说什么好，他只是一个劲地叩头作揖。

韩信对屠夫的处置，展示了他的大将风范。中尉是一个比较高的官职，秦朝和汉朝初期的中尉都是率领禁兵负责京城安全的高级军官。

其实，韩信经过多年的征战，特别是当上齐王、楚王后，他对昔日的胯下之辱早已看淡，人们也因为韩信能忍辱，而更加地对他敬佩。如果此时还要找屠夫报复，传到社会上，会被当成一个大笑话。

里运河畔

横扫天下的韩信，就这么一点胸怀，反而会降低自己人生格局。

韩信感慨地对屠夫说：“若提当年之事，你也有功。你侮辱我的时候，难道我真的不能杀你？当时我若选择了冲动，就会搭上自己的命，也不会有今天的如此成就。”

不久，韩信回到了故里南昌亭。

南昌亭为古今名胜地，在古淮水南岸。南宋《舆地纪胜》：“相传韩信生于此地。”现存有“韩信城”和“韩母墓”等古迹遗址。汉武帝年间，司马迁还曾亲临现场，凭吊了韩母墓。

韩信找到当年的南昌亭长，尽管曾经在他家蹭了几个月的饭，韩信并没有对他有多少感恩之情。但韩信还是赏赐他百钱，作为当年的吃饭费用，并说：“朋友之道，君子以德，你们夫妻丰食而不施，小人也。”

亭长不无叹息，漂母给了几个月饭吃，就是情义？南昌亭长给几个月饭吃，怎么会是小人？亭长夫妻二人并不认可韩信的说法，心里窝了一肚子的火。

这次回乡，韩信心中只是念着漂母。在自己最为落魄的时候，是漂母伸出温暖之手，救自己于昏死的河边！他要履行了自己“吾必有以重报母”的诺言，赏赐千金给她。

当得知漂母已经去世时，韩信感慨万千。多年来，无时无刻不想着那一饭之恩，是它重新燃起自己生活信念，因此才有了今天风光的韩信，可如今，让韩信今生今世无以报答！韩信前后思量，漂母既已作古，那就千金增陵（语出《水经注·淮水》），给大娘修缮墓地，树一座无字丰碑，和我家母墓一样，以尽韩信的心意。

滴水之恩，以涌泉相报。淮阴的百姓十分感动，孩童们反复唱起了这样一首歌谣：

韩王孙，昔何懦，恶少年，能死我？勇拔山，新裂土，归来报功赐漂母！赐漂母！

第二天，韩信把准备好的金钱，分发给众乡亲，以作增陵劳役之费。数百人披星戴月，为漂母墓轮班兜土，不久便像小山一样拔地而起，蔚为壮观，镶嵌在淮水岸边。筑好墓后，韩信在墓前立了一块青石碑，还在周围栽了许多垂柳、淮树和柏树。接着，他又具黑猪、白羊前来致祭，不禁黯然泪下。

这一段时间，称王于故乡的韩信，走街市，访乡亭，真是忙碌又惬意。

“大丈夫忍天下人不能忍，故能为天下不能为之事！”当年的抱负已经圆满地实现，从故乡父老的眼神中，看到了敬仰之意。

应该说，韩信高调地还乡活动，并不只是为了了却当年的恩怨那么简单，自从定陶被剥夺兵权后，韩信就已经和刘邦貌合神离。为了不激化矛盾，他是否在向刘邦传递这样信息：韩信是一个重情重意的人，当年当众使自己胯下受辱的人，也能以德报怨，对于重用我的皇帝，能有不敬之心？放心吧，当个楚王，我已经心满意足，不会再有其他的非分之想了。

殊不知，一场灾难正在逼近，韩信衣锦还乡的美梦，将要化为过眼的烟云。

第四十九章　收留故友埋祸根

盛夏。新王朝的一个早朝，南宫大殿站满了文武官员。

皇帝刘邦在御座上望了下去，见臣子们在他的脚旁边磕头，那磕头声很软和但很清楚，传至殿外。

刘邦体验到了皇帝的威严，可他心里并不踏实，担心有朝一日他们的脑袋不再叩头。

汉王朝建立的初期，天下并不安定。分封的异姓诸侯王和项羽的一些旧势力，乘国家新立，不能处处做好防范，积蓄力量，联手制造混乱，图谋不轨，构成了对朝廷的重大威胁。

齐地的田横，自从被韩信打败后，率残部投奔了彭越，在那里留居了些日子。后来田横惊恐起来，想到对汉军有罪，彭越已被刘邦封为梁王，如果久居下去只怕是凶多吉少。这样考虑后，他又带领手下，向东海方向逃去。

原楚国重要将领中，除了投降的外，钟离眛、季布等一些大佬级人物并没有被抓获。特别是季布，曾在彭城大战后，紧追不舍，险些让自己送了性命，至今还在潜逃之中，应立即派人四处缉拿，捉到他后，定要剁成肉酱，方解心头之恨。刘邦下旨："凡能捉到季布的，赏赐千金；凡是藏匿不交的，与季布同罪，灭门三族!"

刘邦最为担忧的还是韩信。虽然韩信三十万大军被收编，齐地也被刘邦收回，但他仍保有天下第一大藩的楚国。

韩信由齐迁楚，能真心接受吗？齐是大国，有盐渔之利，楚已不是原来的楚国，只限于今天江苏苏北一带，还不包括彭城，且为四战之地，一旦天下有变，于楚不利。但是，韩信就是韩信，天下不会再有第二个韩信！不可思议的是，他职掌赵地、齐地的时间都不算很长，却每次都能在极短时间内，动员和训练出几十万精兵，让人感觉脊背发凉。若落地生根，他会不会在楚地一样壮大发展起来？

近来，刘邦还得到报告，韩信处理了战后许多问题，整顿了治安，建立起一支较为强大的封国军队。巡行楚国各地时，他都带着戒备森严的警卫部队。在刘邦的眼中，这些无疑都给他带来了威胁。

所以，刘邦现在不仅要妥善办理建国大事，还要肃清项羽残余和剪除以韩信为首的异姓诸侯势力，这是汉初政策性的大事！

而一心想搞好楚国建设的韩信，哪里知道刘邦天天在惦记着他，时时关注着他的一举一动，生怕他一不小心又强大起来。不料，这时发生了一件不该发生的事情，为刘邦提供了所谓口实。

韩信从淮阴回到了下邳后，有人将一位神秘兮兮的来客引见给了韩信，这人就是刘邦要捉拿的重要战犯——楚将钟离眛！

让韩信为难的是朝廷缉拿钟离眛的风声很大，暗探又四处出没，倘若自己窝藏了他，不是找话柄给刘邦来抓？

钟离眛，伊庐（今江苏灌云县）人，与韩信的家乡淮阴相距不远，两人早年就是要好的朋友。后来两人都投奔到项羽麾下，韩信因为不被重用改投刘邦，而钟离眛凭借战功，成了项羽麾下和龙且、季布、英布、虞子期齐名的五员大将，投手举足在楚地有很大的影响。

尤其是汉王四年前后，智勇双全的钟离眛，曾经给刘邦制造了许多麻烦，他和范增对汉军威胁最大，成了刘邦必欲除之的二号人物。

刘邦不得已用陈平的离间之计，自己最终才逃过了一命。后楚军前线溃败，唯独钟离眛一路能够固守得住，虽最终没达到拖延效果，但这主要是因为楚将利几的叛降。垓下之战时，楚军在垓下大本营瓦解，钟离眛见项羽大势已去，他并没有随着项羽一起殉难，也没有在项羽死后投降刘邦，而是从乱军中潜逃了出去。

钟离眛与韩信具体交往的情况，史书上没有记载，或许这只是韩信在大革命时代一份被遗忘记忆。

韩信是个十分讲意气的人，他对漂母一诺千金，说到做到，情义无价，在漂母故去的情况下，还让将士和百姓为其兜土增陵。他对刘邦，更是不忘重用之恩，明知自己可以独立天下时，仍拒绝蒯彻等人劝说，这需要多大的格局和勇气。

在经历几个月的逃亡之后，钟离眛打定主意投奔韩信。韩信看到故友落难归来，还是答应收留了他。

收留钟离眛，在后世人眼中，无疑是一种抗命于朝廷的图谋不轨行为。但在秦汉之际，人们特别重视朋友之交，为了朋友，牺牲也在所不惜。当时项羽战死后，为了逃避追捕，项伯潜逃到张良处，张良将他保护了起来。夏侯婴得知季布下落后，同样也将季布保护了起来。这些在当时并不是多大的秘密。自然韩信收留钟离眛也在情理之中。

就在这时，韩信得到了两条看似矛盾的信息，心里不禁犹豫起来。

一条就是关于季布的。季布潜逃后，被卖到鲁地一朱姓人家为奴，朱家知道他的真实情况后，劝季布弃暗投明。朱家来到京城找到朋友夏侯婴，并对夏侯婴说，季布是项王的臣下，替主人尽力那是他分内之事。现在，皇上刚刚得了天下，就不肯放过这么一个人，这不给天下瞧着皇上的器量不够大吗？况且，像季布这么有才能的人，皇上这么急急地捉拿他，那他不是往北投奔匈奴，就是往南投奔南越。

这不是逼着有才能的人去帮助敌人？夏侯将军是朝廷的心腹命官，为何不去向皇上说明情况？这是为国出力，为主尽忠的好事！

夏侯婴入朝见刘邦，启奏了季布之事。认为各为其主，正是季布之忠，使得大臣们像季布，何患天下不治？愿赦一人，而天下尽像季布。刘邦觉得此话在理，新登基的皇帝为治国不计私怨，可以昭示天下宽大为怀，便依了夏侯婴的话，赦免了季布之罪，并拜他为郎中，使他成为了新王朝的一位高级干部。

韩信得知情况后，心里热乎起来，季布和钟离眛都是项王手下的大将，都是钦点要犯，既然刘邦能赦免季布，也一定能赦免钟离眛。只要稍拖时日，待刘邦怒气减缓，由韩信出面，替钟离眛求情，刘邦会给自己一个面子，可能会赦免钟离眛的前罪。

可是时隔不久，就在韩信准备去见刘邦时，却传来了另一条消息，楚将丁公投诚被杀。能否替钟离眛求情，韩信心中又画上了一个问号。

丁公是季布同母异父兄弟。在彭城之战中，他与季布的行为刚好相反，当楚军在彭城西追击汉军与刘邦短兵相接之际，放了刘邦的正是丁公。

这时，丁公听说季布归顺朝廷后受到了礼遇，心想，季布曾把刘邦逼上绝路，尚且受到了赦免，还得了官职，而自己对刘邦有活命之恩，难道刘邦还能亏待自己不成？便主动谒见。出乎意料的是，刘邦要奖励为主尽职的忠臣，打击吃里扒外、不能一心事主的小人，竟下令将丁公绑出，立刻斩首于洛阳午门！

血腥的气味从朝廷飘出，透露出刘邦对待异姓诸侯王和功臣勋将的底线。丁公挟功请赏，也不至于死罪，只能理解为刘邦为了家天下，他六亲不认，两眼通红，连救过自己的救命恩人一样能杀。

现在，韩信收到了刘邦捕捉钟离眛的诏书，他意识到问题的严重。但对韩信来说，直接把钟离昧抓起来献给刘邦，这一点却做不到，这不是他的性格。桥归桥，路归路，忠君归忠君，友情归友情，恩怨分明，不能轻易伤害朋友。

韩信决定将刘邦的诏书暂时放一放。

第五十章　陈平献伪游之计

张良、陈平都是刘邦重要的智囊，历史上有“良平”之称。

前不久，张良对刘邦说，我已帮助皇上完成了一统大业，现在我要告请回乡去。

刘邦一听怎么能够同意？张良是自己最信赖的人，但张良已经决定，不再有改变之意，也只好说，我实在舍不得先生离去，既然你要走，我也不好勉强，许你回乡，但朝中若有大事，望你能为天下利益，有召必来！

张良回到家中，不是读书静思，就是学习导引吐纳等道家之术，终日不出家门半步，慕道追仙，谢绝一切人的来访。

其实，隐退是张良既定计划。他明白，伴君如伴虎，历史上帝王有几人能共享富贵？在功勋和名位之间，为人臣子是难于长久立足的，君臣一体，自古所难。尽管张良与刘邦关系极不一般，但他还是选择了韬光养晦，退居二线，这种明哲保身的态度，这何尝不是“帝师”高明的身退之举。那么，居功自傲的韩王孙，能否平安无事，一帆风顺呢？

张良隐退之后，陈平成刘邦最重要的谋臣，现在朝廷拿主意，断大事就数陈平了。

陈平足智多谋，前后六出奇计，为刘邦夺得天下，安定汉室，做出了特殊贡献。他曾自我表白：我多用阴谋，为道家所禁忌。在活着时即使被废，也就算了，如我的后代终至不能被起用，也是因自己多用阴谋的缘故。

汉高帝六年（前201）十月，也就是韩信当楚王不到一年的时间，楚地有人向刘邦举报韩信谋反，并说韩信在下邳窝藏了楚将钟离眛！

这一消息，让忙于迁都长安的刘邦心惊肉跳，脊梁直冒冷汗。

继利几之后，燕王臧荼不久前发生了反叛，不是刘邦亲征和燕地百姓不愿再受刀兵之若，无心支持叛军，结果就很难说。如果韩信再搞叛乱，那可不好对付！说心里话，其他诸侯王没有什么了不起的力量，唯有韩信用兵如神，让人惴惴不安。而钟离眛是项羽手下数得着的大将，楚汉相争，他与自己正面对峙时，多次给自己制造麻烦，逼得自己狼狈不堪。韩信与钟离眛同为楚人，又有兄弟情谊，这在外界并不是多大秘密，如果有钟离眛协助，韩信若要造起反来怎么办？

可否让人以去郴州给义帝修造陵寝为借口，过楚地，用言语调拨韩信，让他交出钟离眛？不行，这不等于打草惊蛇？现在他虽然窝藏了钟离眛，但他是否真想谋反，还说不准。韩信从齐移楚，自感失落，不平之心自起，反叛之意或可有之，何不找一借口，利用韩信和钟离眛之间这点关系，因势利导，提前下手，打残韩信，施重威于天下，或许，其他异姓诸侯的问题，也能迎刃而解。

刘邦根本不考虑举报是否真实，立即着手准备对付韩信。

第二天早朝散后，刘邦悄悄地留下了几位重要将领，以及陈平、随和等几位心腹大臣，告知他们事情严重，征询他们的意见。

“你们知道，楚将钟离眛躲藏在哪里？”刘邦此言一出，下面就有人交头接耳，小声议论，刘邦扫视一眼，告诉他们，就在下邳的楚王宫，为韩信座上宾！

下面一片哄然。

刘邦又道："韩信、钟离眜原为霸王的旧部，如今，他们又纠合一起，你们看，这该怎么办？"

经刘邦这么说，几位鲁莽的将领早就按捺不住性子，像烧热的油锅炸开了："皇上！我等愿意披挂上阵，发兵捉拿这小子！快下令吧！"

刘邦听了自知并非善策，默不应声。

他注意到和武将们形成鲜明对比的陈平，却静静地坐在一边，紧锁眉头，一言不发。

陈平作为谋臣，亲历过韩信讨封齐王和刘邦定陶夺军等重大事件，对刘邦的心思非常清楚。按古老的丛林法则，"老大"是不允许"老二"好好过日子的。因为，"老大"一直十分担心"老二"可能取代自己的地位。而韩信这个"老二"，虽能洞察世事，是个天才，但他不识时变，把握不坚，城府不深，不是一个心智成熟的人。"老大"刘邦无奈之下给他提供了舞台让他迸发灿烂的光芒，韩信却高傲自负，好伐其功，却没有意识到他的所作所为，已经被"老大"一步一步认定为谋逆之人。因此，最后解决他的问题，只是一个合适的时机和合适的借口而已。

随后，陈平与刘邦进行一段值得玩味的精彩对话（《史记·淮阴侯列传》《史记·陈丞相世家》《汉书·韩信传》《资治通鉴·汉纪三》都有记载），处理韩信的唯一理由，其实就是一个"莫须有"！

陈平问："陛下！韩信佐汉有功，您也没亏待他，要是说他谋反，就要拿出凭证，不能随便去征讨，那会酿成大乱。我要问一声，您是怎么知道韩信要谋反的呢？"

刘邦说："有人密告。"

陈平问："这么说，韩信并不知道有人在告他？"

刘邦很有把握地回答说："朕想，他应该是不知道的。"

陈平是个聪明人，说韩信谋反还是捕风捉影，证据不足，但这也就成了！要是韩信真心谋反，他一定会有所准备，事情还真不好办。要知道他是天下无敌的汉大将！陈平面带微笑地说："陛下！韩信非其他诸侯王可比，甲兵强盛，倘若生变，其势无可挡。诸将一时不平之气，欲与韩信争衡可以理解，但我料定，不战则已，战则必败！"

刘邦知道，陈平既说不行，一定有他的道理。

陈平问："陛下！若发兵讨伐，士卒有没有楚兵精壮？"

刘邦想了想回答："没有。"

陈平又问几位将领："你们用兵，哪位能敌过韩信？"

几个人面面相觑，默不作声。

陈平接着说："陛下！兵不如楚，将不敌韩信，若要举兵强取，必然是轻启战端，恐怕韩信不反也反了。臣以为不应操之过急，否则后果不堪设想！"

听了这话，刘邦眉头紧皱，半晌才问："如先生之言，当如何处之。"

陈平趋前，贴近刘邦："陛下！以臣愚见，韩信应智擒！自古以来，天子可按四时巡狩，以观民风，会诸侯，诸侯朝觐述职。臣听说南方有云梦泽（泛指洞庭湖），历代称为形胜之地，陛下可遍召诸侯，伪游云梦泽。韩信既为楚王，必定随从前往。待他谒见，那时可暗伏将校，一举将韩信擒获，这岂不比大张旗鼓，兴兵强讨胜过十倍！"

刘邦非常高兴，当即采纳了陈平的建议。从三皇五帝起，就将云梦泽列为禁地，皇帝和王公贵族一有闲暇，便带着文武百官来这里狩猎游玩，也好让四海臣民看看他们的文治武功。

经过一番讨论，最后决定把会集地定在陈城，因陈城离下邳只有一二百里，只是几天的路程。刘邦从洛阳到云梦泽去，陈是必经之地，同样也便于四方诸侯会集。这样设计名正言顺，顺理成章，韩信必不生疑。

商量好后，刘邦便下令："如今国事稍安，天时正好，久闻云梦泽是一胜地，朕不日前去巡游，命各路诸侯在陈城集会，不得有误!"

传旨的使者立刻从洛阳出发，分别到各诸侯国传旨。

第五十一章　云梦惊变擒韩信

这一天，韩信突然接到“巡游”诏书，看过后，他心里异常沉重。

刚刚才立国，天下尚未平静，百废待兴，刘邦怎么能有这般雅兴，且要带着大队人马，千里迢迢地去云梦泽巡游？

想到这里，一股不祥之兆掠过心头。刘邦出游，诸侯必须赴会，那时，他若问起钟离眛之事，我该怎么回答？若要我杀了钟离眛，我不杀，那我就要背上违逆圣旨的罪名。若遵旨行事，又怎对得起钟离眛？

韩信感到事情棘手，可以肯定，刘邦巡游云梦泽是针对他而来。他本以为自己为刘邦立下那么多的功劳，又从齐迁楚，一定可以安安稳稳做楚王，没有想到是自己一厢情愿，消灭了项羽也就等于消灭了自己存在的条件，让人细思极恐。

他提醒自己不要再上当，游云梦泽，绝对不会有什么好事，修武夺军，定陶夺印，全都是搞的突然袭击，阴谋诡计。

韩信叹息不已，钟离眛乃我朋友，何忍杀之，没想到搭救朋友，反而成了大逆不道的罪柄，如今百口莫辩。

无事不找事，有事别怕事！有人提出了三条对策：第一，扯起大旗，发兵二十万，直扑陈城，夺了天下，不再受这窝囊气！第二，推说身体欠佳，不去朝觐，静观默察，以免身遭不测。不去，谅他们也无可奈何。第三，就是杀了钟离眛，到陈城会刘邦，这是下下之策，其结果就很难说了。

韩信陷入了两难之中。

自己是个特别注重名声的人，把名声看得像生命一样宝贵。当年胯下受辱，已使自己抬不起头。如今，韩信落落丈夫，盖世英名，却要扯上背叛朝廷的大旗，说什么也不能干。第二条也不是好办法，若不前往，以后和刘邦的关系又如何处理？第三条可以修正一下，去陈城，但不杀钟离眛。相信自己有大功于天下，有大功于汉室，而且从来没有背叛过刘邦，到时自己把话讲清楚，当面求情，请刘邦放过钟离眛。韩信再次想用强大的忍耐力，度过人生中这次危机。

不久，韩信的想法为钟离眛所知。钟离眛觉得韩信太幼稚，去陈城是自投罗网，白白送死。

"刘邦来陈城会集，醉翁之意不在酒，显然是针对韩信。话说穿了，韩信功高盖主，汉家容不下你，自己就是不在这里，刘邦也会拿你开刀。刘邦之所以不敢直接发兵进攻楚地，恐怕重要的原因，就是怕自己撑你的腰，协助、鼓动楚地百姓造反。刘邦为人狡诈，项王多次吃他这个亏。陈城肯定是诱捕你的陷阱，千万不能再上当！"

他提醒韩信，以你的才能、智慧和品德，又有将士们拥戴和效命，为何不能轰轰烈烈地大干一番？

"不可！不可！"韩信拒绝了钟离眛。他要钟离眛尽管逃走，刘邦那里由他一人承担，大不了刘邦说他捕捉钦犯不力。

钟离眛知道韩信心意，不再说什么了。

不过，他有两点判断：其一，韩信缺乏敢作敢为的大气量。陈胜一怒大泽乡揭竿而起，项羽一怒挥刀砍杀会稽郡守殷通，刘邦一怒芒砀山举兵，韩信一怒却钻淮阴屠夫的裤裆。特别是在刘邦修武夺兵，定陶夺印，步步紧逼的情况下，他依然选择逆来顺受，这和客观政治情势有关，也与政治性格密不可分，这样的“隐忍”能干出什么样的大事业？其二，做人不厚道。如果你不把钟离昧当朋友，当初何必要收留我？现在又何必要找我“商议”，这不明摆着在耍我？

但是，钟离昧为了成全韩信最后还是自杀了。

同年十二月，去陈城会集的日期已到，钟离昧以死劝阻，并未能劝住韩信，主要是韩信对刘邦还存有幻想。在那个时代，都推崇“士”，士为知己者死，这是人生的崇高境界。韩信虽意识到刘邦对他的算计，但仍没有把刘邦想得那么坏。

当韩信亲自在陈县郊区迎接刘邦时，抬头望去，只见刘邦端坐车中，伴驾随行的文武大臣有陈平、樊哙、夏侯婴、灌婴、靳歙、刘钊、灵常等人，声势强大，这像是来云梦泽巡游的吗？足以打一场战争。

见面后，刘邦直接历数了韩信两件所谓不法之事：

第一，招降纳叛，窝藏楚将钟离昧，图谋不轨！第二，国家草创，百废待举，你却在下邳招兵买马，足轨接诸侯之境，不知这样你要干什么！

果真不出所料，刘邦此行目的就是为了对付韩信！

战场上，敌我分明，敌人常常被韩信埋伏，而在政治上，韩信却始终被刘邦埋伏！韩信虽知兵而不知人，工于谋天下却拙于谋身，刘邦过去所谓的情意，都是利用韩信去打败项羽，内心却无比忌恨！

韩信努力控制住情绪，对刘邦所责备的两件事，一一做了分辨：

其一，楚地原为霸王桑梓之邦，今天下初定，但人心未归，为了安抚百姓，不加强武备，不足以镇定楚地。而臣自齐迁楚之时，未带一兵一卒，所招兵马亦在许可范围之内，这本无可非议。其二，至于钟离昧，为了灭秦，早年臣与他有段交往岁月。因此，我不敢忘恩负义，把他暂时收留下来，只是打算等有机会，向皇上说清此事。况且，钟离昧听说皇上游云梦泽，为了不给我添麻烦，他已自杀身亡。

说罢，韩信将盛装钟离昧首级的匣子呈上。

刘邦打开匣子，揭开布巾，仔细地瞧了瞧，果然是钟离昧首级。他嘴角露出了一丝难以察觉的微笑，陈平这家伙主意真不错，没有想到，不费吹灰之力，就一箭双雕，杀了钟离昧又拿下了韩信。

刘邦道："其他事情暂且不论，可你窝藏钟离昧好些日子不交，到了事情败露，无法再瞒，才来见我，可见你说的并非是真心话！"转而，刘邦对早已埋伏的武士喝道："还等什么？快与朕拿下韩信！"

一队武士冲将出来，不容分说，将韩信五花大绑抓起来。

韩信愤怒不已，他用肩膀抗开武士的手。就在这一刹那，当年蒯彻话语像幽灵一样穿过韩信的脑海中，那时，为了报恩，思维被严重束缚住，很难听从劝告，不相信刘邦会卸磨杀驴，这楚王才做几天，就被刘邦捉拿！他大声怒道："狡兔死，走狗烹；高鸟尽，良弓藏；敌国破，谋臣亡！天下已定，我固当烹！"

韩信的话，让刘邦说不出话来。刘邦支支吾吾地道："若毋声！而反，明矣。"（《史记·陈丞相世家》）意思说，你不要高声喊了，凭你这抵触情绪，就是造反的明证。

一场伪游云梦，实擒韩信的骗局，即草草收场。于是，刘邦打发诸侯王各回封地，自己立刻起驾，押解着韩信回洛阳去了。

韩信被捕，这是汉初有着重大影响的政治事件，后世反响极大，多有不平之声。现录几首诗文于此：

唐代诗人许浑在《淮阴侯庙记》文中，对韩信遭遇感慨道：

朝言云梦暮南巡，已为功名少退身。
尽握兵权犹不得，更将心计托何人？

宋代诗人钱若水在《题韩信庙》一诗中写道：

筑坛拜将恩虽厚，蹑足封时虑已深。
隆准若知同鸟喙，将军应有五湖心。

南宋文天祥在《读史》中道：

自古英雄士，还为薄命人。
孔明登四十，韩信过三旬。
壮士摧龙虎，高词泣鬼神。
一朝事千古，何用怨青春？

清代诗人周永年在《吊淮阴侯》中叹道：

一市人皆笑，三军众尽惊。
始知真国士，元不论群情。
楚汉关轻重，英雄出战争。
何能避菹醢，垂钓足平生。

清末袁保恒《过韩侯岭题壁》道：

高帝眼中只两雄，淮阴国士与重瞳；

项王已死将军在，能否无嫌到考终？

当今淮安人杨弋在《汉韩信》中云：

万马奔腾尘土扬，男儿煌煌拜大将。垓下功成经百役，云梦埋伏何匆忙！君不见，鸟尽弓藏将军死，无复战车奔沙场。身向九泉还属汉，切莫去当诸侯王！噫嘻乎！云在动兮山苍苍，剑在手兮野茫茫。长淮落日心犹痛，英雄英雄恨绵长！

第五十二章　侥幸活命遭封侯

刘邦将韩信押回了洛阳，这个消息在朝野引起了轩然大波。

韩信被擒，对刘邦和整个天下来说实在是太重要，如今这位百战百胜的军事强人，成了阶下囚，不能不使人们感到震惊。

一些人认为，从汉中算起，韩信五六年间，以至威行天下，功震人主。现在，皇上采取断然措施有何不可。韩信虽不同一般人，他有万变之术，擒而不杀，必然怀恨谋变，务必要采取断然的手段。

也有一些人认为，诛戮韩信，恐怕人心不服。假如当年韩信无功无绩，今日也就没罪了，那么，肯定没有汉家的今天。既然将韩信押回洛阳，事情不会那么简单，朝野对此事反响极大，应该慎重处理。

陇西戍卒田肯还上了一道奏折，内容是祝贺韩信被捕，并明言齐地与关中为韩信夺得，夸耀齐地媲美关中，韩信据险而多兵的时节，不背叛皇上，迁楚之后反要搞谋叛，这有悖于情理。田肯只是隐示而不肯明白地说要留下韩信一命。他最后建议，为消除后患，皇帝一定要封其嫡亲子弟为齐王。

很快，这个奏折引起了刘邦的重视。

韩信已经被擒获，可以说他已是掌心的蚂蚱，跳不起来了，杀了不过掉个脑袋，不杀，也不过是苟延残喘的庶民而已。韩信的事并不难办，难的是整个异姓王的问题。

朝廷与异姓王矛盾不可谓不激烈。刘邦称帝前后，已经封了七个异姓王，即楚王韩信、梁王彭越、淮南王英布、韩王信、赵王张敖、燕王臧荼、长沙王吴芮。他们掌握的土地，比中央还大，几乎相当于秦统一前东方六国的疆土。他们对重赏和坐食赋税已不满足，尾大不掉，对刚刚建立的汉王朝构成了很大威胁。才一年，已先后发生燕王臧荼、原项羽部将利几，以及后来的韩王信、赵王张敖部将和继任燕王卢绾的叛乱。而刘邦亲子弟都还年幼，力量薄弱，不能成为朝廷真正的帮手。

刘邦叹息，没有当皇帝时，南征北战，提着脑袋打天下。现在打了天下，却整天提心吊胆，唯恐天下生变，原因在于诸侯作乱，难怪当年秦始皇不立功臣为诸侯，无尺土之封，使以后无战攻之患。而韩信这帮人要的是战国时的封王封地，自己却要的是汉家天下平安，要的是中央集权，这是体制上的矛盾在政治上的集中表现。往前看，对异姓王不只是削弱，而应该是消灭，其他别无选择！

韩信是个标志性的人物，为了确保江山永固，宁可错杀也不能放过一个。但目前时机尚不成熟，除了韩信、臧荼外，还有其他五个，说韩信谋反没有足够的真凭实据，他功劳最大，威望最高，杀了怕引起异姓王的连锁反应，引起朝臣们的惴惴不安。所以，不能贸然下手，以免激起意外事变。

自从刘邦做了皇帝，不少内外大事，都会来到内廷同结发妻子吕雉商议。

现在，张良已是用其名，难用其人。萧何执掌政务，不涉军情。而陈平聪明有余，其实难以独任大事。凡此种种，吕后得以凭借东宫身份，逐步参与国家政事。史称：吕后为人刚毅，辅佐高祖平定天下，后诛杀韩信、英布、彭越等王公大臣的谋略也多出自其手。高祖去世后，又因孝惠帝无所作为，她以女主代行天子之事。以后历史上的武则天临朝称制，慈禧垂帘听政，步的便是吕氏后尘。

对于处置韩信和其他异姓诸侯的问题，吕后持有什么态度，史书上没有明确记载。吕后作为皇太子刘盈的母亲，关注孩子的未来，她应该会有个态度，这个态度会不会就是——时间不能再等了？

刘邦登基时，已经五十五岁，由于连连征战，积劳成疾，近年创伤也一直未能痊愈。秦汉时人的寿命很短，平均不足三十岁，五十五岁已经算是高龄了。吕后最担心的是，刘邦一旦百年之后，皇位继承人刘盈，能驾驭得了韩信、英布、彭越这些如狼似虎的功臣猛将？

韩信太年轻了，他二十五岁登坛被拜为大将，二十八岁布下十面埋伏灭掉西楚霸王项羽，结束了持续四年的楚汉战争。如此耀眼的人生经历，中国历史上恐怕再也找不到第二个人。

在高层政治人物中，年轻三五岁便是资本。韩信比刘邦整整小了十七岁，刘邦应该没有信心活得过韩信，而刘盈只是一个十二岁的小孩，若刘邦死后，就算韩信没有反叛之心，但是他的部下一鼓动，难保韩信不能登高一呼，到时候，还有谁能抵御韩信？大汉江山怎么能传之子孙后世？

吕后还担心儿子性格仁弱，刘邦一直要废掉刘盈，改立果敢的戚姬之子刘如意。为此，吕雉曾伤透脑筋，和刘邦之间产生了许多矛盾。她让已退养的张良出面谋划，并请来德高望重的商山四皓：东园公、绮里季、夏黄公、甪里先生做太子的师傅，为儿子站台撑腰，才打赢皇位的保卫战。这样你死我活的争斗，弄得吕后心情极坏，常常像市井泼妇一样抓狂。应该说，吕后的凶狠都是刘邦逼出来的。

打天下不易，保天下更难。要想来之不易的江山，长治久安，必须对异姓王采取必要的手段，为缺乏刚毅之气的儿子扫清将来登基障碍。其实，令吕后没有想到的是，随着年岁更替，为了权力后来还是爆发了历史上著名的“七国之乱”。

在对待韩信的问题上，吕后与刘邦想法会一致吗？答案是肯定的。后来在刘邦征伐叛将陈豨时，吕后立即杀掉韩信、彭越等人，便是一个有力的证明。

这时候，刘邦频频接到报警讯息，北疆匈奴屡屡来犯，已对洛阳、长安构成威胁。匈奴骑兵从西北突入，打到了离长安仅有七百余里的肤施（今陕西榆林东南），将秦时蒙恬所收复的土地全部夺去了，接近匈奴的郡县、人口和财物都成了他们掠夺的对象。

匈奴成了汉初挥之不去的阴影！内忧外患一齐袭来，事情当分轻重缓急。现在杀了韩信，急则生变，既伤了朝中人心，也等于把英布、卢绾等大小诸侯往外推。

杀韩信还为时过早，刘邦终于决定暂时放下手中的刀子。

没过几天，在朝中大臣窃窃议论之际，经过三个月的“审查”，处置韩信的方案出来了。收回韩信的封国，铲除韩信的势力，将楚地一分为二，东北部划给四弟刘交，仍为楚王，东南部划给堂兄刘贾为荆王。

人可以捉，不可以放。同时赦免韩信的谕旨也下来了：“韩信为开国元勋，累有欺君之心，罪当斩首。但念其立国有功，免除死罪，废其楚王封号，贬为淮阴侯，只准身居咸阳，不得再回下邳。”

韩信获得了一个新的爵位——大名鼎鼎的淮阴侯。虽然淮阴侯比楚王降了一级，可刘邦终究没有杀掉韩信。而韩信失去了封地和军队，对朝廷的威胁小了，就像把一头老虎锁进了铁笼子，刘邦心里踏实了许多。

为了巩固家天下，刘邦加大实施同姓王取代异姓王的计划，用自己的兄弟、儿子去取代异姓王。把韩信原来的齐国封给了他的私生子刘肥为齐王，立了他的二哥刘仲为代王。以后又陆续封了很多。

为了显示国害已除，举国欢庆，刘邦还召来群臣朝议，分封有功之臣共一百四十三人。这是争吵一年之后的体制内的论功封赏。

第一批有二十三人：萧何为酂侯，曹参为平阳侯，周勃为绛侯，樊哙为舞阳侯，郦商为曲周侯，夏侯婴为汝阴侯，灌婴为颍阴侯，傅宽为阳陵侯，靳歙为建武侯，王吸为清阳侯，薛欧为广严侯，陈婴为堂邑侯，周緤为信武侯，吕泽为周吕侯，吕释之为建成侯，孔熙为蓼侯，陈贺为费侯，任敖为曲阿侯，周昌为汾阴侯，王陵为安国侯，审食其为辟阳侯。

另外，张良、陈平一直随刘邦鞍前马后，运筹帷幄，功在千秋，而在张良和陈平的一再谦让之下，张良封为留侯，陈平封为户牖侯。

第五十三章　陈豨叛乱起波澜

汉朝新立，忙于安抚国内，一时无暇顾及塞外。

这时，长城北面的匈奴趁机南下，警报似雪片飞入关中，刘邦初步处理好内部事务后，便迁驻守淮阳的韩王信（原名韩信，史家为避免混淆，故称其为韩王信）到太原去守边，开始考虑对付匈奴日益增大的威胁。

可是事与愿违，韩王信不久却投降了匈奴。原因是，刘邦夺了韩王信的封地，将他迁徙到马邑，因此，由怨生恨而投降。

刘邦大怒，于是下诏亲征。

当三十二万大军向北行进至平城时，匈奴冒顿单于集精兵四十万，将刘邦围于白登山，且派大军分扎在重要路口，截住汉兵的后援。

刘邦登上山头瞭望，只见四面八方都有匈奴的骑兵把守。当时正值天气严寒，连日雨雪不断。刘邦和将士们被围了三天后，粮食也快吃完了，汉军饥寒交迫，危在旦夕。陈平忽然心生一计。原来，他看到冒顿对新娶的阏氏（单于的王后）十分宠爱，朝夕不离。陈平想到冒顿虽能出奇制胜，也不免被妇人美色所惑。

于是他派遣使臣，乘雾下山，向阏氏献上许多金银珠宝，并取出一幅图画，上面绘着一个美人儿，说是汉帝请阏氏转给单于。阏氏毕竟是女流之辈，见画不禁起了妒意，将图画交还汉朝使者，让他们赶快拿回去。阏氏想，若汉帝不能突围，就要把美人献给单于，那时自己就要受冷落。阏氏连忙劝说单于，两国不应相逼厉害，现在汉帝被困在山上，汉人怎会就此罢休？单于恐怕惹阏氏不高兴，便于次日，传令让围攻的军队撤离。

刘邦用陈平的美人计，终于躲过了一场劫难。这就是《史记》说的“秘密”，多年后才被解开。刘邦回来后，又改派他的二哥刘仲去代地守边。

一波未平又起一波。

就在刘邦回来不久，匈奴侵犯代境，刘仲竟狼狈地逃回了洛阳。刘邦虽恼他无用，但念手足之情，只贬去他的王爵，将刘仲降为合阳侯，另封戚姬所生的少子如意为代王。只因代王年幼，未能就国，便命阳夏侯陈豨为代相，并授予他比一般诸侯王更大的权力，监赵、代边兵，防备匈奴再次入侵。

殊不知，在后来讨论韩信、彭越、卢绾被灭的原因时，都会归结到这个陈豨。

陈豨，宛朐（今山东菏泽）人，当初不知是什么原因得以跟随刘邦，后平定燕王臧荼时，立下了赫赫战功，被封为阳夏侯。陈豨有个毛病，他平时仰慕战国养士之风，结交能力绝对不亚于刘邦，回乡跟从的马车有千乘之多，排场之大十分少见。韩信功高盖世，衣锦还乡也不过摆些仪仗。史书上还记载，陈豨有名有姓的部将就有二十人，韩信、英布、彭越、卢绾有名姓的直系部将加起来也只有二十余人，可见陈豨是一个很有影响的人。

然而，不久刘邦改派周昌任代国宰相，陈豨就下课了，只负责军事防务，一种说不清道不明的失落之感油然而生。

多年征战，陈豨与韩信结下了深厚的友谊。他进京觐见刘邦，因其过去曾是韩信的部将，临行前，特意来寂寞的淮阴侯宅第向韩信告别。

让人难以想象，韩信一直“羞与灌绛樊哙之流为伍”，看得起的人并不多，但他却非常客气接待了陈豨。

韩信把陈豨让入庭中，手拉手亲切地交谈起来。当然，交谈的内容，是由后来的上告韩信“谋反”的材料所提供。意思是说，陈豨若要谋反，韩信将在京城做内应。明眼人一看，韩信当时可能说了些不恰当的话，但不至于要伙同陈豨谋反。

在这里，借用本书作者之一——华炜《大汉韩信》（二版）中的一段描写，来增加读者朋友的一些感性认识。

韩信说：“听说你已有了新任命？”

陈豨微叹：“是的，臣此去赵代，不知如何守边，请大王明示。”

“不要再称我大王，能让我保住淮阴侯这个爵位就算不错了。走，我们到后庭谈去。”韩信携着陈豨的手来到了后院，饮了一番酒，两人谈到酣热之处，屏退了家人。

韩信说：“将军此去代地，是皇上的重用。”

陈豨道：“不是什么重用，只是发配充军。”

韩信为陈豨的任命鸣不平，也为自己的待遇不公正发牢骚。他叹息着说：“将军所去之地，那是天下出精兵的地方。你是皇上所宠爱的大臣，位尊权重。但和皇上隔得远了，皇上猜疑心重，不免就会相信别人的杂话。如若有人告你谋反，皇上不会相信，再有第二、第三次，皇上就会有所怀疑，甚至亲自带兵攻打你！那时，你就危险了，所谓情势所难，反也不好，不反也不好！”

“谢谢您！现在能说这样心里话的朋友太少。”陈豨又问，“大王，您看臣下一步怎么办？”

韩信不满之情溢于言表：“我没有什么可说的，如果一定要我说，只能说请将军多加保重。”

陈豨却不无认真地说：“皇上与皇后心存不良，剪除异姓王侯，这已为天下共知。与其等死，倒不如拥兵造反，只要您肯助一臂之力，天下只是囊中之物……”

他的直言不讳，让韩信震动。对韩信来说，给刘邦以打击，使刘邦尴尬，这能让自己接受，但要让他推倒自己倾注一腔心血，历经千辛万苦，数十万将士热血垒筑起的汉室大厦，自己能吗？

韩信叹道：“一将成名万骨枯，这几年迭遭挫折，就是活脱脱的报应！唉，当年何必非渡过淮水，卷入乱世纷争，不如垂钓于淮滨，终老一生，有什么不好？”

陈豨说：“大王！委屈是没有用的，您不要太悲观。”

波动中的韩信渐渐地平静了，他觉得陈豨刚才的话有鲁莽之处，但也是肺腑之言。韩信与陈豨叙谈着朝政，叙谈着进兵代地，叙谈着往事，叙谈着许多许多。因为陈豨可能也只是一时之念，此时并不要韩信表明什么态度。

他们的谈话在黯然中结束，二人在唏嘘声中惜别。

汉高帝十年（前197）七月，太上皇崩逝。王、侯、将、相都来栎阳宫治丧。独有陈豨未到。

刘邦便派人赴代地调查，陈豨门客确有很多不法行为，但还不想举兵征讨，只严令陈豨回京，陈明内情。不想陈豨为了自保，兵走险招，暗中联络反将王黄和曼丘臣。这两个人曾经是韩王信的部将，与韩王信谋反失败后，逃往匈奴，却时常在边境出没。陈豨派人和他们联络，他们立即答应支持陈豨谋反。这样，他的谋叛越加坐实。

刘邦白登山上当的主要原因是骄傲，即位后，御驾亲征的次数越来越多，他大概认为自己天下无敌了，现在想想十分可怕，如果换了韩信指挥这支军队，会被骗上白登山？

他召集众臣商议，众臣认为陈豨知淮阴侯韩信已罢闲，其余诸侯都不足以御之，自恃其能，无所顾忌。所以陈豨的胆子才有如此之大。

征讨陈豨关乎国运，众臣一致保举韩信。韩信如能挂帅前往，临威慑服，打败陈豨易如反掌，皇上可以高枕无忧。可是，自韩信从楚地捕到长安，一直称病不朝，不知他能否出马，为皇上分忧？如能出马，很好；不能，可着太子监国，吕后与萧相国辅之。皇上则亲统大军，以周勃、王陵为先锋，以樊哙、灌婴为左右翼，以曹参、夏侯婴为救应，使天威下临，群凶丧胆，定能使陈豨畏服。同时，再作诏谕英布、彭越为策应，此战定能必获全胜。

刘邦准奏，一面草诏讨伐陈豨，一面差人往关东诸路遣兵布防。可是，英布、彭越托病不发一兵，他虽大怒，但也无可奈何。

为了集中力量平定陈豨的叛乱，六十岁的刘邦决定亲征。他认为利用软禁在长安的韩信是为一策。韩信正值英年，将韩信留在京都终究是一心病，如果他能随大军前去，既解除疑心，又能打败陈豨，岂不是一举两得的好事？

第五十四章　韩信其实也疯狂

韩信闭门居家，常常称病不出，过着苦闷而忧伤的日子。

汉朝爵位实行的是王、侯两级制度，所不同的是，王有封地，有自己的官僚系统，而侯只能食封地之邑。

韩信被去掉楚王，改封为淮阴侯，这个“淮阴侯”只是一个名义上的侯，不享有侯爵的实质权力。除了咸阳外，包括封地淮阴在内，外地也是不被允许去的。说白了，他就是被刘邦软禁的一个高级政治犯。

自从软禁以来，韩信人生落差太大，心绪不佳，心结未能打开，对刘邦怨恨连连。况且，要与昔日的属下曹参、灌婴、靳歙、孔熙、陈贺等人同为列侯，同居庙堂，俯首为臣，感到浑身上下都不舒服。因此，他一般不参加朝廷的政治活动。其实，被贬后为减少刘邦的猜忌，有时是故意为之。

尽管如此，韩信依然被许许多多的人们崇拜、敬仰着。但他不因为落难，向现实低下自己高傲的头颅，也不因为受到屈辱，去做一些低三下四的事。

有一次，韩信路过樊哙家门口，顺便进去坐了坐。樊哙对韩信的到来深感荣幸，立即前来迎接。要知道，樊哙是刘邦亲信大将，又是刘邦妻子吕后的妹夫，身份极为特殊。刘邦上次第一批分封时，樊哙因卓著的战功，已被封为舞阳侯，级别上同韩信、萧何、张良等人一样，均为侯爵。

像其他大臣一样，樊哙对韩信自称臣下，诚惶诚恐地按过去礼节跪拜。韩信笑称樊将军不必拘于礼节，随性随性，我现在是淮阴侯，早已没有王爵。樊哙仍磕头，口称在樊哙面前韩信永远是大王！

樊哙，在人们心中是一个莽夫，其实并非如此。他有时莽撞，可在很多关键时候的作为，往往不是常人所能做到的。

他曾作为韩信麾下的一员大将，在还定三秦的战役中，韩信以其为先锋，攻城略地，受到韩信的嘉奖。他在认识了韩信的不世才华后，对韩信敬重有加，并在以后的战争中建立了一定友谊。但是，在伪游云梦泽时，执缚韩信的也是樊哙。在了解到事件真相后，他同情韩信的遭遇，反感刘邦的无情，却也无能为力。现在，高规格接待，或许有他自己的想法。

叙谈一番，临别时再次跪拜。樊哙在功臣中位列第五，不管如何，如此态度足见韩信在刘邦集团中无人能及的崇高威望。

离开樊哙家门后，韩信却大笑起来："天下第一的韩信，竟与此等狗肉贩子为伍，实在是可悲！"曾经权高位重、波澜壮阔、叱咤风云的韩信竟说出这样孩子气的话，人性的本真一览无余。

刘邦留下了韩信的性命，韩信却没有一点感激的意思。他看不透人性虚伪，也看不清现实残酷，只要是家天下，杀害功臣是一个走不出的死结。

历史上，春秋名将伍子胥被逼自刎身亡，秦国大将白起功劳太大，死而非其罪。宋太祖赵匡胤干脆来了个杯酒释兵权，一了百了。明朝皇帝朱元璋对任何人都不放心，先是杀了开国功臣胡惟庸，后来又杀了大将蓝玉，有名的刘伯温最后还是被猜忌软禁病死。清朝就更多了，八旗中代善、阿敏、莽古尔泰、多尔衮等人，囚的囚，杀的杀。在帝王剪除功臣的情况下，什么事都做得出来，能够保住自身性命就算不错了，否则怨气太大，任性而为，能有什么好下场？

夕阳落下，天际残留着一抹血红。

时隔不久，刘邦决定亲自见一见韩信，看他愿不愿意随自己去征讨陈豨。这一天，刘邦置酒与韩信闲谈。这是韩信贬为淮阴侯后，他们俩第一次面对面地交谈。

谈到心热处，刘邦拉着韩信的手，颇为感慨地说："久不与淮阴侯相见，朕十分想念！"韩信也感叹不已。

刘邦热情的话语，使所陪大臣暗暗称奇，皇上召见本身就是一件大事，这是他们始料不及的。

接着，刘邦与韩信闲聊起审定兵法的事。

审订兵法，这是韩信贬为淮阴侯后，经萧何提议，刘邦下诏让韩信与张良进行的。在楚汉大战期间，韩信创造那么多经典战例，前无古人，后无来者。而韩信落到进不得退不能的地步，闭门总结研究兵法，他倒也十分乐意。人生到后来不就是一个回忆！

关于审订兵法一事，班固《汉书·高帝》有记载，自春秋用兵一百八十二家，韩信序次诸家为三十五家，又著录三章，引兵法自证，纯用权谋，机理玄深。所谓"序次"，就是编排目次的意思。这是我国历史上第一次大规模地整理古代兵法，为军事学术研究奠定了科学基础。

班固《汉书·艺文志·兵书略》分兵书为兵权谋、兵形势、兵阴阳、兵技巧等四类，以兵权谋为首，将韩信所著《三章兵法》，列入兵权谋十三家之一。十分可惜的是，它已湮灭在历史的长河之中。

可以说，刘邦打了一辈子仗，深知军事理论的重要，而韩信又是军事天才，他总想在韩信那里探知一些用兵的奥秘，用于以后战争。

时间一分一分过去了，刘邦欲要说明来意，想直接点韩信的将，但毕竟心中隔膜太深。于是他想试探一下，看看现在韩信到底是个什么样态度。

他先问了韩信对朝中将领的能力大小、本领高低和各自的优缺点，以利于对他人的识别和驾驭。韩信倒也没有太多的在意。

刘邦话锋一拨，笑容可掬地又问："谈到兵法，天下兵机淮阴侯最识，众将之能淮阴侯也最清楚。反将陈豨才能如何？"

"陈豨久战沙场，善于用兵，才高八斗。"

"以陈豨之能，可将多少兵马？"

"二十万。"

"依淮阴侯看，朕可将多少兵马？"

韩信一愣，听出了刘邦的话外之音。

刘邦玩弄政治天下无人能及，带兵打仗却不敢恭维。人们记忆犹新，彭城一战，致使刘邦的几十万大军一夜之间灰飞烟灭。无奈之下，刘邦不管不顾，撒腿就跑，结果在围追的过程中，项羽部将丁公手下留情，才让刘邦从眼皮子底下脱身。荥阳保卫战中，刘邦五战三逃，差一点要了性命，最终，他利用纪信替身假投降才成功逃脱，溜之大吉。韩信笑了："陛下，要臣讲真话还是讲假话？"

刘邦眨眨眼："当然要讲真话。"

"最多十万！"

"十万？还不及陈豨？"刘邦当然不认可韩信的说法，脸色顿时陡变。龟孙儿不识好歹，原来在阴我骂我，望着韩信，他眼睛直勾勾一动不动，"与你比之如何？"

韩信面不改色，坦然作答："臣之将兵，多多益善。"

"嘿！"刘邦冷笑一声，带着嘲笑的口吻，"你既多多益善，为何屡为朕所擒！"

韩信知刘邦恶其能，不知说什么好，但也不想过于刺激刘邦：“陛下不善统兵，却善驭将。”他接着又补上一句，“陛下是天命神授，非人力所为!”

“嗯?”刘邦听说天命神授，脸色才有好转。但他知道，韩信是枣子吃了，核子仍留在心里，被贬之事，仍不能释怀，高傲、自负、狂妄和不满情绪溢于言表。本来打算请他去进剿陈豨，既然如此，还提他干什么?

刘邦结束了谈话，目视韩信渐渐远去的背影，心里久久不能平静下来。

一只狂妄的恶狗，竟敢和主人作对，真是岂有此理！难道离开了你韩信，大汉天下塌下来不成，这不仅仅是皇帝的权威问题，而是同诸侯势力一场你死我活的政治斗争！可笑的是韩信，英雄才，市井志，当年身居强齐，威慑天下，足以与楚汉分庭抗礼，那时你不下手，如今还有什么资格与朕摆脸。只是韩信权变太深，难以制服，今闲居独处，一旦有变，他的威胁丝毫不亚于项羽，必须在征讨陈豨之前，预先做好安排!

第五十五章　此生成败一萧何

汉高帝十一年（前196）正月底，韩信站立在侯府院落中，望着飘落的片片雪花，心绪被触动。

刘邦虽没有绝情到底，非但没有杀了他，还不失封侯之赏。其实，封侯是假，监禁是真，这让自尊心很强的韩信一直难以接受。

想当年，如果自立天下，就不会有今日猖狂的刘邦，也就不会有如此窝囊的韩信。扪心自问，与刘邦相比自己到底差在哪里？良知，非也。才能，非也。天时，非也。如人们所说，“刘邦出身虽差，但运气好，毛病虽多，但改得快，水平虽差，但悟性高，能力虽弱，但胆子大。”而自己恰恰相反，心没有刘邦那么狠，胆子没有刘邦那么大，这大概是自己“隐忍”的性格和良心使然。

韩信家乡流传着“大禹治水擒拿水猿大圣”的上古神话故事，水猿大圣又叫无支祁。也就是明代淮安人吴承恩在《西游记》中塑造的孙悟空的原型。

无支祁阔脑门，塌鼻子，火眼金睛，形状像猿猴，常在淮水兴风作浪。他的头颈长达百尺，力气超过九头大象，一个跟头能翻十万八千里，嘴一张，吐得洪水淹没大片村庄，淹没无数百姓。于是禹请来天兵天将，用大铁索锁住了他的颈脖，把他压在淮阴的龟山脚下。不过，有一说法，水怪后来挣脱大铁索锁逃脱了，是因为淮阴人韩信下魏之役的夏阳渡军，破赵之役的背水一战，潍水之役的结沙阻水，打的都是水仗，玩转的都是河流水势，每一场大战下来，死伤不计其数，其惨状目不忍睹，特别是淮北的垓下大战，血气唤醒了水怪，所以才有韩信倒霉的下场（这是后人想象中的事情）！

人不能在后悔中度过一生。韩信今年虚岁三十六，从二十三岁那年投奔项梁，已整整过去十三年，但被关在鸟笼子里却有六年了。青壮能几时，六六三十六，也是人生的一个限数，限数之年，要格外小心。

韩信不由想起了故乡，淮阴城头鼓角惊起的乌鹊，末口、泗口白鸥伴着船帆飞翔，淮水岸边大片大片芦花丛，淮阴市井低沉的歌声，荒泽边的漂母之墓——

其实，在军事上，韩信无敌于天下，破秦、魏、代、赵、齐、楚，并一脚把项羽从神坛上踢了下来。在政治上，韩信完全不是刘邦的对手，被刘邦玩弄于股掌之间。而韩信的失败，主要是因为政治原因，项羽也是栽在了政治上。韩信的政治能力甚至可以用弱智来形容，即使当年听从武涉、蒯彻等的建议，也未必一定能玩得过刘邦。可以说，他就是一个军事上巨人，政治上侏儒。

不过，就在韩信哀怨不止的时候，更大的灾祸已经从天降临。

在平定陈豨的叛乱中，刘邦、吕后已不顾君臣大义，有意扩大事态，借机除掉一批异姓诸侯王，先后牵连到韩信、彭越、卢绾，逼反了英布。他们首要的目标，自然就是认为威胁最大的韩信。韩信功劳太大，名声太响，又不拘小节，任性率真，可以说，韩信在世一天，刘邦、吕后就多一块心病。

这一天，有人向韩信报告，今日城楼上高悬着一颗血肉模糊的首级，下方还张贴着告示，说陈豨叛军已被打败，陈豨被杀，这首级就是陈豨的头颅。城门口人山人海，人们挤在告示前，谈论着陈豨叛乱的情况。

哦？突然纷传陈豨战败，这让韩信感到十分意外。

陈豨多谋善断，刘邦平叛才四个月时间，怎会败得这样迅速？他又想到陈豨来长安时，曾拜别过自己，为众人所知，这会不会对自己有什么牵连和影响？

这时，一家丁来报，相国萧何驾到。

“噢？”韩信心想，萧何已有好些日子没有来过，此时来想必有要事，“有请萧相国！”

韩信对萧何是深知、深信。多少年以来，他感激萧何，崇敬萧何，平心而论，不怀疑他的为人。但作为皇上的红人，萧何有些问题、有些事情，韩信难于启齿，心里隐隐作痛，云梦泽事件，他不会一点不知，事发至今却未见他的身影。

萧何是自己的引路人，相马的伯乐，如同再生父母。不是萧何再三举荐，自己很可能仍在淮滨钓鱼，其言“至如韩信，国士无双”“欲争天下必用韩信”犹在耳旁。可以说没有萧何，就没有韩信建立的功业。而如今，萧何对韩信老于世故，不闻不问，一语不发，更没有伸出援手，变得让人越来越看不透了。或许在他看来，云梦泽事件没有牵连到他的头上已是万幸，如若出面替韩信讲话，恐怕会引火烧身。而过去的所谓情意，还不是为了刘邦军事集团的政治利益？如果是这样，他还是那个恩重如山，敢于直言的萧何？

这时，萧何已走进了院子，二人相见。

萧何悦色地对韩信说：“告诉淮阴侯一个喜讯，皇上御驾亲征，平定了叛乱，陈豨反贼之头，已被传入京城，悬挂在城门楼上。皇后请大臣们入宫庆贺，我是特意来接你同往的。”

韩信狐疑，萧何亲自登门相邀，难道有什么特定的含义？当然，皇帝打败了叛臣，列侯也是应该去祝贺的。他谨慎地说："臣一直有病未能入朝，这已是多年之事。今日庆宴，臣突然前往，恐众臣耻笑贪杯。况且，此次平定代地之乱，臣没出微薄之力，无意入宫凑上一份热闹，这还望相国理解。"

萧何道："淮阴侯身体不好，此事在我疏忽，没有及时向监国太子和皇后奏明。若能支撑，我看还是去一去的好。在这欢欣鼓舞，举国同庆的日子里，显得君臣同心一致，免除宫里多疑，这有何不可？"

韩信沉吟一下。尽管吕后包藏祸心，但萧何还能与他们同流合污？韩信多日足不出户，隔绝与外界往来，萧何来请，若不从命，就显得有失交情。于是，他同萧何坐上车马，向长乐宫驶去。他哪里知道，此次去宫中竟成了他人生中的最后绝唱。

长乐宫位于长安城东南隅，高踞山地，瞰临全城，是一个巨大的建筑组群，周围十里，面积占长安城四分之一。

它是汉高帝五年天下统一后，刘邦采纳萧何"天子以四海为家，非壮丽无以成重威"的建议，在原秦兴乐宫基础上改建，前后用了两年多时间，至汉高帝七年建成。

前殿矗立于高台之上，是皇帝视朝和举行朝廷大典的地方。前殿前有端门，后有内谒者署门，东建宣德殿、玉堂殿，西筑清凉殿、广明殿，中部以麒麟殿和三重檐的麒麟阁为主，其东有承明殿、金华殿，西北有沧池，池中有渐台。围绕着前殿一座座宫殿、台榭、楼阁、堂观与山林园囿，巧妙配合，构成一幅壮美的图画。

在长乐宫西北，还利用前朝的一座殿址修筑了太子宫，又称作北宫。这里建筑不多，但院落不少。还有一座小山，可瞻顾全城。王侯宅邸、勋臣公馆、市井民居、商店列肆等纷然杂陈，直达渭水之滨。著名的长乐宫钟室也设在这一带。

当萧何、韩信来到长乐宫前殿端门前，站在门前的令丞便来招呼，请萧何、韩信到太子殿去。

他们又三拐两绕向西北驶去。没一刻，却到了长乐宫钟室前，韩信惊问：“相国，不是到太子殿去的吗？怎么来到内宫钟室？”

内宫钟室，就是内宫放置编钟的地方。萧何支支吾吾地说：“哎呀！老夫一时糊涂，不意走岔了道。你先等一下，我去问一问路。”

他下了车，一闪不见了人影。

这时，钟室巨大铜钟发出了沉沉的鸣叫，撕心裂肺，随之，回声荡人五脏六腑。韩信不知是计，正在怅望之际，钟室内冲出数十名武士，一拥而上，不容分说将他五花大绑起来。

他明白了，自己上当受骗，萧何是故意将他引入魔窟，连连顿足。

唉！人生就是一个选择，成败天定。救韩信的是漂母，举荐韩信的是萧何，追杀韩信的是吕雉，而如今，萧何却成了吕雉的帮凶！太可怕了，怎么连最为敬重的萧何也给自己设下圈套。

第五十六章　韩侯后裔传说广

萧何尚黄老，推崇无为，在刘邦集团中是一个“好好先生”，有人形象地称他为老奴，唯刘邦、吕雉马首是瞻。

他将韩信送入长乐宫回到家中后，神思恍惚。

韩信最初由自己一手举荐，如今，又要栽在自己手中，难道我萧何翻手云，覆手雨，韩信的生死权在我萧何吗？天下人得知真情后定会问，萧何到底是个什么样的人？

其实，萧何也有难言之处。尽管自己忠心耿耿，而君臣之间的猜疑，还是不可避免。刘邦对握有重兵的一方异姓王，必欲铲除而后快，而对于位高权重的内臣也一样。自己虽功封第一，可是他并不放心，有时君权与相权的矛盾还很尖锐。若不是自己谨慎而又巧妙地左躲右闪，说不定这颗头颅早不在自己的脖上了。

那一年，楚汉在荥阳、成皋间激战，汉王刘邦却不断从前线派使者来慰问自己，是鲍生看出奥妙，提醒说汉王不放心呀！为消除怀疑，自己把子侄兄弟中凡能上战场的，都送到了军中去，这才消除了汉王疑虑。

前不久，刘邦在征战陈豨时，还派了一个都尉及五百士卒，来充当我的卫队，这并非宠幸，明眼人一看就知道，这分明是怕淮阴侯在内谋反，刘邦也开始疑心我萧何了。

刘邦对张良也是如此。张良退隐有他性格的原因，但他在韩信的问题上，从头到尾一言不发，刘邦对张良与韩信的关系，始终十分不安。张良还暗中支持立刘盈为太子，明显有“太子党”的嫌疑。所以，张良退隐也是万不得已的选择。

萧何独自一人关在房中，坐卧不安，昨天吕后召见的情景又出现在眼前。

吕后就板着面孔说：“萧相国，淮阴侯趁皇上出征之际，与陈豨内外勾结，有密谋造反之嫌，这可怎么办？”

“该不会吧？”萧何非常吃惊，这可能是吕后存心设谋的一个借口？

“怎么不会！”吕后满脸杀气。

吕后虽是女流之辈，在历史画卷中，她以巾帼不让须眉之势左右着汉朝的历史。她懂政治，头脑会转弯，也更了解刘邦的心思，而除掉韩信及诸侯王，正是刘邦想下手却不想留下骂名的头痛之事，那好，她来帮他承担这个责任。因为，在那个年代，吕后既不擅长战争，也没有统御诸将的经历，唯一控制权力的机会，就是以杀立威，通过诛杀异己，为不久的将来儿子和自己亲政打下基础。

萧何委婉地劝道：“皇后陛下，韩信已是笼中之鸟，瓮中之鳖，难道还怕他造反不成？他是一位特殊功臣，萧何恐处置不当，会遭到天下非议。”

没想到，吕后勃然大怒：“相国不与朝廷分忧，倒与反臣开脱，当初相国力保韩信，可是为了今日韩信反汉？”

萧何心里暗自叫苦，韩信虽有一定过错，但过不致死。主要原因不在韩信，而在于刘邦疑心太大，韩信在世一天，就多一块心病，时时感到潜在的威胁。

现在萧何冷静一想，举报人栾说状词真假难辨，自己就这样将韩信诓入长乐宫钟室交予吕后，无疑亲手杀害了韩信。痛哉！痛哉！

有传说，正在想着昨天的那事，戏剧性的一幕发生了。这时屋内突然跃出一个蒙面人，手持长剑直奔过来，他是为了救韩信三岁孤子的："萧相国！我是淮阴侯门客，你助纣为逆，诱捕我家侯爷，捕杀侯爷族人，我要杀了你！"

萧何惊悸之余，强自镇定："这事与我并无多大关系，且等皇上归来之时，淮阴侯定当获释，你若有过激举动，于淮阴侯有害无益。"

门客冷笑一声道："说得好听，可我不会上你的当。当年你推举韩信为大将，今日又诱他入宫，送入虎口，还派人包围了侯爷住宅，斩草除根，连其三岁孤子也不放过……"

"天啊！捕杀淮阴侯孤子之事，我确实不知。"萧何摇着头，痛苦地说，"韩信成败在萧何，不成了卖友求荣的活告示？我不做辩白，但求你快点下手，干净利索地杀了我，我也许比活着更好受些。我不恨谁，你下手吧。"说着，他双目紧闭，把颈脖子伸了过来。

见状，门客垂下了剑把。他想：诱杀韩信并不一定就是萧何的主意，也许萧何还没有坏到这个地步。退一步讲，就是萧何不引韩信入宫，今日之事也是免不了的，现在救韩信孤子要紧！

他来不及考虑许多，双腿朝萧何跪下："相国！我知道您有恩于我家侯爷，他在九泉之下，当会感谢你。现在韩侯三岁幼子，我已趁混乱抱了出来，但城周四门已封闭，城内搜查得很紧，只有你才能救他出去！"

萧何又是一惊，原来不是要杀我，而是为韩信孤子来求助的。

他朝这位门客瞧了瞧，看到门客不安的神态，仿佛看到了韩信被杀戮的凄惨之状，但最使他心弦颤动，激他远念的是这门客最后那一句话。君子有远见，志士有苦心。他想起古老的赵氏孤儿的典故，想起了程婴和公孙杵臼的争执，死难易呢，还是抚孤易！他后悔自己推崇的人不能保护，还要委屈于吕后的意志，简直是连狗都不如！而韩信有远见，得人心，在如此处境下，能有抚孤的程婴。

想到此，萧何横下了心，就是拼了这条老命，也该保全韩信这条根，以挽回被狗吞噬的良心！他从腰间解下“腰牌”，递了过去：“把它拿去吧。在明晨开城门之际，我派人护送你出去。”

门客十分感动：“九泉之下，我们替韩侯爷拜谢相国搭救孤子之恩!”他接过“腰牌”，连叩三个头后起来转身就走。

萧何突然想起什么，连忙喊道：“等一等，孩子呢?”

门客转过身，停住了脚，解下背上的红布兜兜，露出了红红的小脸，韩信幼子在安然熟睡呢！萧何细致看了看小孩，泪水溢出了眼眶：“带着孩子出城后怎么办？如今是汉家一统天下，这里是待不下去了。”

萧何走到窗台前提笔疾书，写好后将书信交与门客：“南越远在西南荒远，南越王赵佗素来与我交情不错。我看，为了保险起见，你们带着孩子去投奔赵佗去吧。”

赵佗原为秦朝一都尉，秦始皇灭楚统一中国后，便征发五十万将士南下开辟疆土。当时，任嚣与赵佗分别担任秦军统帅和副统帅，率大军逾五岭攻百越，秦二世继位后，任嚣病逝，已任龙川令的赵佗接任南海尉。此时秦末农民起义如火如荼，赵佗即令横浦、阳山、湟溪三关，绝道自守。并杀了秦朝长吏，以自身的亲信代理郡县守令。其疆域东至汀江以南与闽越相接；北以五岭山脉与长沙王吴臣相连；西至广西环江、百色一带，与句町国、夜郎国为界；南达大龄，与马来人原始部落相邻，奠定了汉代中国南疆规模。

韩信的门客带着萧何的书信，翻山越岭，长途跋涉，一年以后，终于把韩信孤子平安地送到南粤。

赵佗接信后，优抚善待韩信孤子，还将他封在海边一带，让其安居乐业，娶土著生儿育女，成为当地豪门大族，并按赵佗的要求，韩信子又将自己家族一部分改姓韦姓，用韩之半。另一些则姓何。后来中国统一，天下太平，一位韦氏官人，对自己是韩信之子也就不再避讳了，并且亲口将自己的出身经历告诉了别人。还将赵佗赐姓的诏书，及萧何书信铭刻在铜鼎上以做纪念。

这一件事，被记载在明朝天启年《淮安府志》（卷十九）《樵书》《灵渠引来百家姓》《淮阴志征访稿》和《凤山县志》《东兰县土司族谱》上。1915年商务印书馆出版的《辞源》，也记有“萧何匿韩信子于南粤，取韩之半，改为姓韦”的词条。广西关于韩姓改韦姓，其远祖是汉初韩信的说法流传更广。《南宁晚报》1996年11月25日刊登单稚琛《韦姓的来历》的文章，广西日报也有类似文章。

上面的故事，应该不会是真实的史实，有没有后人也不是关心的重点，千百年来，善良的人们只是同情韩信的一种美好心愿罢了。

第五十七章　韩信之死谁买单

传说归传说，历史归历史，两者不能混淆。

谋杀韩信的计划，是由萧何提出来的（《史记·萧相国世家》："淮阴侯谋反关中，吕后用萧何计，诛淮阴侯。"）韩信会想到刘邦，也会想到吕雉，但他绝对不会想到萧何会对自己下狠手。

萧何留给后人的印象是忠厚长者。不过，这是他给自己涂抹了保护色，他与刘邦一样都是变色龙。

相信读者都对"萧何月下追韩信"的故事记忆犹新，韩信之所以能被刘邦重用，完全是萧何的功劳。现在韩信已经没有利用价值，作为汉王朝杀戮的主要对象，不是光环，而是避之不及的祸害，他只能设计除掉韩信，以求自保。

萧何出的主意是，将韩信与远在代地陈豨叛乱牵连在一起，让韩信有口莫辩，并由自己出面，将韩信从侯府骗进宫来参加庆宴，到时可以一举轻松拿下。自然由恩人萧何出手，杀掉韩信的社会舆论也会大不一样。

钟室内，红巾铺地，黑幕蒙壁。

就在韩信惊悸之余，吕后、萧何出现了。

吕后给出了两项罪名：一是和叛臣陈豨勾结，欲乘皇帝陛下亲征，与陈豨内应外合来对付朝廷；二是栾说已供出韩信和陈豨来往的事情。

具体情节是：

陈豨在出任代相临行前，曾串门同淮阴侯告别。淮阴侯退去左右侍从，拉着陈豨的手走到院庭中，对天长叹，然后问陈豨："我可以和你谈几句心理话吗？"陈豨说："请尽管吩咐。"淮阴侯说："你将要去的地方乃是天下精兵汇集之处，你本人又是皇上的亲信，如果有人第一次告你谋反，皇上不会相信，第二次有人告你谋反，皇上就会产生怀疑，第三次有人告你谋反，皇上则必然大怒，领兵亲征。到那时，我可在京城起兵，给你做内应！"

受了淮阴侯提拔多年，陈豨一直深深佩服淮阴侯的才华，对淮阴侯唯命是从。钜鹿之行陈豨更是踌躇满志，就想将淮阴侯的计划付诸实施。而淮阴侯为皇上打下了天下，如今贬为淮阴侯，满肚怨气，于是他同自己家臣密谋，准备在某日夜里突然行动，假传圣旨，释放京城里的囚犯和奴隶，去袭击皇后和太子，夺取长安。如今一切已布置妥当，只等陈豨回音。

韩信愤怒了，栾说完全是在栽赃陷害。

栾说，原是韩信准备处死的一个门客罪徒的弟弟。门客的弟弟对韩信怀恨在心，他的供述，是公报私仇，不足为凭。或者说，仅凭栾说的一人一面之词，就能确定一个开国功臣谋反了？想当年，韩信在垓下手握雄兵数十万，没有谋反，今闲居长安，既无兵柄，又无武装，却要谋起反来？更何况，上月初刘邦已攻下代地东垣，陈豨叛军已经瓦解，韩信在京城又如何接应兵败的陈豨，这是不是在开一个天大的玩笑？

韩信终于明白了，凡是功高猛将，不管反也好，不反也好，到头来总要找出理由将你杀掉。他们的手段就是使用——限制——诛杀，战争中用其所长，为他们效力，随着战争的结束，逐渐限制，一旦夺取了政权，难免于一死。“九死不问天下鼎，一生还负钟室前！”在这一刻，他喊出了一句深藏在心底的话：“早知如此，悔不听蒯彻之言，鼎足而三夺天下，以致今日落入吕雉和萧何设下的圈套，看来这是天意啊！”

到了第二年叛乱平息后，陈豨部下投降，一切真相大白，没有一人招认同韩信有任何预谋和联系。让人高度怀疑的却是这个“举报”人栾说，早在一个月前已被封为慎阳侯，是不是因为举报有功，吕后已事先允诺，再由刘邦回来加以确认？当然，这并不为外人所知。

现在，吕后将韩信押进长乐宫钟室，目的是要拿到韩信“谋反”的口供，这将关系到刘邦、吕雉及汉王朝的政治声誉和威望，以及后代的评说。

没有想到，韩信拒绝一切可能的“合作”。长乐宫悬钟之室，怎么是审问大臣的地方？吕后和萧何这样做，实际上无异于私设公堂，无异于暗杀，若有谋反确凿证据，为什么不把韩信送交廷尉公审，以昭示韩信之罪！

韩信的态度，也在预料之中，吕后仍恼怒地宣布，韩信谋反罪名成立，夷灭三族（即父族、母族和妻族），并立即斩韩信于钟室！一代将星，大汉开国元勋，不到三十六岁，就这样以秘密的方式被处决了。

杀掉韩信后，吕后令刽子手割下韩信的头颅，用木匣子盛好，着审食其写好申奏之表，连夜赍表赶往山西战场，驰报刘邦。

当刘邦见到首级后，却也“亦喜且怜之”。

吕后用如此招式，果断地除了韩信，一块千斤重石从心头悠然落地，从此，再没有任何人可以对大汉江山构成威胁了。而韩信尽忠臣服，屡建奇功，虽古之名将，未能与其并论。从筑坛拜将以来，不足五年间，他却创造了无数以少胜多、以弱胜强的奇迹，并长期在无后方的环境中，孤军奋战。破魏、下代、击赵、胁燕、平齐，从西向东完成了对楚军战略包围。然后，他又亲率所部，南下攻取楚都彭城，进而挥师西进，与英布、彭越等人会师聚歼项羽于垓下。在最后一役中，韩信指挥联军，以直辖军队担当攻坚主力，对最终打败项羽，发挥了决定性的作用。只是韩信不学谦恭，不肯低下那颗高傲的头颅，吕后既已杀之，甚为惋惜。

刘邦一脸凝重，内疚不已，不觉眼圈红了。但他没有责备吕后，率军回到长安后只是问，韩信临死时有没有遗言留下？吕后告诉刘邦，蒯彻曾教他谋反，如今真是后悔！

刘邦早就听说过蒯彻这个人，他是齐国的一个能言善辩之士。刘邦下令将蒯彻捕捉来，一定要烹了这个狂徒！事已至此，蒯彻被捉后只得如实回答："秦失其鹿，天下共逐之，有本事、跑得快的人先得到。盗跖的狗冲着尧帝吼叫，不是说尧帝不仁，是因尧帝不是狗的主人。当时，臣唯知韩信，不知陛下。况且，天下披坚执锐想做皇帝的人多得很，只是力所不能，陛下难道能将他们全烹了吗？"

刘邦听了这番话，觉得有一些道理。韩信已死，蒯彻不过是出谋划策的一介辩士，杀了他没有意义，只会给自己留下骂名。这样，刘邦就把他释放了。

韩信之死，让人唏嘘不已，又疑虑重重。那么谁该对此负责？是吕后所为，还是刘邦授意？"生死一知己（萧何），存亡两妇人（漂母、吕雉）。"拘泥于史书一些说法，后世不少人认为，吕雉是下令杀掉韩信的罪魁祸首。其实不然，吕雉果断下手，只不过执行刘邦的旨意，没有刘邦的旨意在前，纵有天大的胆子，她也不敢轻易出手斩杀开国功臣。就是吕后现在不杀，刘邦迟早也会下此毒手的。

韩信被杀，震动了天下诸侯，给汉初政局造成了严重影响，以致汉初军事中枢几近无人。导致了一个直接恶果，一旦面对叛乱或外敌

汉韩侯祠

入侵，刘邦内外交困，只能自己东征西讨，疲于奔命。

汉高帝十二年（前195），刘邦亲率大军征讨九江王英布负箭伤，途中返回了阔别多年的故乡沛县。召集父老子弟，并召来一百二十名沛中少年唱歌。他大宴家乡父老，恣意欢乐，酒酣人醉，击筑高唱："大风起兮云飞扬，威加海内兮归故乡，安得猛士兮守四方！"乃起舞。他对自己的伤势与病情已有相当的认识，仍然念念不忘皇权巩固和社会的安定。当再一次唱到"安得猛士兮守四方"的时候，他眼前似乎看到了韩信身影，不禁悲从中来，泪流满面。

环顾海内，内忧外患，韩信安在？有谁再像韩信那样，尽忠臣服，攻必克，战必取，为刘氏江山撑起一片天空？其实，《大风歌》的浩叹，只不过是刘邦杀害功臣的一块遮羞布而已。

就在这一年四月甲辰，六十二岁的刘邦崩逝于长乐宫，十六岁的太子刘盈立为惠帝，其母吕后临朝称制。

第五十八章　苍黄钟室叹良弓

将略兵机命世雄，苍黄钟室叹良弓。
遂令后世登坛者，每一寻思怕立功。
——〔唐〕刘禹锡《淮阴侯庙》

这是一个人们没有想到的韩信人生结局。

《史记》记载，韩信谋反言之凿凿，确有其事。班固的《汉书》亦认为韩信罪有应得。那么，韩信到底谋反了没有？

当读完《淮阴侯列传》后，种种质疑便会涌现在眼前。然而，最初为韩信鸣冤洗雪的，就是著名史学家司马迁。

要知道，为本朝开国皇帝钦定的谋反罪臣写一篇传记，需要多么大的胆识和勇气。司马迁在《淮阴侯列传》前半部分，主要写韩信“战必克，攻必取”的英雄事迹，读后使人倾倒。后半部分，则主要写韩信被陷谋反的冤屈，读后令人心碎。虽不能公然推翻钦定大案，却以“曲笔”为韩信辨巫。

先看看汉高帝六年韩信“谋反”一事。

韩信被改封楚王后，楚将钟离昧前去投奔。刘邦用陈平计，以“伪游云梦”的阴谋，来骗韩信到陈地会集。钟离昧看破了陈平的计谋，告诫韩信，汉帝所以不敢攻打楚国，是因为我在你这儿，你若送我去讨好他，我今天死，你明天也会灭亡。韩信不听，仍面见刘邦。而刘邦抓捕韩信的唯一根据是“人有上书告楚王反”，这个可靠性实在令人怀疑。

当时“兵不如楚，将不及韩信”。如果韩信真想谋反，何不将计就计，趁刘邦来到陈地举兵发难？但韩信没有这样做，他逼迫收留下来的钟离眛自杀，带着钟离眛的首级，“郊迎”刘邦，以示忠于朝廷，这哪里能看出有谋反迹象？

当韩信拜谒时，即被刘邦侍卫绑架。他感叹道：“果若人言：‘狡兔死，走狗烹；禽鸟尽，良弓藏；敌国破，谋臣亡。’”早在平定齐国时，武涉、蒯彻等人就对韩信说过这样的话，敲响了警钟，韩信当时尚不理解，未能接受，直到这时，韩信方才明白在这个家天下时代颇带规律性的道理。这说明韩信并没有谋反之心。

再说看看汉高帝十一年韩信勾结陈豨“谋反”问题。

《史记》记载的谋反材料，同样漏洞百出，无法自圆其说。

疑问之一，韩信被诛杀的起因，始于门客弟弟的告发。这位门客得罪了韩信，韩信将他囚禁起来并准备处死，门客的弟弟对韩信怀恨在心，便悄悄地上报吕后说，韩信“诈诏赦诸官徒奴，欲发以袭吕后、太子”，试图与叛将陈豨里应外合，准备密谋叛乱。

试想，如果韩信真想谋反，按照韩信的精明，办事怎会不小心谨慎？此事绝不可能会让门客的弟弟知道。再说，对韩信这样一个大汉王侯，吕后也绝不会轻信一面之词，而不加考证地就置韩信于死地，因为，这里还有一个“挟怨诬告”的嫌疑。如果吕后掌握了韩信谋反的真凭实据，未加审讯，立斩韩信于长乐宫钟室，能够解释这样做的理由，只能说明刘邦和吕后早欲除之而后快。门客弟弟的告发，仅是一个不成理由的理由，吕后抓住一次机会。

其实，在此前后，吕雉已经开始恣意妄杀。七个异姓王中，被杀、被逼造反的有六个，最后仅留下一个势力最小、不起眼的长沙王吴芮。

疑问之二，韩信谋反，为何不选择更为强大的合作对象？韩信手无兵权，就必须选择实力强大的合作者，如淮南王英布、梁王彭越等人，他们都是雄踞一方的诸侯王。可韩信最终却选择了实力平平的陈豨。

陈豨是刘邦的宠臣，当时韩信失宠于刘邦，怎么可能会口无遮拦地对陈豨说出自己的想法？陈豨封阳夏侯，为钜鹿郡守、赵相国，监赵、代边兵，爵位上与韩信相当，实际权力比韩信更高，却怎么会随便听从韩信的一句话而谋反？事实上，陈豨后来的反汉，是因为有人密报陈豨贪赃枉法，刘邦派人对陈豨进行核查，陈豨害怕，才暗中与投降了匈奴的韩王信及其部将王黄、丘曼臣联系。不久刘邦父亲去世，他又装病不去吊丧，从而得罪了刘邦。陈豨的反汉，从某种原因上分析，也是迫于当时的形势，但不可能和韩信牵扯在一起。

况且，刘邦平定陈豨是在汉高祖十一年十月，十二月攻下东垣，而韩信被诛却是在第二年春正月。陈豨已经兵败瓦解，韩信又怎能与他搞合作？

疑问之三，司马迁在《淮阴侯列传》之后，还附上了自己的论断。肯定了韩信开国之功，于汉家勋可比周朝的“周（公）、召（公）、太公之徒”，并感叹道：“天下已集，乃谋畔逆，夷灭宗族，不亦宜乎！”却让我们从中看出，韩信手握重兵、举足轻重之时，该反不反，现在手无一兵一卒，不该反时，却要谋反。这样谋反的成功率几乎为零，以韩信智商，会做这样傻事吗？

韩信临刑前说：“吾悔不用蒯彻之计，乃为儿女子所诈，岂非天哉！”大祸临头之际，韩信才后悔未用蒯彻反汉之计，这足以说明，韩信终其一生，始终没有谋反之念。连刘邦平叛归来，“见信死，亦喜且怜之”。这是为何？所喜者，韩信已被除掉，所怜者，功臣无辜遭诛。从这种心情可以看出，刘邦本人也不相信韩信真会谋反。在

《韩王信卢绾列传》中，司马迁还通过燕王卢绾之口喊出："往年春，族淮阴侯皆吕后之谋!"似一语道破天机。

从整个事件过程来看，应该说，戮杀韩信是一场经过精心策划的重大阴谋。吕后小心谨慎地设下一个局，先是收买韩信门客之弟诬告韩信，再利用萧何来诱骗韩信入宫。接着，罗列罪名，编造材料，将其记入官方档案，使"韩信谋反"变成铁案，让其永世不得翻身。

由于分析史料角度的不同，千百年来，相信韩信谋反的人不少，但受司马迁的影响，同情韩信，挞伐刘邦者更多。

宋代政治家、史学家司马光也以他犀利的笔锋直刺刘邦："汉之所以得天下者，大抵皆信之功也。观其距蒯彻之说，迎高祖于陈，岂有反心哉！……高祖用诈谋禽信于陈，言负则有之。"（《资治通鉴》）

北宋名将韩琦路过井陉淮阴侯庙时，目睹荒祠残垣，遥想韩信的忠勇英姿及其被害的情景，义愤填膺，作《淮阴侯祠》诗以鸣不平："破赵降燕汉业成，兔亡良犬日图烹。家僮上变安知实，史笔加诬贵有名。功盖一时诚不灭，恨埋千古欲谁明？荒祠尚枕陉间道，涧水空传哽咽声。"

明代茅坤也曾明确指出：韩与陈"谋反""此情似诬"（《史记评林》）。归有光说韩信"谋反"的材料"此必吕后与相国文致之者"（《史记评林》）。

清人刘何对刘邦、吕后诬害韩信恶行的批判，更是一针见血，他说："信以佐命元勋，而死疑狱。高帝高后信寡恩矣。"（刘宝楠辑《清芬集》，刘何《书淮阴侯传后》）他在《喻世明言》和《三国志评话》中，还巧妙应用因果报应，曲折地反映了人们的愿望：曹操为韩信转世，刘备为彭越转世，孙权为英布转世，三人瓜分天下；汉献帝为刘邦转世，亦让其死于曹操之手。

天理昭彰，道义永存。应该说韩信的悲剧，是由刘邦、吕后及萧何一手造成的。他的谋反，不论是出自有意罗织和诬陷，还是被逼无奈死中求生存，其实质都是由于刘邦、吕雉的嫉贤妒能，残杀功臣。它揭示了古代君主专制制度下，君臣关系中最黑暗、最冷酷的一面。

韩信之死，标志着一个英雄时代的结束，留下的只是人们的深思和叹息。

主要参考文献

[1] 司马迁:《史记》。

[2] 班固:《汉书》。

[3] 司马光:《资治通鉴》。

[4] 孙武:《孙子兵法》。

[5] 郦道元:《水经注》。

[6]《淮安府志》。

[7]《山阳县志》。

[8]《清河县志》。

[9] 王鸣盛:《十七史商榷》。

[10] 傅平安:《韩信》(《中国古代军事家评说》)。

[11] 霍印章:《韩信》。

[12] 孙家洲:《韩信评传》。

[13] 陈国柱:《西楚霸王》。

[14] 陈文德:《刘邦大传》。

[15] 李开元:《楚亡:从项羽到韩信》。

[16] 杨燕起等:《历代名家评史记》。

[17] 徐业龙编著《韩信百谜》。

附录一

韩信生平及大事年记

约秦始皇十七年（约前230年），一岁

韩信出生于楚地淮阴（今江苏淮安）。

秦始皇二十三年（前224年），七岁

秦将王翦攻取楚都寿春，俘楚王负刍。

秦始皇二十六年（前221年），十岁

秦灭六国，统一天下，秦王嬴政称始皇帝。

秦始皇三十二年（前215年），十六岁

韩母死，葬八里庄行营高敞地。

秦始皇三十五年（前212年），十九岁

营建阿房宫和骊山陵。坑杀读书人。

秦始皇三十七年（前210年），二十一岁

秦始皇崩逝于沙丘。

秦二世元年（前209年），二十二岁

胡亥即位为二世皇帝。

七月，陈胜、吴广于大泽乡起兵抗秦，各地响应。

九月，赵、燕、齐、魏各自立王。项梁、项羽起兵于会稽。刘邦起兵于沛。秦将章邯率兵围剿起义军。

秦二世二年（前208年），二十三岁

十二月，章邯击败陈胜。陈胜被叛徒庄贾杀害。

二月，项梁、项羽率八千子弟兵渡江。

三月，项梁渡淮。韩信参加项梁义军。

六月，项梁在盱眙拥立楚怀王孙熊心为王。

八月，项梁大破章邯于东阿。

九月，章邯大破楚军于定陶，项梁战死。韩信转属项羽。

后九月，章邯围赵，诸侯救赵。怀王拜宋义为上将军，项羽为次将，范增为末将。

秦二世三年（前207年），二十四岁

十一月，项羽扑杀宋义，自立为上将军。

十二月，韩信为郎中，从项羽大破秦军于钜鹿。诸侯将皆属项羽。

六月，刘邦下南阳。

七月，章邯投降项羽。

八月，刘邦入武关。赵高杀秦二世。

九月，子婴立为秦王，杀赵高。

汉高帝元年（前206年），二十五岁

十月，刘邦进军灞上，子婴降，秦亡。

十一月，项羽坑杀秦降卒二十万于新安。沛公出令三章，使人与秦吏行县乡邑，告谕之，秦民大悦。项羽使英布等攻破函谷关。

十二月，项羽、刘邦会于鸿门宴上。项羽杀子婴，屠咸阳，烧秦宫，掘始皇冢，收财宝，妇女东还。

正月，项羽徙义帝于长沙郴县。

二月，项羽大封十八路诸侯，自立西楚霸王。封王梁楚九郡，都彭城。封刘邦为汉王，都南郑。三分关中，立三秦降将为王。

四月，诸侯罢兵戏下，各自就国。刘邦烧绝栈道，示意项羽无东归之意。韩信弃楚归汉，任连敖。

五月，韩信约于此时升为治粟都尉。田荣反于齐地。

六月，韩信未得重用，弃汉出走，被萧何追回。田荣自立为齐王。陈余同张耳开战。

七月，经萧何力荐，韩信被刘邦拜为大将。韩信献争权天下之策。彭越击楚，反于梁地。

八月，刘邦用韩信之计，派诸将多路进击陇西，韩信亲率主力，出奇不意从故道袭雍王章邯，还定三秦。

汉高帝二年（前205年），二十六岁

十月，项羽遣英布等击杀义帝。

正月，项羽击齐，田荣败走被杀，田横起而叛之。

三月，刘邦东至洛阳，为义帝发丧。

四月，刘邦率五十六万大军进占彭城，项羽率三万精兵反击，大破汉军。

五月，刘邦退守荥阳。韩信由关中驰至，连破楚军于京、索之间。楚汉于荥阳相持。

六月，汉军引水灌废丘，章邯兵败自杀。

八月，刘邦拜韩信为左丞相，令其率兵一部击魏。

九月，韩信俘魏王豹，尽定魏地。

后九月，韩信进兵击代，破代军于邬县，擒夏说于阏与。

汉高帝三年（前204年），二十七岁

十月，韩信兵出井陉口，背水布阵，大破赵军，斩陈余，得李左车。韩信用李左车计，不战降燕国。

四月，项羽围刘邦于荥阳。项羽谋士范增劝急攻刘邦，陈平使离间之计瓦解楚军核心层。

五月，刘邦逃离荥阳，南走宛、叶。项羽克成皋。彭越在楚后方大肆活动。项羽还军东击彭越。刘邦还军荥阳，收复成皋。

六月，项羽击败彭越，西上克荥阳、成皋。刘邦逃往赵地，夺韩信军，拜韩信为相国，令其征兵击齐。

九月，韩信开始进军齐国。刘邦派郦食其劝降齐国。

汉高帝四年（前203年），二十八岁

十月，韩信引兵破齐，占临淄。刘邦收复成皋。项羽击败彭越。刘邦、项羽相持于广武。项羽遣大司马龙且救齐。

十一月，韩信斩龙且于潍水，大破楚军二十万。在追击中，斩田广于城阳，杀田既于胶东，尽定齐地。韩信请为假王。

二月，刘邦立韩信为齐王。武涉、蒯彻劝韩信背汉独立、三分天下，韩信拒听。

八月，楚汉言和，以鸿沟为界，中分天下。

九月，项羽引兵东归。刘邦发起战略追击，约韩信、彭越共同围歼项羽。

汉高帝五年（前202年），二十九岁

十月，刘邦追项羽至固陵，被项羽打败。韩信、彭越没有如期与刘邦会合。

十一月，韩信挥军南下，占彭城，与刘邦会师。

十二月，垓下决战，韩信设十面埋伏，大破楚军，项羽兵败而逃，自杀于东城。刘邦、韩信北上平鲁。刘邦以鲁公之礼葬项羽于谷城。

正月，韩信发起，与韩王信、淮南王英布、梁王彭越、赵王张敖，燕王臧荼以及长沙王吴芮等共同上书，尊刘邦为皇帝。

刘邦以义帝无后，齐王韩信习楚风俗为由，徙封为楚王，都下邳。

二月，刘邦于定陶称帝。

五月，韩信至楚还乡。赐南昌亭长百钱，召辱韩信于胯下的少年为中尉，千金增漂母陵。

七月，燕王臧荼反汉，刘邦率军征讨。

九月，刘邦灭臧荼，立太尉卢绾为燕王。

汉高帝六年（前201年），三十岁

十月，有人告韩信谋反，刘邦用陈平计，决定伪游云梦泽。

十二月，刘邦会诸侯于陈，擒韩信。

正月，刘邦封刘贾为荆王，刘交为楚王，刘肥为齐王，刘仲（喜）为代王。徙韩王信于晋阳。

四月，韩信被徙为淮阴侯，软禁于长安，编次兵书，著录兵法。

九月，匈奴冒顿单于侵太原，韩王信以马邑投降匈奴。

汉高帝七年（前200年），三十一岁

韩信被软禁于长安。

十月，刘邦率三十二万大军北击匈奴，被困于平城白登山七日。

十二月，匈奴攻代地，代王刘仲逃归。刘邦立刘如意为代王，陈豨任代相，统代、赵两国精兵，负责防御匈奴。

二月，长乐宫成，迁都长安。

汉高帝九年（前198年），三十三岁

韩信被软禁于长安。

十二月，刘邦废赵王张敖，以刘如意为赵王，周昌任代相。

汉高帝十年（前197年）三十四岁

韩信被软禁于长安。

八月，代相陈豨反，自立为代王。

九月，刘邦率兵讨陈豨。

汉高帝十一年（前196年），三十五岁

正月，吕后以人告韩信“谋反”之名，使萧何将韩信诓骗入宫，斩杀韩信于长乐宫钟室，夷其三族。

三月，刘邦、吕后杀梁王彭越。

七月，淮南王英布反。

汉高帝十二年（前195年）

十月，英布兵败逃走，被诱杀。刘邦负箭伤。周勃定代，斩陈豨于当城。刘邦立刘濞为吴王。刘邦逮捕相国萧何，随后释放。

二月，刘邦使樊哙、周勃将兵击燕王卢绾。

四月，刘邦崩逝于长乐宫，惠帝刘盈即位。燕王卢绾降匈奴。

注：按秦汉古历记年月，以十月为岁首，如以公历换算，有阴阳历之差。

附录二

淮阴故城辨析

古泗口向南十里，沿淮水方向由东向西一字排开的荀羡淮阴城、甘罗城和韩信城等三座古城遗址，承载着一方地域丰厚的历史文化，标示着世事沧桑，是今天辨别淮阴故城重要的地理坐标。

淮水从安徽五河入境江苏，经盱眙到达淮阴西境。末口与泗口是淮阴弯月形陆地两边重要的名胜。泗口为泗水入淮口，当年的淮阴城近靠泗口，是黄淮、江淮地区重要的交通枢纽，也是淮、泗水下游地区的经济和文化中心。

淮阴故城在江淮早期城市发展史上占有重要地位，更是认识淮阴侯韩信绕不开的话题。淮阴故城最早见于《史记·淮阴侯列传》，韩信被杀约七十年后，著名史学家司马迁曾一路向东，从长江过末口，亲访淮阴，凭吊了韩母墓，并发出这样的感叹："吾如淮阴，淮阴人为余言，韩信为布衣时，其志与众异。信母死，贫无以葬，乃于行营高敞地，令其旁可置万家。余视其母冢，良然。"然而，如今淮阴故城到底在哪里，淮阴城、韩信城和甘罗城是什么关系，恐怕"外地人搞不清楚，本地人也搞不清楚"。

从汉代到南宋，关于三座城的历史文献并不多见。东晋北中郎将、徐州刺史荀羡筑淮阴城的记载，是继司马迁五百余年后，对淮阴城又一次论述。

认识荀羡城

荀羡（322—359）为晋元帝驸马都尉，擢建威将军。当时南北战争，淮阴是军事冲要。《南齐书·州郡志·北兖州》记载：东晋永和八年（352），荀羡镇守淮阴，因“淮阴旧镇，地形都要，水陆交通，易以观衅。沃野有开殖之利，方舟运漕，无他屯阻，乃营立城池”。

这也提出了这样的问题，荀羡淮阴城是不是秦淮阴故城？荀羡淮阴城是新建还是复建？

明正德《淮安府志》认为，荀羡城不是秦故城，是新建的淮阴城，秦故城在其城北一里许：“甘罗城：在旧淮阴治北，或云淮阴故城。今属清河界，去马头巡检司一里许，相传秦甘罗筑。”

清光绪丙子《清河县志》则认为，荀羡淮阴城是在秦淮阴故城基础上的复建：“淮阴故城在旧清河县治东南五里。旧志：秦时所建，以《韩信传》‘钓于城下’知之。按，晋永和五年，北中郎将荀羡北讨鲜卑，以淮阴旧镇，地形都要，乃营立城池，似城创于此时。然考《水经注》云淮水东北迳淮阴故城。道元在东魏之世，去穆帝永和时代非远，不当云故城，或令则因旧镇而更新之，非创始也。”

笔者认同正德《淮安府志》的观点。荀羡城与秦故城，是两座不同的城池，荀羡讲的已非常明确，“淮阴旧镇，地形都要，乃营立城池”。这个新建造的城在所谓的旧淮阴治（马头镇）北。而且现地对照，与北魏著名地理学家郦道元（约470—527）《水经注·淮水》新、故淮阴城的说法大致相近，后世的各种认识多在这个基础上进行。

《水经注》成书距荀羡筑城后一百五十余年，关于淮水与淮阴记述，清楚可靠，依然是今天认识淮阴和淮阴故城重要的依据。

其一，它描述了淮阴区域范围。“又东北至下邳淮阴县西，泗水从西北来流注之。淮、泗之会，即角城也。左右两川，翼夹二水，决入之所，所谓泗口也。”“又东过淮阴县北，中渎水出白马湖，东北注之。淮水右岸，即淮阴也。”就是说，淮阴在淮水南岸，泗口和中渎沟之间，包括中渎沟。这是笔者在第一章所讲述的，秦汉时淮阴县位于淮河以南，其范围为今天淮安市的淮安区、清江浦区、洪泽区，包括淮阴区的马头、南陈集等地。

马头镇

其二，从方位、距离和人文信息等方面，对荀羡淮阴城和秦淮阴故城的地理位置做了标定。“城西二里有公路浦。昔袁术向九江，将东奔袁谭。路出斯浦，因以为名焉。”“又东径淮阴县故城北。北临淮水，汉高帝六年，封韩信为侯国。王莽之嘉信也。昔韩信去下乡而钓于此处也。城东有两冢，西者，即漂母冢也。周回数百步，高十余丈。昔漂母食信于淮阴，信王下邳，盖投金增陵以报母矣。东一陵即信母冢也。县有中渎水，首受江于广陵郡之江都县……”公路浦，源自于三国名人袁术字公路，今已漫不可考。新“城西二里有公路浦”“又东径淮阴县故城北”，这里第一次提出了淮阴城与淮阴故城两个概念，即东晋荀羡城与秦故城同时存在，并明确了两城沿淮水方向所处的位置，荀羡城在西，秦故城在东。

秦故城始建后，时废时兴，到荀羡筑淮阴城时已有五百五十多年，土城早已颓圮。马头附近的淮水大体走向是由南向北，在南的荀羡城与在北的秦故城相比，显然荀羡城位置更为重要些，因此才有后来筑荀羡城屯兵的可能。

此后的北宋《太平寰宇记》、南宋《舆地纪胜》和《锦绣万花谷集》等地理著作，对《水经注》中的荀羡城、秦故城，做了补充和印证。明清不少地理专志、一统志及不同时期的《淮安府志》也多对此予以认同。

探源韩信城

韩信城位于荀羡城东十里，是泗口附近沿淮三个古城址之一。单纯从方向和距离上来看，韩信城与《水经注·淮水》“又东”描述的淮阴故城位置更为合理，韩信城会不会是秦淮阴故城呢？

韩信城最早载于宋乐史《太平寰宇记》：“韩信城：信本此（淮阴）县人，其冢宅处所并存，后受为侯，因筑此城”；“南昌亭：在（山阳）县西三十里”。南宋《舆地纪胜》：“韩王庄：在淮阴县东北，与庙驷铺相连，西接八里庄，自昔相传以为韩信生于此。”韩信城、韩王庄、南昌亭均在今清江浦城南。问题是既然为韩信封侯所筑，为何在北宋之前的历史文献中均无记载？

这一谜团，被近年的考古勘探所揭开。《淮安市考古勘探报告》称，韩信城是宋元时期城堡，其外城廓为元代建筑，内隔城为宋时建筑，并指出：“从文献资料分析，韩信被徙封为淮阴侯以后，闲居长安，编次兵书，著作兵法，修订律例。《史记·淮阴侯列传》载：‘信知汉王畏恶其能，常称病不朝从。信由此日夜怨望，居常鞅鞅，羞与绛、灌等列。’此时，韩信已是大权旁落，疏于朝政，怎敢瞒着朝廷在自己的老家筑起城来。再者，屯兵筑城系国家大事，汉高帝也不会轻易允诺。由此可见，韩信城为韩信所筑，亦属民间传说。”报告否定了韩信城为韩信封侯所筑，也否定了韩信城即为淮阴故城之说，证明了《水经注·淮水》其可靠性的历史价值。

韩信城在宋元时实为楚州军事重镇。南宋时期，宋金以淮河为界，与韩信城隔河相望的大清口，时为金人占据。《续资治通鉴》载：

“绍兴三十一年（1161），右朝奉郎、通州楚州徐宗偃遣镇江都统制刘书云：今欲保长江，必先守淮，清河口去本州五十里。地名八里庄，相望咫尺，若不遣精锐控扼，万一有缓急，顷刻可至城下，彼得地利，两淮之民悉为其用，则高邮、广陵岂是以捍其冲。”此后，宋军在此屯兵拒敌，并于嘉定七年（1214）迁相距八里的淮阴县于此。至元代，韩信城仍为兵家所重。

至于，淮安境内现在的一些与韩信相关的碑、桥、故里等人文景点，多为兴文化之风，行旅游之事，并不能作为单独地理标识的证据。如1980年代中后期，笔者曾到访马头泰山墩，放眼望去，附近有许多大小不等的土墩，漂母墓只是其中较大的一个，后来平整地土时，有故事大的保留了下来，其余均被平整掉。土墩多为自然地貌形状。

辨识甘罗城

既然大体确定了荀羡城，排除了韩信城，有必要结合相关历史文献和遗址勘探资料，对位于荀羡城北的甘罗城，是不是秦淮阴故城做出进一步判别。

甘罗城

甘罗（256—？）下蔡（今安徽省颍上县）人。据《战国策》和《史记》的记载，其祖父为战国时秦武王的左丞相甘茂。甘罗初为文信侯吕不韦的近侍之臣，因别出奇计蚕食燕、赵，年仅十二岁，便被秦王封为上卿，是中国历史上有名的神童政治家。此后行迹无考。

北宋文人徐积较早提及到甘罗城，也是首位对其称谓提出不同意见的人。他在《登淮阴古城并序》（《节孝集》卷十三，四库本）称："盖以传考之所谓甘罗城者，非也。谓之淮阴故城，可也。余登斯城，为之叹息久之，盖韩侯天下之奇丈夫也。"由此可知，在北宋时，人们认为淮水边的遗址为甘罗城，而徐积则推测此城并不是甘罗所筑，应是当年秦淮阴故城。徐积楚州山阳人，治平二年（1065）进士，晚年自号"淮上老人"，但他并未拿出依据，可能的原因，他无法对东边的韩信城做出实质性的判断，对韩信城与甘罗城之间的关系也说不清楚。

2008年初，江苏公布的《淮安市淮阴区甘罗城遗址钻探报告》称："该城址早在春秋时期就属战略要地，根据东城墙以东的土岭高地属汉代堆积，以保甘罗城不被水患冲击而挖壕沟，使水患改道。相继又在宋时金人入侵，水患成灾，又顺着西城墙大量修建张福河河坝，修补甘罗城，为抗金第一线。并在城西北方向河坝上兴修河神庙、奶奶庙等建筑，以保甘罗城人民的兴旺与平安。明朝、清初，东北方向水患多次洪流成灾，使甘罗城陷入一片汪洋之中，该城由此而废。"

报告交代了甘罗城变迁的情况，甘罗城春秋时期始筑城，以后当有不止一次的修筑，至清代中期，终因水患而最后废弃。报告强调，"在淮阴、清浦二区，与秦汉时期相关的古城，惟有甘罗城。"从侧面印证了甘罗城就是淮阴故城。

其实，明清不少文献也指甘罗城为淮阴故城。比明正德府志晚成书四十多年的嘉靖《清河县志》："淮阴故城：今马头巡检司处是也。昔韩信钓城下，即镇北一里之土城，俗相传为甘罗城。"嘉靖《清河县志》与正德《淮安府志》的记载基本一致。

尽管有如此，认识淮阴故城仍有几个问题需要存疑和说明。

一是“又东”之说令人费解。《水经注》是今天认识淮阴极为重要的依据，它在卷三十“淮水”条目中，直接用了不少于四十八个“又东”。单纯从字面上讲，“又东”就是淮水再向东，表示方向和距离。除淮阴这个“又东”之外，其余的“又东”多表示距离很远。而甘罗城与萏羡城近在咫尺，两遗址南北仅隔一里，几乎同为一城，唯独这里表示相近的意思，是不是郦道元用词不当？同时，两城址沿淮水并排大体呈南北方向，应该只有“又北”之说？距离、方向均有异议，也难怪清光绪丙子《清河县志》的质疑，萏羡淮阴城应该是在秦淮阴故城基础上的复建，否则真不好解释。

秦汉时是大清口格局，泗水入淮口在今淮安袁集桂塘附近（一说东汉前在睢陵故城），离马头北十余里现时是小清口格局，泗水入淮口在马头御坝一带。由于受黄淮运的冲击，马头地形地貌主要是南宋绍熙五年（1194）“黄河夺淮”以后逐步形成的，会与秦汉时有了很大变化？

如按现今地理位置指认，会矛盾重重，恐怕要么萏羡城与秦故城为同一城，但无法对《水经注》新、故两城做出合理解释；要么如咸丰《清河县志》所言，在甘罗城南的萏羡淮阴城，“或漫灭于湖水，或铲削于开凿”；要么萏羡城在马头，秦故城在“又东”的城南、武墩沿淮向东一线。这一线淮水以南的区域，从元代至清代多为山阳县西乡。这也是引起淮阴故城争议的原因之一。不过，目前从传承和相关资料来看，秦故城从马头和清江浦城南附近来认识也是恰当的，但仍有一些问题需要解决。

二是为何秦故城称为甘罗城。关于甘罗城的记载，全国有三处之多，其中最大的一座就是淮安运河边上的甘罗城。在马头传说中，古城堡常在雨后发掘到战国时期的多种形状钱币。明正德《淮安府志》有这样记载："雨后，常土中得小钱，篆文，不可识。"

这些古钱币是谁留下的，应该有一个合理说法。乡贤韩信与甘罗算是同时代人，估计年龄相差二三十岁，两人都是智慧的化身，历史上有着重大影响。

淮阴是重要的经商码头，南来北往的人很多。唐宋时期，战争在江淮频仍，北方人口迁徙流动性极大，社会生产力遇到破坏，而到了承平的北宋，对于秦故城的认知已经模糊。也如光绪丙子《清河县志》所云，荀新城当是韩信时秦故城，当时人们极有可能就是这样认识的。近旁的古城址仅残存一些土冈，久远的历史，已弄不清楚是怎么回事。甘罗事迹在本地广有流传，马头附近有座甘韩祠，是纪念甘罗和韩信的，不远处宝应古运河边还有座甘罗墓，因此借名人之名，称秦故城为甘罗经商所筑也是可以理解的。

三是为何到了北宋民间始有"甘罗城"之说。与韩信城一样，甘罗城为黄淮运交汇地，为拱卫楚州山阳城，军事冲要地位被非常看重，并受到越来越多的关注。

早在东晋义熙年间，在末口附近设山阳郡，随着政治、军事重心的南移，"南北襟喉"的淮安山阳逐渐延续了"淮阴故城"政治命脉的正统。特别是到了南宋以后，泗口改道甘罗城东北，宋金对抗，甘罗城的位置无论从防守还是防洪，漕运还是商贸，都显得尤为重要。

南宋嘉定年间，江苏常熟人赵伸夫知楚州时，曾献议于朝廷，"谓淮阴之门户，县北遗址俗呼为甘罗城，六朝驻兵之地，盍亟修之。有旨令公相视，诸故老皆曰：'金由青、徐而来，其冲要有二：大、小清河是也。相距余十里，小清河直县之西，冬有浅处，不可以舟。大清河直县之北，与八里庄对。绍兴间，金人至淮，重兵皆由此出。'

公即条上，以为此地要害，若迁县治，板筑于此，形势增壮，过于淮阴故城，从之。今之新城，乃公所创也。”（袁燮《秘阁修撰赵君墓志铭》《絜斋集》卷十七，四库本）

荀羡城与甘罗城近靠泗口，甘罗城作为荀羡淮阴城依托而存在着。1324年、1628年清河县还曾两度短暂移治甘罗城。事实证明，将县治迁于甘罗城，大大增强了楚州山阳城的军事应变能力。

后　记

我写作“淮阴侯韩信”已有时日，从20世纪90年代初收集资料算起，前后有三十余年时间。因自身工作与文史类没有太多关联，写作是利用业余时间断断续续进行的，有时甚至处于停滞状态。2015年后临近退休期，才得以静下心来，集中精力，重新出发。

韩信为古淮阴人，集奇人、奇事、奇谋于一身，是历史上久负盛名的“兵仙”“神帅”，也是家喻户晓的一代悲剧英雄。对我来说，三十年的人生，是一个漫长岁月，不忘初心，孜孜以求地研究文史。写作韩信的目的，主要缘于一种情结，不仅是为了纪念这位对中国历史进程有着重大影响的乡贤，丰富自己的人生阅历，更是想让人们透过历史看问题，从历史经验中汲取智慧，读后有所思有所得。

写作达到了预期目的。2016年，中国文史出版社推出了长篇历史小说《大汉韩信》，2017年北岳文艺出版社推出了轻历史阅读系列《忍者为王：解读兵圣韩信传奇一生》。这两部作品，均在当今书市比较低迷的情况下，经由出版部门直接推向全国，且在不到两年的时间，各大书店均已告罄。2018年，中国文史出版社推出了《大汉韩信》新修二版，百度阅读、豆瓣阅读、当当云等数家制售了电子书籍，北京广播电台制作了有声读物；《忍者为王：解读兵圣韩信传奇一生》被百度文库评为全国“优质教育图书”，许多报纸予以连载

（节选）。2021年下半年，北岳文艺出版社还将推出人物研究《韩信大传》。应该说，这些成果的取得，主要得益于韩信的人格魅力和经久不衰的韩信文化现象。

从写人物传记、通俗读物，到人物研究，于我既是挑战，也是水到渠成的自然而然之事。严格地讲，《大汉韩信》《忍者为王：解读兵圣韩信传奇一生》属于文学类作品，有大量的虚构情节和艺术加工，但也未敢胡编乱造，努力做到“紧贴历史，追求历史真实，语言通俗易懂，且有趣味”。

所谓紧贴历史，并不是说原封不动全部照搬史料，许多东西都是通过长期的收罗史乘，兼采资料，悉心推论，有些是经过实地考察后获得的。在这个过程中，渐渐产生不少新见解。如胯下之辱的韩信性格因素，及对其人生的影响；在灭秦两年多的时间里，韩信为什么有八个月蛰伏在淮阴一动不动？韩信已取得了楚军较高职位，为什么还要去追随汉王刘邦？还定三秦的进军路线和重要的时间节点是什么？东破魏国后，分兵合击的“二十一字”方针意义何在？韩信没有听从蒯彻等人三分天下的劝告，主要考虑了什么？楚汉最后一役，韩信为什么会选择在垓下围歼楚军？十面埋伏是怎么回事？四面楚歌的楚地到底是荆楚还是淮楚？为什么说刘邦、吕后想杀韩信的原因是年龄？千年疑问，韩信真的谋反了吗？等等。于是，如何进一步物化成果，破解历史谜团，较为全面地描述韩信一生的《韩信大传》，成为整理写作新目标。

《韩信大传》在成书过程中，强调了三点：

第一，在读史的基础上，系统性增删了部分内容，许多重要情节，注明了史料的来源。

第二，坚持将论文当作散文写，将历史当作故事写，并增加了一些论述。

第三，人物研究不是孤立地就人论人，而是要兼顾考察人物生存的时代背景和人物的生活经历，在凡事必有据的前提下，做到“大而不虚，小而不拘”，尽可能准确、生动、形象地解读出人物的思想与行动。

搁笔了，作品一旦问世，就会有自己运行轨迹，成功与否并不敢做过多的期许。本书出版得到了北岳文艺出版社的大力支持，得到了责编韩玉峰先生的亲切指导和帮助！没有韩先生的严格把关，善加督促，这部作品就不会这么快面世。值此付梓之际，谨致衷心的感谢！

此次写作，用了将近一年的时间，限于我们的水平，不足之处在所难免，敬请读者朋友教正。

华 炜

2021年5月于淮安清江浦